Né à Cherbourg en 1951, Daniel Lacotte vit à Paris depuis 1976. Ingénieur de formation, il s'oriente vers le journalisme et devient directeur pédagogique du Centre de formation des journalistes de Paris. Puis il occupe des postes de rédacteur en chef dans différents quotidiens et magazines nationaux. À ce jour, Daniel Lacotte a publié une vingtaine d'ouvrages : biographies, romans, essais, documents. Il a aussi publié de nombreux poèmes qui figurent dans des anthologies de poésie ou des ouvrages scolaires.

www.le-pourquoi-du-comment.com/
http://fr.wikipedia.org/wiki/Daniel_Lacotte

DANIEL LACOTTE

Le Pourquoi
du comment 3

ALBIN MICHEL

© Éditions Albin Michel, 2008.
ISBN : 978-2-253-13432-9 – 1re publication LGF

Pour Dominique,
Guillaume et Mathilde.

« *Eppur si muove !* » (22 juin 1633)

Galilée (1564-1642)

« Le doute est un état mental désagréable,
mais la certitude est ridicule. »

Voltaire (1694-1778)

SOMMAIRE

Préface

Tous ceux qui ont la volonté d'apprendre et de comprendre font déjà un grand pas vers la raison. Il leur reste cependant à entretenir le doute, une notion essentielle pour progresser en toute humilité sur le chemin des connaissances. De surcroît, cette démarche volontariste vers le savoir s'écarte forcément de tous les embrigadements qui sous-tendent toujours de sournoises manipulations. Car la connaissance ne s'accommode jamais des superstitions, idolâtries, doctrines, fétichismes, rumeurs, racontars, suppositions et à-peu-près. Ni de « la » vérité révélée.

Pourtant, en ce début de XXIe siècle, devins, magiciens et gourous de tout poil continuent de proliférer en parfaite impunité. Ces charlatans exploitent et monnaient au prix fort l'ignorance. Pis, ils l'encouragent auprès des plus faibles, donc des plus vulnérables, avec l'insidieuse volonté d'entretenir l'obscurantisme, source de peur et de soumission. Ces deux notions nourrissent le florissant fonds de commerce de ces aigrefins qui ont l'outrecuidance d'appeler à la rescousse de ronflantes pseudosciences fabriquées de toutes pièces dans leurs arrière-boutiques nauséabondes pour maintenir l'humanité sous la sujétion de vaines croyances moyenâgeuses.

Aussi convient-il d'éveiller la soif d'apprendre pour endiguer l'oppressante vague bêtifiante qui glorifie la passivité, le mystère, le paranormal ou les « sciences » occultes. Et, face à une telle démission de l'intelligence, les authentiques chercheurs, toutes disciplines confondues, doivent se mobiliser d'urgence s'ils veulent éviter que leurs futures générations de confrères ne deviennent un jour de dangereux suspects promis à de nouveaux bûchers.

Détermination sans faille

La connaissance porte en elle les germes d'une saine rébellion. Elle débusque tous les perfides adeptes de l'immobilisme et demeure le fondement même de la liberté de conscience et d'action. Aussi dérange-t-elle les multiples petits pouvoirs réels ou mesquins qui régissent l'organisation de la société civile et des religions. Il faut donc relever le défi. En toute modestie, mais avec une détermination sans faille. Et le contenu de ce livre n'a d'autre ambition que d'accompagner le lecteur dans l'approche de notions fondamentales, qu'il s'agisse d'histoire, de civilisation, d'espace, d'art ou de science.

Cette démarche encourage chacun à approfondir tel ou tel domaine en fonction de ses propres centres d'intérêt. Car les pages qui suivent ne proposent pas l'arrogant étalage d'un hypothétique savoir. Bien au contraire ! Il suffit d'ailleurs de commencer à chercher des réponses à de banales questions pour se ranger immédiatement aux côtés de ceux que la modestie grandit et pour fuir les cuistres infatués.

Face aux multiples champs inexploités qui restent encore à déchiffrer, il n'y a aucune place pour les mirliflores bouffis de suffisance. À l'inverse, la seule attitude authentique se nourrit aux sources du doute et de l'humilité. Car un cerveau humain en éveil ne s'emmure jamais dans de stériles convictions. Il s'enrichit de nouvelles analyses et accepte l'idée que l'autre a peut-être raison. Dans de telles conditions, il pourrait sembler légitime de laisser l'humain assouvir son appétit de connaissances. Pourtant, certains apprentis sorciers ont toujours pensé qu'il convenait plutôt de le laisser croupir dans l'ignorance. Pour mieux l'asservir. Pour le réduire à l'esclavage.

En ce début de XXIᵉ siècle, peurs, croyances et angoisses collectives empoisonnent toujours la vie quotidienne. Certes, la raison, le savoir et la logique commencent à avancer, mais tout se passe comme si les avancées du génie humain ne parvenaient pas à anéantir des craintes ancestrales. Car, dans les faits, les suppôts de l'obscurantisme finissent toujours par l'emporter. Parfaitement organisés et omniprésents dans tous les rouages de la société, ils s'évertuent sans relâche à barrer la route aux humanistes qui prêchent le libre accès du plus grand nombre à la culture et à l'éducation.

Quelles que soient leurs fringantes parures, les dangereux mentors de l'occulte se disent porteurs d'une solution, voire détenteurs d'infaillibles secrets qui les hissent au rang de médiateurs entre le vivant et le surnaturel. Évidemment, ces serviteurs d'un impénétrable au-delà ne manquent pas d'adeptes fanatisés qui promettent un lointain paradis ou qui laissent pointer une lueur d'espérance susceptible de résoudre les difficultés de l'instant. Aussi doit-on constater, à l'aube du troisième millénaire, que les naïfs chalands continuent de se repaître de platitudes, de paillettes, d'exubérances, de boniments, de discours abscons, de promesses frauduleuses, de logorrhées flatteuses…

Angoissés et désespérés se jettent alors docilement dans les bras des nouveaux marchands du Temple qui s'empressent de vendre aux plus crédules le hasard et le mystère d'une force supérieure susceptible de leur transmettre la chance, l'amour ou la fortune. De la même façon, les magiciens de l'Antiquité, mais aussi les sorciers devins ou guérisseurs du Moyen Âge vendaient des miettes de plaisir, de joie ou de bonheur, selon le degré de l'extase recherchée par une clientèle fidèle et charmée. Rien n'a donc changé.

Quant à l'éternel besoin de connaître l'avenir, il n'en finit pas de faire recette. Au point de s'affirmer comme l'un des plus opulents marchés de la supercherie. Astrologues, numérologues, voyants, marabouts, cartomanciennes et chiromanciennes conjuguent sans scrupule le virtuel au surnaturel et recrutent désormais sur le réseau Internet. Trois clics et des dizaines d'euros suffisent à ces perfides gougnafiers pour générer un salmigondis de lieux communs qui défie le plus élémentaire bon sens.

Aujourd'hui, Lucifer et ses bandes d'audacieuses ballerines sardoniques ne donnent plus de sabbats les soirs de pleine lune ! Jeteurs de sorts, radiesthésistes, Nostradamus d'opérette, rebouteux de bacs à sable et guérisseurs en tous genres exercent leurs lucratives turpitudes en plumant les gogos de leurs grigris. Fondée hier sur le terreau de l'illettrisme, leur indécente activité continue de prospérer en flattant la naïveté et en propageant la bêtise.

Il s'agit donc de combattre avec vigueur toutes ces formes d'endoctrinement et toutes les chimères qui se tapissent dans l'occultisme, la divination, le spiritisme, l'envoûtement, l'incantation, l'ésotérisme, les gesticulations diverses et variées, le mystère et les dogmes.

Pour chasser ces importuns, une seule solution : promouvoir par tous les moyens l'éducation et le savoir, sous toutes les formes possibles, existantes et à inventer. Seul l'accès à la connaissance permettra à l'humanité de progresser. Voire de se sauver.

Vie quotidienne

Pourquoi les yeux sont-ils souvent rouges sur une photographie ?

■ *Le phénomène des « yeux rouges » s'observe essentiellement sur des photographies prises à l'aide d'un flash.*

■ *Ce fâcheux résultat survient d'autant plus nette- ment que le flash a été dirigé dans l'axe de la pupille.*

■ *En fait, dans ces conditions particulières de prise de vue (pupille dilatée), vous photographiez le fond de la rétine du sujet. Rétine tapissée par un dense réseau de vaisseaux sanguins.*

• Merveilleux mécanisme physiologique que l'on peut schématiquement comparer à un appareil photo, l'œil est composé de plusieurs éléments. Il y a tout d'abord la cornée, une sorte de lentille convergente privée de vaisseaux sanguins et nourrie par un fluide appelé « humeur aqueuse ». Vient ensuite l'iris, un muscle qui se situe devant le cristal- lin. L'iris s'apparente au diaphragme de l'appareil photo et il réagit automatiquement aux variations de l'intensité lumineuse. L'iris modifie l'ouver- ture de la pupille (entre 2,5 et 7 millimètres) afin de sélectionner la quantité de lumière qui doit pénétrer dans l'œil pour produire une bonne image. Cette particularité nous évite l'aveuglement en plein soleil et elle nous permet aussi de capter un frêle rayon en pleine nuit. Notons encore que la couleur de l'iris (donc des yeux dans le langage courant) s'explique par la présence d'un pigment appelé la « mélanine ». Ce même composé chimique donne aussi la couleur des cheveux (voir *Le Pourquoi du comment 2*, p. 279).

Quant au cristallin, il s'agit d'une lentille auxiliaire molle composée de fines couches superposées qui se déforme sous l'action du muscle ciliaire.

Vient enfin la rétine. Il s'agit ici de la couche sensible du mécanisme oculaire. La rétine transforme les rayons lumineux en excitations physiologiques que des liaisons nerveuses transmettent au nerf optique. Ce dernier transporte l'influx nerveux au cerveau qui (pour simplifier) donne alors naissance à l'image. La rétine dispose de deux types de photorécepteurs (les cônes et les bâtonnets).

De forme allongée, les 130 millions de bâtonnets se logent en périphérie de l'œil et ils disposent d'une très grande sensibilité à la lumière. Ils nous aident à distinguer une lueur dans la nuit. En revanche, ils perçoivent très difficilement les détails des couleurs car plusieurs bâtonnets ne sont reliés qu'à une seule fibre du nerf optique. Les bâtonnets contiennent de la rhodopsine. Lorsque la lumière frappe une molécule de rhodopsine, celle-ci produit un faible signal électrique qui est transmis aux cellules nerveuses de la rétine.

De leur côté, les 5 à 7 millions de cônes sont peu sensibles à la lumière, mais ils distinguent parfaitement bien les détails car chaque cône transmet son information à plusieurs fibres du nerf optique. Les cônes ont donc une excellente sensibilité aux différentes longueurs d'ondes que produisent les couleurs.

Enfin, les tissus qui tapissent l'extrême complexité de la rétine sont traversés par de très nombreux vaisseaux sanguins. Notamment dans l'axe de la pupille, la zone appelée *macula lutea* contient une grande concentration de cônes.

• Dès lors, le phénomène des « yeux rouges » se comprend aisément. En effet, vous utilisez un flash lorsque l'environnement du sujet photographié reçoit peu de lumière. Dans de telles conditions, l'iris de l'œil dilate la pupille pour laisser passer un maximum de lumière. Et, quand l'éclair du flash se déclenche, l'appareil photo capte la petite tache rouge de vaisseaux sanguins qui tapisse la rétine. Vous aurez donc un très « joli » point rouge sur les yeux de votre sujet. Pour limiter ce disgracieux effet « yeux rouges », certains constructeurs ont conçu des flashs à double détente. Un premier éclair a pour but d'éclairer la pupille, qui va donc se rétracter sous l'effet de ce jet de lumière. Ainsi, quand survient le second vrai flash, la quantité de lumière qui frappe le fond de la rétine diminue et l'effet « yeux rouges » s'estompe.

Pourquoi les avions laissent-ils
des traînées blanches dans le ciel ?

■ *La vapeur d'eau expulsée des moteurs à réaction se condense en minuscules cristaux de glace et génère ces traînées blanches que l'on observe par temps sec et par ciel bleu.*

■ *Ces traînées s'appellent des « contrails ».*

● Les gaz qui s'échappent par les tuyères des moteurs à réaction produisent une longue traînée blanche et spectaculaire dans le sillage de l'avion en haute altitude. Il s'agit d'une espèce de petit nuage artificiel semblable à un cirrus très allongé (voir *Le Pourquoi du comment 1*, p. 172).

Un avion à réaction expulse de ses moteurs une grande quantité de vapeur d'eau. Les spécialistes estiment que chaque litre de carburant consommé engendre un volume équivalent d'eau. Cet air chaud et humide expulsé des tuyères se mélange instantanément à l'air ambiant qui, lui, est frais et sec. Dans un environnement à faible pression atmosphérique (haute altitude), la vapeur d'eau dépasse facilement le point de saturation. Elle se condense en de minuscules cristaux de glace qui forment ce magnifique panache blanc à l'arrière de l'avion. Traînée parfaitement visible par grand beau temps dans un ciel bleu. Ce phénomène peut se comparer à celui que nous produisons avec notre respiration en expulsant de notre bouche de l'air chaud par temps froid. Nous créons de la vapeur d'eau visible (condensation).

La longue traînée nuageuse laissée par un avion s'appelle un « contrail ». Il s'agit de la contraction de deux mots anglais : *condensation* et *trail* (traduction : « traînée de condensation »).

• Quand la navette spatiale atterrit, on observe parfois un phénomène semblable et très spectaculaire. Il s'agit cette fois de grands tourbillons à l'extrémité des ailes, qui ne disposent pourtant d'aucun moteur susceptible d'expulser de l'air chaud. Dans ce cas précis, la surface des ailes de la navette avoisine 1 000 °C. Lorsqu'elles fendent l'air sec du désert, les ailes produisent le même effet que pour les contrails. La baisse soudaine de pression sur le dessus de l'aile entraîne un abaissement de température qui provoque aussitôt la condensation de l'humidité et l'apparition de gouttelettes d'eau gelée.

Pourquoi les prénoms Jacques ou Charles ont-ils un « s » à la fin ?

■ *Il s'agit ici de l'héritage de leur ancienne transcription dans la langue latine. Le « s » final a été tout simplement conservé.*

● Dans leur forme latine, des prénoms comme Gilles (*Aegidius*), Jacques (*Jaconus* et *Jacobus*), Charles (*Carolus*) ou Georges (*Georgius*) portaient un « s » final. Car, quelles que soient leurs origines (prénoms grec, allemand ou autre), tous ces mots ont été latinisés. Et, lorsqu'ils ont pris la forme que nous leur connaissons aujourd'hui, cette lettre a été conservée alors qu'elle n'est pas prononcée.

● Complément du nom patronymique, le prénom contribue à identifier une personne. Avant la loi du 8 janvier 1993, le choix du prénom était très restrictif. Il devait obligatoirement se trouver dans un calendrier ou figurer dans une sorte de patrimoine historique sans définition précise mais qui semblait désigner un échantillon communément admis de personnages connus dans l'histoire.

Depuis la loi du 8 janvier 1993, le champ s'est considérablement ouvert. Les parents ont un choix quasiment infini (fleurs, fruits et onomatopées). Toutefois, l'officier d'état civil peut saisir le procureur de la République s'il estime que ce choix peut s'avérer gênant pour l'enfant, notamment lorsque l'individu atteint l'âge adulte. Le juge aux Affaires familiales peut alors modifier le prénom de l'enfant.

● Les Romains utilisaient des prénoms, noms et surnoms. En revanche, dans le haut Moyen Âge (V^e-Xe siècle), seul subsiste le nom. De nouveau accolé au patronyme, un prénom réapparaît au XIe siècle. Le plus souvent il désigne un lieu, une origine, une profession, un titre militaire, voire une particularité physique. Ce prénom, ou plus exactement ce surnom, va progressivement s'imposer pour devenir le véritable patronyme de l'individu qui le porte et il va se transmettre de père en fils.

Entre le XIIIe et le XVIIIe siècle, les prénoms chrétiens s'imposent et viennent donc compléter les patronymes. Et les parents puisent alors dans la Bible : David, Jean, Pierre, Jacques, Marie, Pascal, Mathieu, etc. Convoqué par le pape Paul III, le concile de Trente demande aux prêtres de veiller à ce que chaque enfant baptisé reçoive le nom d'un saint protecteur en guise de prénom. Père, mère, parrain, marraine, grands-parents, oncles et tantes servent de « modèles ». Et les prénoms tournent alors de génération en génération dans une même famille. Cette tradition, qui se prolonge jusqu'au début du XXe siècle, va limiter le nombre de prénoms utilisés. C'est alors qu'apparaissent un deuxième ou un troisième prénom qui se colorent de spécificités régionales ou plus originales. Le champ des choix possibles commence donc à croître largement à partir de 1920 environ.

Pourquoi la Saint-Valentin est-elle devenue la fête des amoureux ?

■ *Aux environs de la mi-février, les joyeuses festivités liées aux lupercales romaines célébraient Lupercus, le dieu de la fertilité.*

■ *Chez les Grecs, cette même période était placée sous les auspices favorables d'Héra, déesse du mariage.*

■ *Il y a aussi la légende de l'évêque Valentin. Emprisonné, il tombe amoureux de la fille aveugle de son geôlier et lui aurait rendu la vue avant d'être décapité.*

● Dans de nombreux pays à travers le monde, la Saint-Valentin se célèbre le 14 février. Cette fête des amoureux semble puiser ses racines dans l'antiquité gréco-romaine. En effet, chez les Grecs, la période allant de fin janvier à la mi-février était placée sous le signe sacré d'Héra, épouse de Zeus, déesse du mariage et protectrice de la fécondité du couple. D'autre part, les lupercales romaines se déroulaient autour du 15 février, dans le Palatin. Cette joyeuse manifestation populaire célébrait Lupercus, dieu de la fertilité, souvent représenté vêtu de peaux de

29

chèvre et assimilé ensuite à Faunus, protecteur des cultures et des troupeaux.

● De son côté, vers la fin du Ve siècle, l'Église catholique a fixé au 14 février la commémoration du martyre de deux saints morts vers le milieu du IIIe siècle, Valentin de Rome et Valentin de Terni. À cette époque-là, la hiérarchie ecclésiastique met tout en œuvre pour imposer « la » vérité de son dogme et pour tenter de propager son message. Aussi fait-elle coïncider nombre de ses cérémonies et célébrations festives avec de multiples rituels païens. À cet égard, l'eau fait par exemple figure de phénomène exemplaire.

D'une façon générale, l'eau purificatrice (que l'on retrouve dans l'islam et chez les chrétiens) s'imposait déjà comme un symbole universel dans la quasi-totalité des traditions. L'eau lustrale des druides celtes chassait les mauvais esprits. Quand quelqu'un mourait, on plaçait un vase d'eau lustrale à la porte de la maison du défunt. Tous ceux qui venaient saluer le mort l'aspergeaient alors de cette eau sacrée à l'aide d'une branche de buis (ou de gui). Une pratique identique à celle utilisée par les chrétiens avec l'eau bénite. Quant aux pèlerinages religieux associés aux sources et fontaines, ils ne sont le plus souvent qu'une survivance de cultes païens liés à l'eau.

● Pour comprendre les raisons profondes de cette captation de l'héritage païen par la religion chrétienne naissante, il faut bien saisir que les promoteurs de la nouvelle religion s'attachent à détourner leurs fidèles des chemins douteux. Rien de plus logique. Par définition, la foi en un seul Dieu n'est pas compatible avec d'autres croyances. Et surtout pas celles qui conduisent vers les idoles du passé.

Pourtant, malgré la force de la doctrine naissante qui porte vers l'Église le plus grand nombre, d'aucuns continuent de se tourner vers la tradition des cultes païens. Même quand ils se disent convertis au christianisme. La hiérarchie ecclésiastique impose le culte de saint Valentin, mais le peuple des campagnes du V\ :superscript-e:\ siècle continue de célébrer les lupercales.

En fait, les croyances liées aux grandes divinités gréco-romaines ne sont pas les plus difficiles à vaincre. Les paysans s'en étaient écartés depuis bien longtemps. En revanche, ils continuent de porter leur attention et leurs offrandes à des idoles plus familières, plus proches de la nature. Par exemple, celles qui protègent les champs, l'amour, la fertilité, les maisons et les récoltes (Pan, Priape, les faunes, les satyres ou les nymphes des sources et des bois). Ces « petits » dieux résistent. D'autant plus que les pratiques superstitieuses ne demandent qu'à s'épanouir sur un tel terrain. On s'adresse à ces divinités de second ordre, mais aussi aux puissances infernales (mystérieuses et ténébreuses) dont on redoute les colères. Et, bien évidemment, la confusion des genres s'intensifie.

Car les premiers chrétiens ne furent pas tous des saints ou des héros. Beaucoup, déroutés ou hésitants, ne font que suivre ce vaste mouvement sans vraiment le comprendre. Et, pendant les premiers siècles de notre ère, au sortir des cérémonies chrétiennes, certains se précipitent vers les anciennes divinités, de peur de les avoir offensées en participant à de nouveaux rituels. En d'autres termes, ils tentent, en cachette, de concilier le nouveau culte officiel avec l'ancien. Et, par exemple, de concilier la Saint-Valentin avec le culte d'Héra, déesse du mariage et du couple. Sans oublier d'y associer le souvenir des joyeuses festivités liées aux lupercales.

• Pour ces nouveaux chrétiens, le déchirement ne manque pas d'envergure. Au point de tourmenter les plus sereins esprits. À l'évidence, les nouveaux convertis conservent une solide et inavouable tendresse pour leurs « petits » dieux du passé, même s'ils ne doutent plus (sous l'effet d'une intense propagande) de leur nature diabolique. Mais la vengeance de dieux devenus diables ne peut être que sauvage, terrifiante et maléfique. Aussi valait-il mieux conserver quelque « contact » amical avec ces forces énigmatiques !

De surcroît, les principes de l'enseignement de la foi chrétienne ne manquent pas de déstabiliser les premiers adeptes. Certes, ce Dieu unique et souverain prodigue moult grâces spirituelles. En revanche, il semble avare de menus services temporels, notamment dès qu'il s'agit de résoudre des difficultés de la vie quotidienne. Autrement dit, convertis sincères ou suivistes moins convaincus, ces premiers chrétiens comprennent que la nouvelle religion prêche résignation, patience et résistance aux passions. En revanche, elle ne s'attache pas à délivrer des maux d'ici-bas. Ni à prodiguer quelques menus plaisirs. Le plus naturellement du monde, ces paysans confrontés à la dureté du travail, aux épidémies et aux conséquences désastreuses des violences de la nature voulurent conserver un lien avec l'autre camp. Celui des démons familiers et des pratiques moins scrupuleuses. Et, dans le cas précis qui nous retient ici, ils ont finalement le choix : d'un côté la Saint-Valentin imposée à la fin du ve siècle par le pape Gelase Ier qui combat et interdit les lupercales païennes ; de l'autre la sémillante et revigorante fête à la gloire de Lupercus.

Il ne faut surtout pas perdre de vue que le christianisme ne s'implante que progressivement sur l'ensemble du territoire européen. On doit même attendre la fin du viie siècle pour que l'Église s'appuie enfin sur une théologie cohérente. Certes, vers la fin du vi^e siècle, il ne reste que de modestes bribes des religions de l'Antiquité. En revanche, attitudes et comportements sociaux étroitement liés aux peurs, croyances et superstitions continuent de rythmer la vie quotidienne. Aussi peut-on tout à fait concevoir que ces fameuses lupercales porteuses de joie et d'amour prirent finalement le pas sur la commémoration de deux martyrs, somme toute assez obscurs.

Et, comme par miracle, survient alors un autre Valentin (à moins qu'il ne s'agisse de l'un des deux martyrs précités, personne ne sait). Quoi qu'il en soit, la légende liée à ce jeune évêque a le mérite de proposer une synthèse. En effet, Valentin s'oppose à une loi interdisant aux soldats de se marier (en 270). L'empereur romain Claude II (dit le Gothique, pour avoir vaincu les Goths en Serbie) soutenait que les hommes mariés font de mauvais soldats. Or, comme il avait besoin de nombreux guerriers, Claude II défendit donc à ses hommes de convoler en justes noces. Cependant, Valentin continua de bénir les mariages en cachette. Il fut alors emprisonné et tomba amoureux de la fille aveugle de son geôlier. Valentin lui rendit la vue avant d'être décapité. Et cette charmante légende à l'eau de rose a aussi contribué à enfanter la fête des amoureux.

De quand datent
les premiers carnavals ?

■ *Certains textes parlent de balbutiements plus ou moins encadrés de cortèges dès 1294, lorsque le comte de Provence, Charles II d'Anjou, frère de Louis IX (dit Saint Louis, 1214-1270), vint visiter la ville de Nice.*

■ *Mais le carnaval, au sens où nous l'entendons aujourd'hui, prend simultanément naissance en trois endroits : Viareggio (Toscane, Italie), Rio de Janeiro (Brésil) et Nice.*

■ *La première grande fête officielle avec défilé carnavalesque et corso prend sûrement racine au début de l'année 1822, époque à laquelle le roi de Sardaigne Victor-Emmanuel Ier (1759-1824) fait un séjour à Nice. À cette occasion, les chroniqueurs mentionnent des batailles de fleurs et de bonbons. Et notamment de dragées, traduction française de* confetti *(sans « s », pluriel du mot italien* confetto*).*

• Distractions et réjouissances publiques se développent en Europe à partir du XIIe siècle entre deux dates emblématiques : l'Épiphanie et le Carême. Célébrée le 6 janvier dans la liturgie chrétienne, l'Épiphanie correspond à l'apparition de l'enfant Jésus aux Rois mages. Symbole de la révélation du Christ aux païens, l'Épiphanie préséda longtemps la fête de la Nativité. En effet, Noël ne sera fixé le 25 décembre qu'au IVe siècle (voir *Le Pourquoi du comment 1*, p. 55). Quant au Carême, période de jeûne et d'abstinence qui prépare les chrétiens à la passion du Christ, il apparaît également au IVe siècle, mais ne sera institutionnalisé par l'Église qu'au XIIe. Le Carême correspond à une période de quarante-six jours située entre Mardi gras et la fête de Pâques.

Divertissements, plaisirs et bombance précèdent fort logiquement l'austère période de privations qui s'annonce avec le Carême. On parle d'ailleurs de « Carême prenant » (ou de « Carême entrant ») pour qualifier les trois derniers jours de réjouissances. Mais au fil du temps, le Mardi gras restera l'unique et dernière journée récréative propice à tous les excès, car le Carême commence le lendemain (mercredi des Cendres).

● Ces fêtes liées au Carême entrant se dérouleront d'abord dans les villages champêtres, mais elles n'auront aucune difficulté à s'imposer également au sein des plus grandes villes. Le développement de l'urbanisation médiévale va même s'accompagner en la matière de rassemblements plus organisés : cavalcades masquées, déguisements, chants, joutes, banquets, etc. Avec la Renaissance viendront les bals et ballets d'inspiration vénitienne et les premiers défilés de chars somptueusement décorés. Enfin, dans la seconde moitié du XIXe siècle, toutes les grandes villes d'Europe possèdent leur corso fleuri, point d'orgue de majestueuses festivités.

• Quant aux festivaliers en goguette, sous le nom général de « confetti », ils continueront de se lancer des brassées de bonbons, sucreries, dragées, farine, pois chiches ou haricots secs. Mais aussi parfois de graines, symbole de fertilité. D'aucuns en viennent même à jeter des petites boulettes de plâtre ou de terre blanchie à la chaux. Certes, la bonne humeur ambiante qui prévaut normalement en de telles circonstances festives commande à chacun de fraterniser avec son voisin. Cependant, les jets intempestifs ou violents n'étaient pas forcément du goût de tous, provoquant ici ou là des dégâts matériels, voire de petits traumatismes et de sourdes douleurs. Nombre de fêtards se protégeaient d'ailleurs derrière un masque d'escrime peinturluré.

En 1892, pour éviter que ces mascarades bigarrées dégénèrent en batailles rangées de projectiles divers et variés et tournent au pugilat, un ingénieur de Modène en Italie a l'idée de confectionner des petits ronds de papier colorés en utilisant des cartons usagés. Son invention prend inévitablement le nom de *confetti*. Il semble que la première pluie de ces inoffensifs confettis ait été lancée la même année au Casino de Paris. De toutes les façons, les confettis en papier (ce qui ressemble aujourd'hui à un pléonasme) s'imposent immédiatement dans tous les carnavals. Celui de Nice, qui avait pris une forme officielle en 1873 via la création d'un comité d'organisation, ne sera bien évidemment pas en reste.

Pourquoi les oreilles
se bouchent-elles en avion ?

■ *Il ne s'agit que d'une sensation d'oreilles bouchées.*

■ *Ce phénomène résulte de la différence de pression qui survient dans l'oreille interne aux moments du décollage et de l'atterrissage.*

● Dans un avion, la pressurisation de l'appareil maintient une dépression barométrique qui correspond à une altitude « artificielle » variant entre 1 800 et 2 000 mètres. Mais les variations de pression au décollage et à la descente sont parfois pénibles : douleur des sinus ou des oreilles, sensation d'oreilles bouchées. Et, lors d'un mauvais équilibrage des pressions, une otite barotraumatique peut éventuellement survenir, mais très rarement.

● En fait, le tympan se comporte comme une petite membrane qui vibre librement et transmet les variations aux osselets de l'oreille moyenne, cavité remplie d'air à une certaine pression. Lorsque l'avion monte, la pression extérieure diminue, mais celle de l'oreille interne ne change pas. L'air contenu dans l'oreille moyenne se dilate et le tympan se gonfle vers l'extérieur. Le surplus d'air est évacué dans la gorge par la trompe d'Eustache. Et le phénomène inverse se produit lorsque l'avion descend. Dans les deux cas, la rétraction du tympan est douloureuse, d'où cette sensation d'oreilles bouchées.

Pour éviter ce petit désagrément, il faut « ouvrir » la trompe d'Eustache et ainsi équilibrer la pression entre les deux côtés du tympan. Il existe de multiples manœuvres possibles : déglutition, bâillements, mastication d'un chewing-gum, expiration forcée (bouche fermée et nez pincé).

• Environ un tiers des personnes sont anxieuses lorsqu'elles voyagent. Et, plus spécialement, des études montrent qu'environ 10 % des voyageurs ont peur en avion. Certains de ces sujets phobiques sont claustrophobes et leur malaise se traduit par les mêmes troubles lorsqu'ils entrent, par exemple, dans un ascenseur. En revanche, d'autres sujets présentent une phobie spécifique de l'avion. Notamment tous ceux qui éprouvent le besoin de tout contrôler et qui ne supportent donc pas de s'en remettre aux multiples paramètres qui interviennent dans un voyage en avion. Mais il y a aussi tous ceux qui ont vécu une expérience délicate lors d'un précédent vol et qui ont développé ensuite une anxiété réactionnelle. Enfin, certains sujets sont tout simplement anxieux et n'ont peur que de phases spécifiques (décollage, turbulences, trous d'air, etc.).

Pourquoi la tour de Pise
penche-t-elle ?

■ *L'inclinaison du monument est due à un affaisse-ment du terrain marécageux qui a accueilli l'édifice. De surcroît, la conception des fondations n'a proba-blement pas été réalisée dans les règles de l'art.*

■ *Aujourd'hui, la tour penche de 5,4 degrés vers le sud. Le dernier étage du monument dépasse ainsi l'aplomb des fondations de 4,5 mètres.*

● L'architecte toscan Bonnano Pisano commence la construction de la tour en 1173, sur la place des Miracles, au centre de la ville de Pise. De forme cylindrique, la tour (campanile ou beffroi) appar-tient à un ensemble qui comprend la cathédrale (sa construction débute en 1604), le baptistère (XIIe-XIVe siècle) et le Camposanto (cimetière). Cette tour devait donc recevoir les cloches de la cathédrale.

Cinq ans après le début des travaux, la tour penche déjà, et le chantier s'interrompt pendant près d'un siècle. Giovanni de Sirene reprend alors le flambeau. De nouveau interrompue au début du XIVe siècle pendant près de cinquante ans, la construction s'achève enfin en 1372.

Bien évidemment, aucun des architectes n'a jamais souhaité construire une tour penchée. Et, même si les avis des spécialistes divergent sur les causes précises de la spécificité du campanile de Pise, il semble aujourd'hui acquis que l'inclinaison du monument est due à un affaissement du terrain marécageux qui a accueilli l'édifice. En effet, le sous-sol de la région regorge d'eau provenant d'un fleuve florentin, l'Arno. De surcroît, il semble aussi que la conception des fondations n'ait pas été réalisée dans les règles de l'art.

La tour de Pise mesure 58 mètres de haut et possède huit étages. Elle se compose de deux cylindres concentriques en pierre entre lesquels court un escalier de 294 marches. La tour est creuse en son milieu. Chaque étage est supporté par 207 splendides colonnes en marbre blanc de Carrare. L'édifice pèse environ 15 000 tonnes.

• En 2006, la tour était inclinée vers le sud d'un angle de 5,4 degrés par rapport à la verticale. Le dernier étage du monument dépasse ainsi l'aplomb des fondations de 4,5 mètres. En 1350, lorsque reprend la dernière vague de travaux qui doit enfin conduire à terminer le campanile, l'inclinaison affiche déjà un angle de 1,5 degré.

En janvier 1990, les visites de la tour furent interdites au public pour des raisons de sécurité. Après de multiples expertises, des travaux de restauration furent entrepris à partir de 1992 pour tenter de stabiliser l'édifice. Le comité scientifique international chargé du plan de sauvetage de la tour de Pise a notamment imaginé qu'il fallait placer une forte masse de plomb (environ 1 000 tonnes) sur le côté nord de la base du monument, procédé qui vise à contrebalancer l'inclinaison vers le sud. Depuis 1995, la tour semble ne plus poursuivre son inexorable déclivité. Et les visites du beffroi ont pu reprendre en décembre 2001.

Certains experts pensent que la tour de Pise va ainsi tenir encore un siècle. D'autres penchent pour trois !

Quel mot est le plus utilisé
à travers le monde ?

■ *L'expression la plus utilisée à travers le monde reste probablement le célèbre « OK » d'origine américaine.*

■ *Il existe de multiples explications qui prétendent expliquer l'origine de l'expression. En fait, la tournure vient de la façon amusante de transformer l'écriture de* all correct *en* oll korrect. *Déformation cocasse dont l'abréviation donne « OK ».*

■ *La mode qui consiste alors à modifier l'orthographe de certaines expressions eut un immense succès à la fin du XIXe. Cette pratique est comparable au verlan, au louchébème et autres textos.*

● Le mot d'origine américaine « OK » (ou plus exactement l'expression) reste probablement le plus utilisé dans toutes les langues du monde. Cette abréviation familière se répandit en Europe après la Seconde Guerre mondiale.

Dans pratiquement chaque langue répertoriée, chacun acquiesce et opine du bonnet en prononçant ce magique « okay ». Encore que l'expression ne se contente pas de signifier un « oui » banal et stan-

44

dardisé. En effet, si un OK bien placé dans la conversation vise à approuver, voire à donner une autorisation, il permet aussi de manier la nuance. Chacun sait qu'il peut se traduire par « d'accord » ou par « entendu », notamment dans le genre de réplique suivante : « OK, j'arrive ! » Mais ces modestes petites lettres poussent la subtilité expressive jusqu'au « tout va bien ». Exemple : « C'est OK, on peut partir. »

● D'extravagantes histoires censées expliquer les origines de l'expression puisent leurs racines dans un folklore bigarré. Par exemple, beaucoup pensent que « okay » peut venir du mot *okeh*, autrefois prononcé dans certaines tribus indiennes pour dire « oui ». D'autres l'attribuent à Obediah Kelly, brave employé des chemins de fer qui aurait eu pour habitude de placer ses initiales au bas des papiers autorisant un convoi de marchandises à quitter le quai.

Mais il y a aussi cette explication qui se réfère à la guerre de Sécession. Elle opposa vingt-trois États du Nord à onze États du Sud de l'Amérique entre 1861 et 1865. Une guerre civile qui se soldera par la victoire des nordistes (anti-esclavagistes et protectionnistes). Les soldats qui rédigent chaque soir un rapport d'activité militaire mentionnent le nombre de morts. Et lorsque aucun des leurs n'a disparu au combat, ils marquent « OK ». Abréviation de l'expression *0 killed* (*zero killed*), c'est-à-dire « zéro tué ». À l'époque, l'abréviation avait quelques décennies d'existence et elle ne tient donc pas son origine de cette terrible guerre de Sécession qui entraîna la mort de plus de 600 000 soldats.

Toujours parmi les explications fantaisistes figure celle des bateaux qui accostaient dans un port de l'île d'Haïti portant le doux nom de Les Cayes. Les marins qui se rendent dans cette ville (sur la côte sud de l'île baignée par la mer des Caraïbes) ont coutume de dire qu'ils se rendent « aux Cayes ». Ce qu'ils prononcent vaguement par « okay ». Et, comme cette ville possède le meilleur rhum de l'île, les marins prennent l'habitude de désigner la qualité d'une bonne marchandise en référence à la réputation de l'alcool de leur port favori. « *This is really Aux Cayes stuff* » donne alors à un produit une sorte d'agrément. Quelque chose du genre : « C'est de la bonne qualité », sous-entendu : comme le rhum de Les Cayes.

● Professeur à l'université de Columbia, Allen Walker Read a montré que cette énigmatique abréviation vient en réalité de l'expression *oll korrect*, une déformation pour le moins cocasse de *all correct*. Apparue à la fin des années 1830, cette façon humoristique d'écrire certaines phrases ou expressions en les réduisant à des initiales eut un immense succès dans les journaux de Boston. Walker Read a par exemple relevé dans ces publications : KY, pour *know yuse* (*no use*, « cela ne vaut pas la peine ») ; NS, pour *nuff said* (*enough said*, « assez parlé »). Et, bien évidemment, de multiples OK pour *oll korrect* (*all correct*, « tout est correct »), repéré pour la première fois en mars 1839.

Tandis que les autres abréviations ne reviennent que pendant quelques semaines dans les articles ou les dessins, le OK s'immisce et persiste dans les conversations. Puis s'impose rapidement. Peut-être parce qu'il véhicule aussi un soupçon d'humour : pas plus le « O » que le « K »... ne sont corrects !

Il faut souligner que cette manière de « malaxer » le langage n'a rien d'exceptionnel. Par exemple, au XIXᵉ siècle, les bouchers parisiens inventèrent le parler en « lem ». « Boucher » devenant « louché-bème » (voir *Les Mots canailles*, p. 185). Cette façon de triturer le langage (parfois avec une imagination débordante) rappelle aussi d'autres pratiques comme le verlan ou les textos du téléphone mobile d'aujourd'hui.

● Un événement politique va se charger de promouvoir l'expression. En 1840, Martin Van Buren (1782-1862) mène campagne pour sa réélection à la présidence des États-Unis. Natif du petit village de Kinderhook (État de New York), le huitième président américain (élu en 1837) n'a plus vraiment le vent en poupe. Déjà très aguerris dans l'art du marketing politique, les partisans de Van Buren cherchent un slogan qui fait mouche. Ils décident alors de s'appuyer sur ces abréviations comiques très en vogue. Et ils se décident pour le OK en affublant leur poulain d'un gentil surnom : *Old Kinderhook*. Les deux petites lettres deviennent alors le sigle de ralliement des supporters de Martin Van Buren. Ils

fondent même le OK Democratic Club pour promouvoir les idées de leur favori.

Les adversaires de Van Buren s'emparent aussitôt de l'expression pour caricaturer le bilan du
président toujours en exercice. Et on voit fleurir
de nombreuses autres formes de l'expression.
Par exemple : *orrible katastrophe* (« horrible catas-
trophe ») ; *orful kalamity* (*awful calamity* : « ef-
froyable calamité ») ; *out of kash* (*out of cash* :
« sans argent »), etc. À l'époque, on savait au moins
s'amuser pendant les campagnes électorales américaines ! Finalement, Martin Van Buren subit une
humiliante défaite. Mais son successeur, William
Harrison, meurt des suites d'une pleurésie, le 4 avril
1841, un mois après son entrée en fonction. Par un
froid glacial, il avait commis l'imprudence de prononcer son discours inaugural tête nue. Quoi qu'il
en soit, cette campagne électorale va bel et bien
marquer les débuts officiels du célèbre « OK ».

● Kinderhook, le village natal de Martin Van
Buren, tenait absolument à inscrire son nom dans
l'histoire des origines du « OK ». Situé dans le
comté de Columbia (État de New York), Kinderhook est créé par des colons hollandais qui s'établissent dans la région au début du XVIIᵉ siècle, peu
après l'exploration par l'Anglais Henry Hudson du
fleuve et de la baie qui portent son nom (1609-
1610). Au cours de ce voyage, Hudson aurait ren-
contré des Mohicans pour la première fois. Un
siècle plus tard, les vergers de la charmante région
de Kinderhook produiront des pommes savou-

reuses commercialisées dans des cagettes portant une sorte de mention d'origine : OK (pour *Old Kinderhook*). Les consommateurs se seraient alors référés à ces pommes délicieuses pour désigner un produit de qualité.

Pourquoi ne faut-il pas recongeler
un aliment qui a été décongelé ?

■ *Une croyance largement répandue prétend que la congélation tue les bactéries. C'est totalement faux ! La congélation empêche simplement les microbes de se multiplier.*

■ *Pendant la congélation (ou surgélation) d'un aliment, les bactéries sont mises en sommeil. Elles se réveillent et se multiplient pendant la décongélation. Conséquence : un aliment qui aura été décongelé puis recongelé renferme davantage de bactéries que lors de sa première congélation.*

■ *Consommer un produit décongelé puis recongelé peut alors entraîner des désordres gastriques plus ou moins sérieux, voire déboucher sur une grave intoxication alimentaire.*

● Le principe de la surgélation (méthode de congélation rapide à très basse température) apparaît dans les années 1930. La surgélation industrielle utilise des processus excessivement rapides qui déclenchent la formation de cristaux de glace très petits. Les membranes des cellules du produit ainsi congelé subissent alors un minimum de traumatismes et la qualité globale de l'aliment est donc préservée. Dans les faits, la surgélation empêche la croissance des micro-organismes et elle retarde l'activité des enzymes qui détériorent naturellement une viande, un fruit ou un légume.

La surgélation utilise des températures de $-30\,°C$ à $-50\,°C$. Le produit surgelé doit bien évidemment se trouver dans un état de qualité et de fraîcheur absolument irréprochables. Les aliments surgelés sont vendus au consommateur sans rupture de la chaîne du froid à une température de $-18\,°C$. La congélation relève pour sa part de la pratique « maison ». Et, pour congeler sans risque un plat amoureusement préparé dans sa petite cuisine, mieux vaut respecter scrupuleusement les conseils des spécialistes. De toutes les façons, le principe de base reste le même : régler son congélateur sur la position maximale pour que le processus se déroule le plus rapidement possible. Mais vous n'obtiendrez jamais le même degré de sécurité sanitaire que celui de la surgélation industrielle.

● La congélation ne tue absolument pas les bactéries que contient tout aliment. La congélation empêche simplement les microbes de se multiplier. D'ailleurs, certains germes se reproduisent à basse température (par exemple, celle d'un réfrigérateur). Autrement dit, congeler un produit visiblement immangeable ne tuerait d'aucune manière les germes qu'il contient et ne le rendrait en aucune façon consommable !

Au cours de la congélation (ou surgélation) d'un aliment, les bactéries sont, en quelque sorte, mises en sommeil. Et elles se réveillent et se multiplient immédiatement pendant la décongélation. Les bactéries s'en donnent alors à cœur joie pour altérer la qualité sanitaire du produit. Ce qui n'a bien sûr aucune importance si vous cuisinez immédiatement l'aliment décongelé. Mais en recongelant un produit décongelé, les bactéries apparues depuis la décongélation ne seront pas détruites. Conséquence : un aliment décongelé puis recongelé se dégrade et renferme davantage de bactéries que lors de sa première congélation. Consommer un tel produit peut alors entraîner des désordres gastriques plus ou moins sérieux, voire déboucher sur une grave intoxication alimentaire, due à des bactéries comme la *Salmonella*, le *Staphylococcus aureus* (staphylocoque doré), le *Clostridium perfringens* ou le *Clostridium botulinum*.

En d'autres termes, un aliment décongelé puis recongelé perd sa qualité sanitaire, mais aussi sa qualité gustative et nutritionnelle. Il faut impérativement bannir de telles pratiques avec des sujets fragiles (malades, allergiques, femmes enceintes, nourrissons ou personnes âgées).

Qui a inventé l'automobile ?

■ *La fin du XIXe siècle connut un impressionnant cortège d'inventions qui marqueront l'histoire de l'automobile. Difficile d'attribuer à l'un ou à l'autre de ces géniaux précurseurs la véritable paternité de cet engin qui allait profondément bouleverser la société.*

■ *Le premier moteur à explosion à quatre temps (fonctionnant au gaz) fut présenté en 1876 par l'ingénieur allemand Nikolaus Otto (1832-1891). Un nom prédestiné ! Sa découverte repose sur une théorie établie dès 1862 par l'ingénieur français Alphonse Beau de Rochas (1815-1893).*

■ *L'Allemand Carl Benz (1844-1929) breveta pour sa part le premier moteur quatre temps à essence en janvier 1886. Avec l'aide de ses associés (Gottlieb Daimler et Wilhelm Maybach), Benz en équipe un véhicule à trois roues que l'on peut considérer comme la première voiture moderne à essence (1889).*

■ *Les Français René Panhard (1841-1908) et Émile Levassor (1844-1897) construisirent pour leur part le premier modèle de voiture à quatre roues (moteur placé à l'avant en position horizontale) en 1891.*

■ *Aux États-Unis, la première automobile à essence fut construite par Charles et Frank Duryea en 1892.*

● Inventeurs passionnés et habiles financiers soutiennent aussitôt l'exceptionnelle effervescence qui annonce la colossale épopée industrielle qui suivra. Armand Peugeot (1849-1915) se lance dans l'aventure dès 1889. Époque où Louis Renault (1877-1944), alors âgé de vingt-deux ans, construit sa première voiture dans la maison de ses parents, à Billancourt, puis crée Renault frères en 1899.

Quant à la célèbre Mercedes (prénom de la fille d'Emil Jellinek, l'un des financiers de Daimler), elle voit le jour en 1901. Il s'agit d'un modèle dérivé (et largement perfectionné) de la première Benz-Daimler-Maybach de 1889.

De son côté, le mythique Henry Ford (1863-1947) fonde en 1903 la Ford Motor Corp. Puis il lance la légendaire Ford T en octobre 1908. Henry Ford crée en 1911 la première usine de montage à la chaîne en appliquant les principes de Frederick Taylor (1856-1915), le promoteur de l'organisation scientifique du travail (taylorisme). La production d'automobiles en grandes séries commence.

Parallèlement, des inventions fondamentales voient le jour. Un vétérinaire écossais, John Dunlop (1840-1921), invente le pneumatique en 1888. Quant à la boîte de vitesses, elle voit le jour en 1898 et le pare-brise en 1899. Le pare-chocs apparaît en 1905 et le rétroviseur l'année suivante.

● En 1902, environ 4 000 véhicules sillonnent le territoire français. Et aucune réglementation spécifique à la circulation automobile n'a encore vu le jour. Car le premier panneau de signalisation routière « moderne » qui sera officiellement posé en 1894 sur la N7, près de Cannes, s'adresse uniquement, et fort logiquement, aux cyclistes.

Mais des problèmes de sécurité vont rapidement se poser et les accidents cyclistes, piétons et automobiles se multiplient. Sans compter les sorties de route et les pertes de contrôle intempestives. Le Touring Club de France pose donc des panneaux qui indiquent ici ou là les obstacles dangereux.

Cependant, il faudra attendre 1908 pour que la première Conférence internationale de la route adopte quatre panneaux de base standardisés. Triangulaires sur fond jaune, ils annoncent les difficultés suivantes : croisement, virage délicat, passage à niveau, cassis (dos d'âne).

● La première signalisation routière cohérente, continue et d'envergure date de 1912. Elle est placée sur le trajet qui relie Paris à la station balnéaire de Trouville-sur-Mer. L'année suivante, le numérotage des bornes kilométriques de toutes les routes (nationales et départementales) devient obligatoire.

● Le code de la route entre en vigueur en janvier 1923. Auparavant, les règles de circulation dépendaient de la loi de 1851 sur « la police du roulage et des messageries ». Entre ces deux dates, un décret de mars 1899 apporta fort à propos quelques précisions sur les obligations relatives à la spécificité de la conduite automobile. Par exemple, la vitesse, y compris sur les routes de campagne, ne devait pas dépasser 30 km/h !

desitel dessinent dans leurs têtes de langues symboles
peuvent-ils pas trop rapidement réduire leur ensemble
mais nous n'oublierons la prochaine et c'est de toute la
Dans leur mémoire ne sont pourtant le que peut-être
pour mouvement désertation sous la surface panni

Combien restera-t-il de langues différentes
à travers le monde dans un siècle ?

■ *Vingt-cinq langues s'éteignent chaque année.
Mais de nombreux experts pensent que le rythme va
s'intensifier dans les prochaines décennies. Ainsi ne
resterait-il plus que 500 langues dans un siècle.*

■ *On parle actuellement environ 5 000 langues à
travers le monde. Il y en avait deux fois plus au
XVe siècle.*

• Les spécialistes estiment qu'il y avait probablement 10 000 langues différentes il y a seulement
cinq siècles. Aujourd'hui, les linguistes dénombrent
environ 5 000 langues parlées à travers le monde.
Toutes ces langues se sont enrichies par une sorte
de métissage syntaxique et/ou lexicologique. Notamment dans le cas de peuples voisins. Cependant, le
nombre de langues vivantes ne cesse de décroître. Il
meurt environ vingt-cinq langues chaque année
(voir à ce propos l'émouvante histoire d'Ishi, le
dernier Indien Yahi dans *Le Pourquoi du comment 2*, p. 140).
Certains experts affirment que ce rythme va
encore s'accroître au fil du temps et ils n'hésitent

pas à annoncer que 90 % des langues parlées actuellement auront disparu. Mais cela ne sera fort probablement pas le cas du chinois, la langue la plus répandue et aujourd'hui utilisée par 1,2 milliard de personnes. Vient ensuite l'anglais (parlé par 650 millions de personnes). Le français arrive en dixième position (150 millions d'utilisateurs).

Combien de temps dure une journée ?

■ *Chacun sait que la journée dure bien sûr vingt-quatre heures, mais il convient de corriger immédiatement le tir en ajoutant un énorme « environ » ! Car les choses ne sont pas aussi simples.*

■ *Il existe en effet deux durées mesurables : le jour sidéral et le jour solaire. La journée sidérale est plus courte que la journée solaire d'environ quatre minutes.*

● Dans la réalité, il existe un jour sidéral et un jour solaire qui ne mesurent pas tout à fait le même laps de temps. Le jour sidéral (temps d'étoile) correspond à la durée que met la Terre pour effectuer un tour sur elle-même sans tenir compte de sa révolution qui décrit une ellipse autour du Soleil. Pour être précis, les scientifiques ont pris pour référence le premier point vernal, c'est-à-dire l'intersection de l'équateur céleste et du plan de l'écliptique (plan de révolution de la Terre autour du Soleil) à l'équinoxe de printemps. Et la durée de rotation de la Terre sur son axe par rapport au premier point vernal dure très exactement 23 heures 56 minutes et 4,09 secondes.

Quant au jour solaire, il correspond au temps qui s'écoule entre deux passages successifs du Soleil au méridien. Ce temps est supérieur au jour sidéral. En effet, en une journée solaire, la Terre doit décrire un peu plus de 360 degrés sur son axe pour que le Soleil passe au méridien (car n'oublions pas que la Terre tourne aussi autour du Soleil). Autrement dit, pour simplifier, le jour sidéral correspond à un tour de la Terre sur son axe avec pour référence une étoile située à l'infini (donc sa position ne change pas), tandis que dans l'évaluation du jour solaire la Terre change de position par rapport à son point de référence, le Soleil.

• Les choses se compliquent dans la mesure où la vitesse de la Terre autour du Soleil n'est pas constante en raison de la seconde loi de Kepler (voir *Le Pourquoi du comment 2*, p. 197). Pour la résumer : une droite reliant le Soleil à la Terre balaye des secteurs d'ellipse égaux dans des intervalles de temps égaux. Donc, pour que les aires balayées soient identiques en un laps de temps donné, le point qui décrit l'ellipse doit se déplacer plus ou moins rapidement. Et notablement plus vite lorsqu'il est proche du foyer, car sa distance à parcourir est plus grande. Autre façon de raisonner : pour ce même point plus proche du foyer, s'il naviguait à vitesse constante, la droite Soleil-Terre étant plus courte, l'aire serait plus petite (ce qui est contraire à la seconde loi de Kepler). Ainsi, quand la Terre passe à son périhélie (point de l'orbite le plus proche du Soleil), la vitesse dépasse les

109 000 km/h. Quand elle passe à son aphélie (point le plus lointain), la vitesse tombe à 105 000 km/h. Autant de fluctuations qui débouchent sur une variation sensible de la durée du « jour solaire vrai ». Les différences maximales se situent en février (plus quatorze minutes) et en novembre (moins seize minutes). Aussi parle-t-on de « jour solaire moyen », qui est égal au jour civil.

Quand fut créé le premier journal ?

■ *Le premier journal au monde voit le jour en 1605. Il paraît trois fois par mois et s'appelle* Les Nouvelles d'Anvers.

■ *Le premier quotidien au monde est allemand. Il fut créé en 1660 et s'appelle le* Leipziger Zeitung.

■ *En Angleterre, le premier périodique, le* Courant or Weekly News from Foreign Parts, *date de 1621. Et le premier quotidien britannique, le* London Gazette, *fut lancé le 7 novembre 1665.*

■ *Le premier journal français, un hebdomadaire intitulé* Nouvelles ordinaires de certains endroits, *a été créé par Louys Vendosme dès le début de l'année 1631. Mais l'histoire retient plutôt le nom de Théophraste Renaudot (1686-1653) qui crée l'hebdomadaire* La Gazette de France *en mai 1631.*

■ *Le premier journal de langue anglaise imprimé sur le sol américain paraît le 25 septembre 1690, à Boston. Truffé de révélations qui gênent les intérêts britanniques, le* Publick Occurrences *est purement et simplement interdit quatre jours plus tard. Les habitants de Boston attendront le 15 mai 1704 avant de pouvoir lire le premier périodique américain intitulé le* Boston News-Letter. *Quant au premier quotidien américain, le* Pennsylvania Packet or General Advertiser, *il date de 1784.*

● Johannes Gutenberg (1400-1468) remplace les caractères gravés en relief sur bois par des caractères fondus (alliage de plomb, d'antimoine et d'étain) vers 1450. Gutenberg devient ainsi le père de l'imprimerie « moderne ». Mais la technique d'impression utilisant des caractères mobiles fut inventée en Chine par Bï Sheng dès 1045 (il utilisait des caractères en terre cuite). Gutenberg achève l'impression de la « Bible de quarante-deux lignes » (elle comporte deux colonnes de quarante-deux lignes par page) en 1456.

● La parution régulière distingue les premiers journaux de toutes les autres sortes de publications qui paraissent un peu partout en Europe dès la seconde moitié du XVᵉ siècle. On voit en effet fleurir ici ou là des feuilles volantes imprimées dès qu'un événement plus ou moins important se produit. Ces premiers supports épisodiques liés à l'actualité s'appellent des « occasionnelles ». Mais il existe aussi les célèbres « canards ». Tout aussi irréguliers, ils rendent compte de situations exceptionnelles, extraordinaires et souvent surnaturelles propres à aguicher les gogos. La périodicité régulière caractérise donc un journal digne de ce nom.

● Le premier journal au monde voit le jour en 1605. Il paraît alors trois fois par mois et s'appelle

Les Nouvelles d'Anvers. De nombreux hebdomadaires paraissent aussi en 1609 à Amsterdam, Bâle, Berlin, Francfort et Prague. La même année, Johann Carolus crée *Relation* à Strasbourg.

Le premier quotidien au monde est allemand. Il fut créé en 1660 et s'appelait le *Leipziger Zeitung.*

Imprimé sur quatre pages, le premier quotidien français, *Le Journal de Paris*, date de 1777. Il traite principalement d'événements culturels et de faits divers et connaît un succès notable auprès des Parisiens.

En Angleterre, le premier périodique est fondé en 1621 par Nathaniel Battles. Il s'agit du *Courant or Weekly News from Foreign Parts.* Le premier quotidien britannique, le *London Gazette*, fut lancé par Henry Mudiman le 7 novembre 1665.

● Médecin et philanthrope, Théophraste Renaudot (1586-1653) crée *La Gazette de France* en mai 1631. Une initiative qui lui vaut d'être considéré comme le père de la presse moderne française. L'hebdomadaire paraît sur quatre à huit pages, selon les semaines. Il contient des nouvelles politiques (y compris internationales) et le récit des principaux événements parisiens touchant aux sciences et à la littérature. Et on trouve régulièrement des signatures prestigieuses puisque Louis XIII (1601-1643) et Richelieu (1585-1642) ne dédaignent pas de lui fournir des articles pour expliquer leurs décisions.

La Gazette atteindra le tirage maximal de... 800 exemplaires. Ce qui représente un indéniable succès pour l'époque. Toutefois, les puristes feront remarquer que *La Gazette* a été devancée. Et ils ont raison ! En effet, un certain Louys Vendosme avait créé, dès le début de l'année 1631, un hebdomadaire intitulé *Nouvelles ordinaires de certains endroits*. Mais face à la qualité de *La Gazette*, et probablement victime d'une sombre histoire de concurrence déloyale, Vendosme devra s'incliner vers la fin de la même année.

• Théophraste Renaudot obtient son diplôme de médecin à l'université de Montpellier dès l'âge de dix-neuf ans. Mais il juge ne pas disposer de l'expérience suffisante ni de l'autorité nécessaire pour s'engager d'emblée dans la pratique des soins. Aussi décide-t-il d'entreprendre quelques voyages. Il se rend notamment en Angleterre et en Italie, pays où Renaudot découvre d'ailleurs un journal vendu une gazetta (valeur d'une pièce de monnaie de l'époque). Ce souvenir lui reviendra quelques années plus tard, lorsqu'il cherchera un titre pour sa publication.

De retour en 1609 à Loudun, sa ville natale, Renaudot se marie. Et il commence à exercer avec passion son métier de médecin en se préoccupant tout particulièrement du sort des déshérités. En 1612, Théophraste s'installe à Paris. Grâce au chaleureux soutien de Richelieu, Renaudot devient médecin ordinaire du roi (Louis XIII). Il obtient également l'office de commissaire général des pauvres du royaume. Une charge qu'il se garde bien de considérer comme une sorte de récompense honorifique. En homme de terrain, ce jeune praticien dynamique va multiplier les initiatives concrètes.

Rien ne l'arrête dès qu'il s'agit de venir en aide aux plus démunis. Il les soigne gratuitement et fabrique ses propres médicaments. Un anticonformisme qui, de surcroît, nuit aux intérêts économiques de corporations encore mal encadrées.

La protection sans faille de Richelieu permet à Renaudot de résister aux tracasseries incessantes de la faculté de médecine de la capitale dirigée d'une main de fer conservatrice par Guy Patin. Celui-ci parviendra cependant à ses fins en 1642. Dès la mort de Richelieu, elle interdira l'exercice de la médecine à Renaudot dans Paris. Un comble pour ce thérapeute qui avait inventé nos actuels dispensaires en ouvrant des « consultations charitables » (soins et médicaments gratuits grâce à la mise en place d'un système de solidarité déjà très élaboré).

● Infatigable précurseur en moult domaines, Renaudot passera à la postérité grâce à la création de *La Gazette*. Et son activité de journaliste lui vaudra de donner son nom à un prestigieux prix littéraire créé en 1925. Pourtant le brave Renaudot ne se contenta pas de créer un journal. Jugez-en : outre ses activités de médecin et de journaliste déjà évoquées, il ouvre en 1630 à Paris, sur l'île de la Cité, un Bureau et registre d'adresses. Le lieu tient à la fois de l'agence de renseignements et du cabinet-conseil. Chacun peut y trouver des annonces marchandes de toutes sortes, ainsi que les adresses de médecins, apothicaires, gardes-malades et précepteurs. Mais surtout, ce bureau publie des offres d'emploi ! Bien plus, il sert d'intermédiaire entre employés (ou apprentis) et patrons et il offre ses services afin de faciliter la négociation entre les parties, voire pour établir des conventions. À ce titre, on peut légitimement considérer Théophraste Renaudot comme l'inventeur des agences pour l'emploi et lui octroyer la qualité de père fondateur de l'ANPE, organisme qui verra le jour trois siècles et demi plus tard (le 13 juillet 1967). Et l'exceptionnel succès de cette initiative lui donne aussitôt l'idée de créer une *Feuille du bureau d'adresses*. Un support qui se présente, là encore, comme le véritable précurseur de la publicité commerciale et des petites annonces.

L'ingéniosité de Renaudot ne s'arrête pas là. Toujours viscéralement tourné vers l'aide et l'épanouissement des plus humbles, son Bureau et registre des adresses trouve un second prolongement. Outre la *Feuille*, il enfante aussi les Conférences du Bureau, une sorte de cours du soir, évidemment gratuit, où l'on aborde des sujets médicaux, scientifiques et philosophiques. Et, comme si tout cela ne suffisait pas, Renaudot innove encore en inventant le premier mont-de-piété. Il définit l'endroit comme une « grande salle de ventes, trocs et rachats de meubles et autres biens quelconques ». Tout le monde peut ici vendre, acheter, échanger et déposer des objets contre de l'argent (prêt sur gage). Mais à l'instar du sinistre Guy Patin, marchands, affairistes en tous genres et usuriers l'obligeront à fermer ce bureau de troc que l'on peut considérer comme l'ancêtre du Crédit municipal (que l'on baptise « ma tante » en argot).

• Quant à Benjamin Harris, il ne manque ni de personnalité, ni d'imagination, ni de dynamisme. Attiré par l'écriture, il dispose d'un indéniable talent de polémiste. Aussi n'hésite-t-il pas à vendre des pamphlets séditieux dans les rues de Londres ou encore à éditer un journal politique dans lequel se côtoient informations et rumeurs diverses. Mais toujours prompt à dénoncer de mystérieux complots, Benjamin Harris contribue à propager l'idée que se prépare une vaste conspiration visant à massacrer les protestants (1678). Il s'agit là des supposées conséquences du fameux *popish plot* fomenté de toutes pièces par un prêtre anglican, Titus Oates (1649-1705). Le *popish plot* prétend alors que l'Église romaine planifie l'assassinat du roi Charles II (1630-1685) pour porter sur le trône son frère le duc de York, converti au catholicisme en 1672 et qui lui succédera sous le nom de Jacques II (1633-1701).

Dans ce contexte tumultueux, Benjamin Harris fuit l'Angleterre en 1686 pour s'installer à Boston avec sa famille. Benjamin crée une florissante librairie et un *coffee shop* très à la mode. Mais l'écriture le démange de nouveau. Il commence par fonder une imprimerie, puis lance le jeudi 25 septembre 1690 un journal intitulé *Publick Occurrences Both Foreign and Domestick* (pour les puristes de la langue anglaise, les mots *publick* et *domestick* possèdent bel et bien ici la terminaison « ck »). Un titre qui pourrait se traduire très librement en français par « Événements du monde et d'ici », ou encore, de façon plus moderne, par « Nouvelles d'ici et d'ailleurs ».

• En ce 25 septembre 1690, les habitants de Boston découvrent et lisent donc le premier journal de langue anglaise imprimé sur le sol américain. On peut dire qu'il s'agit du premier journal américain : quatre pages (26 centimètres de haut et 15 de large), dont trois imprimées (reste une pleine page blanche). Benjamin Harris annonce une publication mensuelle régulière et promet de « révéler à la face du monde ce qui se murmure au coin de la rue ». Dans son entourage personne ne doute que le succès sera au rendez-vous. Et surtout pas l'imprimeur, Richard Pierce. D'ailleurs, Benjamin envisage déjà la publication d'éditions spéciales si l'urgence de l'actualité vient à l'exiger. Bien écrit, vivant, clair (maquette sur deux colonnes) et mené de main de maître par un homme ambitieux qui semble déjà connaître toutes les astuces du marketing de presse, le *Publick Occurrences* a forcément devant lui un avenir radieux.

Figurent au sommaire du premier et unique numéro : un article très documenté sur une épidémie de variole qui menace la ville ainsi que les comptes rendus détaillés d'un suicide et d'un incendie. Mais il y a aussi, sur la première page, un article qui dénonce les atrocités perpétrées par les Indiens Mohawks à l'encontre de leurs prisonniers français. Nous sommes alors en pleine colonisation européenne de l'Amérique du Nord et la bataille fait rage entre Français et Anglais, notamment pour s'emparer de l'Acadie (Nouvelle-Écosse, Nouveau-Brunswick). Or les Mohawks, une des six tribus de la fédération des Indiens iroquois, se sont alliés aux Anglais.

Cette courageuse révélation ne sert évidemment pas les intérêts britanniques. Fidèle à ses habitudes, Benjamin a d'emblée frappé un grand coup. Notre homme donne dans le scoop et il ne s'embarrasse décidément pas du politiquement correct. De surcroît, comme pour faire bonne mesure et prouver son souci d'équité, Harris s'en prend aussi à Louis XIV (1638-1715), l'ennemi des Anglais. Dans un croustillant article, là encore fort bien informé, il dénonce dans un style savoureux les liaisons amoureuses extraconjugales du souverain français. Autrement dit, Benjamin Harris dévoile l'intimité de la vie privée d'une des stars mondiales de l'époque et divulgue un coupable adultère. En ce sens, le *Publick Occurrences* peut légitimement revendiquer le rang de premier magazine à scandale.

Les autorités coloniales ne s'y trompent pas. Quatre jours plus tard, le gouverneur de la baie du Massachusetts interdit purement et simplement le journal. Il n'y aura donc qu'un unique numéro du *Publick Occurrences*, dont il ne subsiste d'ailleurs qu'un seul exemplaire original officiellement répertorié. Suite à cette brutale décision du pouvoir, les habitants de Boston attendront quatorze années avant de voir apparaître un nouveau journal. Un hebdomadaire conformiste fondé par un receveur des postes écossais, John Campell. Le *Boston News-Letter* voit le jour le 15 mai 1704 et s'éteindra en 1776. Quant au *New England Courant* (1721-1726), il doit surtout sa réputation à Benjamin Franklin (1706-1790) qui publie ses premiers articles dans ce journal créé par son frère aîné, alors imprimeur à Boston.

Soulignons que William Cosby, gouverneur colonial de New York, envoya en prison John Peter Zenger le 17 novembre 1734. Accusé de « diffamation envers le gouverneur royal », l'éditeur du *Weekly Journal*, hebdomadaire d'opposition au pouvoir britannique, passera neuf mois derrière les barreaux. Il sera finalement acquitté le 5 août 1735. Une date historique qui marque traditionnellement le début du concept de liberté de la presse aux États-Unis. Un droit inaliénable qui doit figurer dans les fondements de toute démocratie.

Le premier quotidien américain date de 1784, il s'appelle tout d'abord le *Pennsylvania Packet or General Advertiser*, puis prendra le titre *Daily Advertiser*.

● Le plus ancien journal encore en circulation est mort en décembre 2006. Il s'agissait du *Post-och Inrikes Tidningar* (Bulletin d'informations nationales), une sorte de journal officiel de l'État suédois fondé en 1645. Au cours de ses 362 années de longévité, le journal devint un temps un véritable support d'informations nationales et internationales. Mais depuis environ un siècle, le quotidien ne couvrait plus d'actualité généraliste et n'était plus vendu que par abonnement. Il redevint alors pleinement l'organe officiel du gouvernement suédois et de la famille royale et ne publiait plus que des informations financières, législatives, institutionnelles et des annonces légales. Le *Post-och Inrikes Tidningar* est disponible sur l'Internet depuis le 1er janvier 2007.

Pourquoi certaines personnes souffrent-elles du mal des transports ?

■ *Les troubles, voire le malaise intense, liés au mal des transports résultent notamment d'une stimulation inhabituelle du système vestibulaire de l'oreille.*

■ *Dans le développement de ce cercle vicieux qui génère le malaise, la vision et les muscles jouent également un rôle non négligeable.*

■ *Finalement, chez les sujets sensibles au mal des transports, le cerveau ne parvient plus à interpréter les informations antinomiques provenant de ces différents organes qui assurent normalement l'équilibre.*

■ *De nombreux animaux sont touchés par le mal des transports (cheval, vache, chien, chat, etc.).*

• L'ensemble des troubles que provoque un voyage (en bateau, voiture, train ou avion) chez certaines personnes s'appelle la « cinétose », la « naupathie » ou, plus simplement, le « mal des transports ».

En France, cette affection touche de façon chronique plus de 3 millions de voyageurs. Nouveau-nés et personnes âgées sont moins touchés, mais les femmes et les enfants développent plus facilement ce type de pathologie que les hommes.

Des études précises ont apporté de précieuses et parfois curieuses précisions. Par exemple, on sait que la naupathie touche plus facilement les passagers d'un planeur ou d'un petit avion d'affaires plutôt que ceux d'un long-courrier. Par ailleurs, environ 12 % des élèves pilotes de l'armée de l'air sont touchés pendant leur entraînement (2 à 3 % ne s'adaptent jamais). Quant au mal de l'espace, il touche la moitié des astronautes. Des études ont également montré que la survenue de naupathie est plus élevée en mer. Enfin, sachez que certains animaux ne sont pas épargnés par le mal des transports (cheval, vache, chien, chat, etc.).

• Le mal des transports survient lorsque l'appareil vestibulaire subit une stimulation inhabituelle. Dans une situation normale, le système vestibulaire de l'oreille nous renseigne sur notre position dans l'espace et sur les mouvements que nous effectuons. Sensibles aux changements de direction (accélérations angulaires) et aux accélérations rectilignes (accélérations linéaires), le système vestibulaire joue ainsi le rôle d'un récepteur. Il est constitué par les organes de l'oreille interne (labyrinthe osseux) reliés au cerveau par le nerf vestibulaire. De nombreuses connexions nerveuses très complexes assurent ainsi la stabilité de la vision pendant les mouvements de la tête.

Les transports aériens, maritimes et terrestres génèrent une intense stimulation des terminaisons nerveuses du système vestibulaire. Celui-ci transmet une série d'influx inhabituels, voire contradictoires, qui déclenchent des troubles de l'équilibre et de multiples manifestations associées. Chez certains individus, le cerveau éprouverait alors des difficultés croissantes (sorte d'effet boule de neige) à intégrer les informations antinomiques provenant des différents organes qui assurent habituellement l'équilibre. Signaux qui ne proviennent d'ailleurs pas uniquement du système vestibulaire, mais aussi de la vision et même des muscles, tendons et couches profondes de la peau. De surcroît, la chaleur et le confinement, mais aussi le bruit et parfois même les odeurs peuvent contribuer à intensifier les troubles du mal des transports. Bien sûr, l'anxiété peut également favoriser le déclenchement du malaise qui va, dès lors, entraîner le passager sensible aux troubles dans un cercle vicieux de mal-être.

La naupathie se traduit le plus souvent par des nausées et vomissements qui s'accompagnent notamment d'une hypothermie et de tachycardie. Et les pertes de connaissance brutales par hypoglycémie ou hypotension ne sont pas rares.

Pourquoi les pharmacies ont-elles pris la croix verte pour emblème ?

■ *L'utilisation de la croix verte chez les pharmaciens ne s'imposa que progressivement. Ils ont d'abord adopté une croix rouge sur fond blanc. Mais la croix rouge devient l'emblème du Comité international de la Croix-Rouge en 1864.*

■ *Une loi de 1913 n'autorise l'utilisation de la croix rouge que pour les services humanitaires et médicaux en temps de guerre.*

■ *Après des démêlés judiciaires avec l'un de ses confrères toulousains, l'ordre des pharmaciens dépose la croix verte comme marque collective en 1984.*

● À l'origine, l'enseigne des pharmaciens français se présentait le plus souvent sous la forme d'une croix rouge sur fond blanc (plus rarement d'une croix blanche sur fond rouge). Mais lorsque Henry Dunant (1828-1910) crée, en 1863, le Comité international de la Croix-Rouge (CICR), l'organisation internationale humanitaire adopte pour emblème une croix rouge sur fond blanc dès l'année suivante.

À cette époque, de nombreux pharmaciens utilisent toujours une enseigne lumineuse rouge et, de surcroît, beaucoup ajoutent ce symbole sur les médicaments et potions qu'ils fabriquent. Il faut donc légiférer.

En 1913, la loi autorise l'utilisation de la croix rouge aux seuls services humanitaires et médicaux en temps de guerre. Les pharmaciens optent alors pour un nouvel emblème inspiré de la mythologie grecque. Il se compose : d'une part, de la coupe d'Hygie, fille d'Asclépios (dieu de la médecine) et d'Épione (Hygie est la déesse de la santé, de la propreté et de l'hygiène, terme forgé à partir de son nom) ; d'autre part, d'un serpent, le sceptre du dieu Hermès. Le serpent s'enroule autour de la coupe d'Hygie.

Malgré tout, la loi et la création de ce fort bel emblème ne semblent pas suffire. Ainsi, à la fin des années 1950, moult officines continuent d'utiliser des enseignes lumineuses en forme de croix rouge. Le passage à la couleur verte semble donc plus facile à imposer. Et, pourtant, il ne se fera pas sans quelques difficultés.

Le choix de la couleur verte semble puiser ses racines dans un règlement du 19 mai 1796 qui attribua aux pharmaciens militaires des brassards : les collets de velours vert (le rouge avait été attribué aux chirurgiens militaires). Mais d'autres avancent que la couleur verte symbolise une profession qui utilisait les ressources du règne végétal pour préparer ses remèdes.

● Les pharmaciens toulousains décident donc de montrer l'exemple : ils apposent la fameuse croix verte à la devanture de leurs boutiques. Seulement voilà, dans la ville rose, l'un de leurs confrères avait déposé un logo représentant l'enseigne accolée de la marque « À la croix verte ». Il fait un procès à ses collègues et le gagne facilement. Le tribunal de Toulouse lui donne le droit exclusif d'utiliser une croix verte.

Il faudra attendre 1984 pour que l'ordre des pharmaciens puisse enfin déposer la croix verte comme marque collective à l'Institut national de la propriété industrielle (INPI). Pour sa part, l'ordre déposa le caducée en 1968. Caducée et croix verte sont donc les deux emblèmes que les pharmaciens peuvent utiliser officiellement à des fins d'enseigne et de mode d'identification. Mais cet usage d'une marque collective n'est pas imposé, il est fortement souhaité pour l'ensemble de la profession.

• La croix grecque (quatre branches égales) est le symbole du secours et de la protection militaire et civile. Elle devint le symbole du christianisme et doit sa diffusion aux croisés qui l'avaient adoptée comme emblème. Les premiers croisés portaient une croix d'étoffe rouge cousue sur leur vêtement. Au départ de la troisième croisade en 1188, pour mieux identifier les contingents, chaque pays adopte une couleur différente : le vert pour les Flamands, le blanc pour les Anglais et le rouge pour les Français.

Que signifie l'acronyme « Cedex » ?

■ *« Cedex » signifie « Courrier d'Entreprise à Distribution EXceptionnelle ».*
■ *Ce service a été créé en 1972 par la Poste française pour proposer aux entreprises et institutions un traitement spécifique de leur grand volume de courrier.*

● Un acronyme est une abréviation qui compose un sigle. Mais à la différence des abréviations que l'on ne peut qu'épeler (par exemple SNCF, PNB, RATP ou CDI), l'acronyme se prononce comme un mot ordinaire. « Cedex » entre donc dans la catégorie des acronymes.

La première lettre (ou parfois les deux premières) de chaque mot qui constitue l'expression sert à construire l'acronyme. Mais dans certains acronymes, on peut ne pas utiliser la première lettre de l'un des mots pour rendre l'acronyme plus facile à mémoriser. Nombre d'acronymes passés dans la langue française correspondent à un développement en langue anglaise. Exemples : laser (*Light Amplification by Stimulated Emission of Radiation*, « amplification de la lumière par émission stimulée de rayonnement »), radar (*RAdio Detection And Ranging*, « détection et estimation de la distance par ondes radio »). En revanche le UFO anglais (*Unidentified Flying Object*) a donné un acronyme français : ovni (Objet Volant Non Identifié). Il y a aussi la Nasa (*National Aeronautics and Space Administration*, « Administration nationale de l'aéronautique et de l'espace ») ou encore l'Unesco (*United Nations Educational, Scientific and Cultural Organization*, « Organisation des Nations unies pour l'éducation, la science et la culture »).

Mais il existe évidemment des acronymes purement tirés d'une expression de langue française. Par exemple Capes (Certificat d'Aptitude au Professorat de l'Enseignement du Second degré). On voit ici que les lettres « d » de l'article « de » et de « degré » n'ont pas été prises en compte dans le souci de créer un acronyme et pas une abréviation.

On peut aussi citer l'Ademe (Agence De l'Environnement et de la Maîtrise de l'Énergie). Ici le premier « d » de l'article « de » a été retenu. En revanche, les lettres « e » de la préposition « et », et les « d » du deuxième et troisième mot « de » ou encore le « l » de « la » ont été écartés.

• Soulignons que le code typographique (sorte de grammaire ou de règlement universel appliqué par les professionnels de l'écrit et de l'imprimerie) a notablement évolué sur la façon d'écrire les sigles. Le manuel typographique de l'Imprimerie nationale a longtemps préconisé R.A.T.P. (avec des points). Désormais, tous les autres manuels sérieux de code typographique (notamment celui du Centre de formation des journalistes, CFJ) conseillent d'appliquer des règles plus simples. Ainsi voit-on très couramment RATP et même parfois Ratp. Mais le mieux consiste à dire que l'on écrit un sigle en bas de casse (minuscules) avec majuscule au début du mot quand ce sigle peut se prononcer. Donc quand le sigle est un acronyme. Le code typographique moderne recommande donc RATP, SNCF, CFJ, Ademe, Capes, Unesco, Nasa. Quant au développement du sigle (toujours obligatoire), les mêmes manuels préconisent : Capes (Certificat d'aptitude au professorat de l'enseignement du second degré). Plus haut, nous avons volontairement laissé les capitales dans le développement du sigle pour les besoins de l'explication. Cette règle peut aussi s'appliquer aux sigles : par exemple SNCF (Société nationale des chemins de fer français).

● Mais revenons à notre Cedex. Il s'agit donc d'un acronyme qui a été construit avec Courrier d'Entreprise à Distribution EXceptionnelle. Le Cedex (Courrier d'entreprise à distribution exceptionnelle, pour respecter cette fois le code typo) est un service proposé par la Poste française aux entreprises et administrations depuis 1972. Ce service permet de distribuer le courrier en priorité. Les abonnés de ce service ont généralement un volume de courrier important ou des conditions de distribution spécifiques.

Toutefois, lorsque vous écrivez le mot « Cedex » sur un courrier, mieux vaut écrire « CEDEX ». En effet, depuis une dizaine d'années, la Poste conseille fortement de rédiger en capitales la dernière ligne d'une adresse. Avec ou sans Cedex.

Pourquoi dit-on d'une écriture d'imprimerie penchée sur la droite qu'elle est « en italique » ?

■ *Les caractères en italique furent inventés en 1501 pour imiter l'écriture manuscrite.*

■ *L'invention fut mise au point par un artiste vénitien et ces caractères ont d'abord été fort logiquement appelés « lettres vénitiennes ». Puis « italiques » puisqu'ils venaient d'Italie.*

● Inventées en 1501 par l'artiste italien Francesco Raibolini (1450-1517), les polices de caractères en italique ont été mises au point pour imiter l'écriture manuscrite cursive. Les mots composés en italique penchent vers la droite. Dans le langage des professionnels de l'écrit (typographes, imprimeurs, éditeurs, journalistes), on abrège généralement le terme en parlant d'une expression qu'il faut composer « en ital ». Ce type de caractères inclinés s'oppose au « romain » (police de caractères « droits », c'est-à-dire perpendiculaires à la ligne). Dans un texte imprimé, on observe donc facilement le contraste entre italique et romain.

À l'origine, cette invention fut appelée « lettres vénitiennes », puis « italiques ». Tout simplement parce que ces caractères venaient d'Italie. Sans entrer dans les détails complexes de l'art du dessin de lettres et de la confection d'une police de caractères, chacun peut constater sur un imprimé quelconque que des caractères en italique ne sont pas seulement la simple transcription inclinée des lettres en romain.

Dans le code typographique français, on applique l'italique : aux mots, passages et expressions provenant d'une langue étrangère (l'*University College of London*, *welcome*, *today*, *tomorrow*, *apple-pie*, *market*) ; aux nombreuses locutions latines qui fleurissent encore dans notre langue (*a priori*, *de facto*, *sic*), en revanche, il est d'usage de composer « etc. » (abréviation de *et cetera*) en romain ; aux citations ; aux titres de journaux et publications périodiques (*Le Monde*, *Le Point*) ; aux titres d'œuvres littéraires, artistiques et scientifiques (*La Comédie humaine*) ; aux notes de musique ; aux noms de bateaux (*La Calypso*) ; etc.

• Peintre et graveur italien, Francesco Raibolini, dit Francesco Francia ou Francesco de Bologne, est plus connu des typographes sous le nom de Francesco Griffo. Tout au long de sa carrière, il a confectionné médailles, gravures, décorations et caractères d'imprimerie, notamment pour l'imprimeur et érudit vénitien Alde Manuce (1449-1515). En 1501, Francesco crée les caractères italiques pour réaliser une édition de l'œuvre du poète romain Virgile (70-19 av. J.-C.). Ces caractères imitent la calligraphie manuscrite des diplomates de l'époque et, surtout, ils prennent moins de place que les caractères romains ou gothiques. Alde Manuce peut ainsi faire des économies notables de papier et réduire le coût de ses productions.

Histoire

Qui a donné son nom à l'Amérique ?

■ *Grâce au soutien financier de Ferdinand et d'Isabelle d'Espagne, Christophe Colomb aborde les Antilles en 1492 et débarque à l'embouchure du fleuve Orénoque (Venezuela) en 1498. Il découvre, sans le savoir, l'Amérique du Sud.*

■ *Pour sa part, le navigateur florentin Amerigo Vespucci aurait mis le pied « sur la terre ferme » en 1501, entre les actuels Brésil et Venezuela.*

■ *Des érudits de Saint-Dié-des-Vosges publient en 1507 une nouvelle carte du monde qui tient compte des descriptions de Vespucci. Dans cet ouvrage, le cartographe allemand Martin Waldseemüller propose que ce Nouveau Monde s'appelle « Amérique », en référence au prénom de Vespucci.*

■ *En fait, Christophe Colomb et Amerigo Vespucci avaient été dépassés cinq siècles auparavant par des Vikings. Autour de l'an mil, Leif Erikson fut le premier Européen à mettre le pied dans l'Anse aux Meadows, au nord de l'île de Terre-Neuve.*

● Navigateur espagnol d'origine italienne, Christophe Colomb (1451-1506) étudie diverses informations glanées au cours de ses différents voyages. Il se fonde sur ses lectures et sur l'étude de cartes maritimes et terrestres pour en conclure que la Terre est un quart plus petite que ce qui est alors admis. De surcroît, il pense que notre planète se compose essentiellement de terres. S'appuyant sur ces interprétations erronées, Colomb en déduit que l'Asie est aisément abordable en mettant le cap à l'ouest.

Après avoir essuyé plusieurs refus de divers souverains entre 1484 et 1486, Ferdinand V, roi de Castille, et la reine Isabelle acceptent finalement de financer son expédition.

Persuadé qu'il « n'y a qu'une petite mer entre la fin de l'Orient et la fin de l'Occident », le Génois Christophe se lance donc dans l'aventure. Sa première expédition ne se compose que de trois navires qui lèvent l'ancre à Palos (Espagne) le 3 août 1492. Après un mouillage aux îles Canaries, Christophe Colomb débarque à Guanahaní, une île des Bahamas, le 12 octobre 1492 (de récentes études penchent plutôt pour l'île Samana Cay).

Persuadé d'avoir débarqué en Asie, Christophe Colomb se rend sur plusieurs îles : Cuba (que le navigateur appelle alors *Juana*) et Hispaniola (comprenant les territoires actuels de la République dominicaine et de Haïti).

En janvier 1493, Colomb regagne le continent européen. Il vient de réaliser trois découvertes fondamentales : tout d'abord, l'existence d'un nouveau continent (même si le navigateur génois n'en a pas pris conscience) ; d'autre part, la découverte du meilleur trajet maritime pour l'Amérique ; enfin, celle du meilleur trajet de retour.

Christophe Colomb organise une deuxième expédition (1493-1495), plus ambitieuse, composée de dix-sept vaisseaux et de plus d'un millier d'hommes. Il quitte l'Espagne en septembre 1493 et débarque successivement à la Dominique, en Guadeloupe et à Antigua.

La flotte de sa troisième traversée largue les amarres le 30 mai 1498. Christophe Colomb atteint Trinidad le 31 juillet. Il aperçoit alors une terre qui correspond au Venezuela d'aujourd'hui. Après avoir navigué le long de la côte, Colomb débarque à l'embouchure de l'Orénoque, l'un des plus longs fleuves (2 560 kilomètres) de l'Amérique du Sud. Colomb écrit alors dans son journal avoir découvert un « Nouveau Monde », encore inconnu des Européens, évoquant le paradis terrestre.

• Navigateur italien né à Florence, Amerigo Vespucci (1454-1512) participe pour sa part à plusieurs expéditions qui le conduisent sur la côte septentrionale de l'Amérique du Sud. D'abord en 1499, puis en 1501. Dans une lettre datée de 1503 et intitulée *Mundus Novus* (Monde Nouveau), Vespucci raconte avoir mis le pied « sur la terre ferme », probablement entre les actuels Brésil et Venezuela. Lors de cette expédition, Vespucci aurait suivi la côte jusqu'au Rio de la Plata, voire jusqu'au sud de l'actuelle Argentine (Patagonie). Dès lors, Amerigo Vespucci se dit convaincu que ces terres ne font absolument pas partie de l'Asie.

Pour lui, elles appartiennent à un nouveau continent inconnu.

● À Saint-Dié-des-Vosges, petite ville de Lorraine, le chanoine Vautrin Lud (1448-1527) fonde à la même époque (vers 1500) une école ecclésiastique. Bien loin des péripéties de Christophe Colomb et d'Amerigo Vespucci.

Baptisé le « Gymnase vosgien », cet établissement s'appuie sur des valeurs humanistes, s'ouvre aux apports de la Renaissance italienne et diffuse sans exclusive toutes sortes de travaux puisés aux meilleures sources dans de nombreux domaines de la connaissance (géographie, musique, dessin, géométrie, etc.). Plusieurs intellectuels de l'époque rejoignent donc le Gymnase vosgien pour apporter leur savoir-faire à cette nouvelle organisation culturelle qui ressemble, en quelque sorte, à nos fondations d'aujourd'hui. Vautrin Lud s'entoure notamment de l'éminent cartographe allemand Martin Waldseemüller, du brillant latiniste Jean Basin, ou encore du grammairien Mathias Ringmann. De surcroît, ces érudits disposent d'un outil fondamental : un atelier d'imprimerie d'une exceptionnelle qualité.

Informé des nouvelles découvertes du navigateur florentin Amerigo Vespucci, Vautrin Lud (passionné de géographie) décide alors de se lancer dans l'ambitieuse mise à jour de la célèbre *Geographia* de Ptolémée. En 1507, le Gymnase vosgien produit donc un livret explicatif intitulé *Cosmographiae Introductio* qui s'appuie sur les récits d'Amerigo Vespucci. Ce texte est accompagné d'une nouvelle carte du monde (*Universalis Cosmographia*), réalisée par Martin Waldseemüller à partir des descriptions du navigateur florentin. Et le cartographe allemand suggère que ce nouveau monde soit appelé « Amérique », en hommage au prénom de l'explorateur et en référence à sa lettre datée de 1503, *Mundus Novus*. D'abord attribué à la seule Amérique du Sud, ce nom fut ensuite utilisé pour désigner l'ensemble de l'Amérique après avoir été porté sur un planisphère publié par Martin Waldseemüller en 1516.

Dans la mesure où Christophe Colomb a très probablement mis le pied sur ce nouveau continent avant Amerigo Vespucci, certains pensent que le navigateur florentin n'aurait jamais dû donner son prénom au Nouveau Monde. En fait, le Génois Colomb ne méritait pas davantage cet honneur.

● Autour de l'an mil, les Vikings ont pour leur part débarqué sur le sol de l'Amérique du Nord, cinq siècles avant Christophe Colomb et Amerigo Vespucci ! L'explorateur groenlandais Leif Erikson (975-1020) a fort probablement été le premier Européen à mettre le pied sur le sol aujourd'hui appelé « américain » (voir *Les Conquérants de la Terre verte*, Hermé, 1985).

Explorateur norvégien, Erik le Rouge (950-1001) est banni d'Islande. Il s'enfuit sur son bateau et découvre alors une nouvelle terre qu'il baptise « Groenland », « la Terre verte » (981). Il y fonde la nation groenlandaise en persuadant les Islandais de coloniser la côte ouest de cette nouvelle terre (985).

Second fils d'Erik le Rouge, Leif aurait atteint la côte de l'Amérique du Nord en naviguant plein ouest à la recherche de nouvelles terres légendaires (1001-1002). Pour d'autres historiens, le négociant islandais Bjarni Herjólfsson aurait lui aussi découvert l'Amérique du Nord. Et Leif aurait refait le voyage après lui avoir acheté son bateau.

Leif Erikson atteignit Helluland (Terre de Baffin), Markland (Labrador) et le Vinland. Le site exact du Vinland reste controversé, mais il s'agit fort probablement de Terre-Neuve. En 1961, des archéologues ont découvert les ruines d'une colonie de type viking dans l'Anse aux Meadows, au nord de l'île de Terre-Neuve. L'endroit correspond aux descriptions que fit Leif Erikson du Vinland.Thorfinn, frère de Leif, explora le littoral et hiverna à l'extrémité nord-est de l'île de Terre-Neuve. Il mourut l'été suivant au cours d'une échauffourée avec des indigènes, les Skraeling. La première colonie établie au Vinland, non loin du campement de Leif, fut l'œuvre de sa veuve Gudrid et de son nouveau mari, l'Islandais Thorfinn Karlsefni. Les fouilles entreprises depuis 1961 sur ce site ont mis au jour huit édifices (habitations, forge, ateliers) semblables à ceux que construisaient les Vikings installés en Islande. Les archéologues ont aussi découvert des objets de bois, de fer (le travail du fer était inconnu des Amérindiens), de pierre, de bronze et d'os. À partir d'échantillons de tourbe et de charbon de bois, le site a été daté à environ 1000 après J.-C.

L'Anse aux Meadows est aujourd'hui un parc historique national situé dans la partie la plus septentrionale de l'île de Terre-Neuve. Il a été inscrit en 1978 sur la liste du patrimoine mondial de l'Unesco.

Combien d'États composent
les États-Unis d'Amérique ?

■ *Les États-Unis d'Amérique possèdent cinquante États. Quarante-huit se situent au nord du Mexique et au sud du Canada.*

■ *Hawaii se trouve en plein océan Pacifique, juste sous le tropique du Cancer, près de 4 000 kilomètres à l'ouest de la Californie. Cet État est constitué de l'archipel polynésien des îles Hawaii.*

■ *L'Alaska se situe au nord-ouest du Canada.*

● La capitale fédérale du pays, Washington, DC (pour *District of Columbia*), dispose d'un statut particulier. Le district de Columbia (entre Virginie et Maryland) est intégralement occupé par la ville de Washington. En 1787, après l'adoption de la Constitution, George Washington opte pour le terrain neutre d'un district (n'appartenant donc à aucun État) pour devenir la capitale fédérale. Le choix se porte sur un site, au fond de l'estuaire du Potomac. Le district de Columbia voit ainsi le jour en 1791 par une cession de territoire du Maryland et de la Virginie. Les habitants de Washington, DC, ne votent aux élections présidentielles que depuis

1961 (vingt-troisième amendement de la Constitution).

• D'abord occupé par les Indiens d'Amérique, l'actuel territoire des États-Unis a été colonisé par les Européens entre le XVIᵉ et le XVIIᵉ siècle. Schématiquement, les Espagnols s'installent plutôt dans le sud, les Français au nord et dans la vallée du Mississippi et les Anglais dans l'est. La première installation britannique s'établit à Jamestown (actuel État de Virginie) en 1607. De nombreuses colonies s'implantent ensuite à Plymouth, Salem et Boston.

• Les premières colonies britanniques d'Amérique du Nord furent fondées au XVIᵉ siècle. Elles sont régies par des statuts très différents et chacune possède son propre gouvernement. Les relations avec la Grande-Bretagne se dégradent à partir de 1760. La guerre d'Indépendance commence le 19 avril 1775.

• La déclaration d'indépendance des États-Unis d'Amérique est proclamée le 4 juillet 1776. Les treize colonies se déclarent États souverains. En mars 1777, le Congrès propose de mettre en place les « Articles de la Confédération ». En fait, il s'agit d'un traité d'alliance étroite et exclusive entre les États. Il faudra quatre années pour mener à bien le processus de ratification. La guerre prend fin le 19 septembre 1781 (bataille de Yorktown).
Mais les « Articles de la Confédération » ne résistent pas aux intérêts et prérogatives que les uns et

les autres veulent jalousement préserver. Les querelles entre États s'enveniment, elles portent notamment sur les accords commerciaux et les droits de douane. Finalement, la Virginie propose la réunion d'une Convention qui se réunit le 25 mai 1787 à Philadelphie (Pennsylvanie). Les travaux commencent le 28 mai sous la présidence de George Washington (1732-1799).

• Le projet de Constitution est adopté le 17 septembre 1787. À l'issue de moult rebondissements, négociations, atermoiements et compromis, la future Constitution américaine accentue les pouvoirs du gouvernement fédéral, tout en maintenant avec habileté le souci d'indépendance de chacun des treize États. Après ratification, elle s'applique à compter du 4 mars 1789. George Washington est élu à la présidence des États-Unis le 30 avril de la même année à l'unanimité du Congrès.

Pour résumer : la déclaration d'Indépendance des États-Unis d'Amérique est proclamée le 4 juillet 1776 ; les États-Unis obtiennent leur indépendance du Royaume-Uni en 1783 (à la suite de la guerre d'Indépendance américaine) ; la Constitution des États-Unis d'Amérique est adoptée en 1787 lors de la Convention de Philadelphie, la Déclaration des droits (*United States Bill of Rights*) est ratifiée par le premier Congrès américain en 1791.

Le territoire américain se développe essentiellement au XIX\ siècle avec la conquête de l'Ouest et les guerres indiennes. Mais aussi par le truchement d'ententes bilatérales avec d'autres nations européennes et nord-américaines. Par exemple, le pays s'agrandit vers l'ouest par l'achat de la Louisiane (1803) et de l'Alaska (1867). La guerre contre le Mexique (1846-1848) et le traité de Guadeloupe Hidalgo entraînent l'annexion du Texas puis de la Californie. Le traité de l'Oregon (1846) définit la frontière entre les États-Unis et le Canada. La construction d'un premier chemin de fer transcontinental (1869) va largement contribuer à l'intégration des nouveaux territoires.

Les cinquante États américains

Même si l'on peut légitimement considérer que les treize premiers États sont membres de l'Union depuis le 4 juillet 1776 (date de la déclaration d'Indépendance), nous donnons ici (entre parenthèses) la date officielle à laquelle chaque État a ratifié la Constitution.

Alabama (1819), Alaska (1959), Arizona (1912), Arkansas (1836), Californie (1850), Caroline du Nord (1789), Caroline du Sud (1788), Colorado (1876), Connecticut (1788), Dakota du Nord (1889), Dakota du Sud (1889), Delaware (1787), Floride (1845), Georgie (1788), Hawaii (1959), Idaho (1890), Illinois (1818), Indiana (1816), Iowa (1846), Kansas (1861), Kentucky (1792), Louisiane (1812), Maine (1820), Maryland (1788), Massachusetts (1788), Michigan (1837), Minnesota (1858), Mississippi (1817), Missouri (1821), Montana (1889), Nebraska (1867), Nevada (1864), New

Hampshire (1788), New Jersey (1787), New York (1788), Nouveau-Mexique (1912), Ohio (1803), Oklahoma (1907), Oregon (1859), Pennsylvanie (1787), Rhode Island (1790), Tennessee (1796), Texas (1845), Utah (1896), Vermont (1791), Virginie (1788), Virginie-Occidentale (1863), Washington (1889), Wisconsin (1848), Wyoming (1890).

Qui a donné son nom à la Louisiane ?

■ *Du XVIᵉ au XVIIIᵉ siècle, l'appellation « Nouvelle-France » désigne une bonne partie de l'Amérique du Nord. À l'époque, ce territoire s'étend du golfe du Saint-Laurent jusqu'au lac Supérieur, et de la baie d'Hudson jusqu'au golfe du Mexique. La Nouvelle-France atteint son apogée en 1712, période où elle englobe Terre-Neuve et La Nouvelle-Orléans.*

■ *L'explorateur français Robert Cavelier de La Salle (1643-1687) descend le Mississippi en 1682. Lors de cette expédition, il donne le nom de « Louisiane » aux pays traversés, en l'honneur de Louis XIV.*

■ *En 1731, la Louisiane s'étend des Grands Lacs au delta du Mississippi. Elle est alors placée sous tutelle directe de la Couronne de France.*

■ *Aujourd'hui, la Louisiane est un petit État du sud des États-Unis (bordé à l'est par le Mississippi, au nord par l'Arkansas, à l'ouest par le Texas et au sud par le golfe du Mexique).*

● Au service des Français, le navigateur florentin Jean de Verrazane (1481-1528) prend la mer en 1524. Il explore la côte ouest des actuels États-Unis de la Floride au Cap-Breton (Nouvelle-Écosse).

D'abord appelé *Francesca* dès 1527 (en l'honneur du souverain français François Ier), ce territoire reçoit le nom de *Nova Gallia* sur une carte de 1529.

À la suite des expéditions de Jacques Cartier (1491-1557) entre 1534 et 1541 et de ses explorations le long du fleuve Saint-Laurent, l'appellation *Nova Francia* (ou *Nova Franza*) gagne nettement l'intérieur du continent à partir de 1556.

L'explorateur, cartographe et fondateur de Québec, Samuel de Champlain (1568-1635), adopte l'expression « Nouvelle-France » en 1632 pour désigner un territoire qui s'étend de la baie d'Hudson à la rive sud du Saint-Laurent. Et, sur une carte datée de 1630, sir William Alexander écrit *New France* sur le côté nord du Saint-Laurent, et *New England* sur le côté sud. Aujourd'hui encore, le New England désigne les six États situés au nord de New York : Connecticut, New Hampshire, Maine, Massachusetts, Vermont et Rhode Island.

L'appellation « Nouvelle-France » sert alors à désigner une bonne partie de l'Amérique du Nord. Territoire allant, à l'époque, du golfe du Saint-Laurent jusqu'au lac Supérieur, et de la baie d'Hudson jusqu'au golfe du Mexique. La Nouvelle-France atteint son apogée en 1712, période où elle englobe Terre-Neuve et La Nouvelle-Orléans.

● De son côté, l'explorateur français Robert Cavelier de La Salle (1643-1687) descend le Mississippi en 1682 et il donne le nom de « Louisiane » aux pays traversés lors de cette expédition, en l'honneur de Louis XIV. En 1699, Pierre Le Moyne d'Iberville fonde une première colonie (aujourd'hui Ocean Springs). L'expansion démographique et économique de la colonie s'articule autour du commerce. La Nouvelle-Orléans est fondée en 1718. En 1731, la Louisiane s'étend des Grands Lacs au delta du Mississippi. Elle est placée sous tutelle directe de la Couronne de France.

En 1762, la France cède la Louisiane occidentale à l'Espagne. Vaincue à l'issue de la guerre de Sept Ans, elle cède la rive droite du Mississippi à la Grande-Bretagne (traité de Paris) en 1763. La Louisiane espagnole est toutefois rétrocédée à la France en 1800. Mais Napoléon Bonaparte la vend finalement aux États-Unis en 1803.

La partie la plus méridionale des territoires conserve le nom de « Louisiane ». Elle devient le dix-huitième État américain le 30 avril 1812.

Qui fut le premier souverain
du royaume de France ?

■ *Les historiens considèrent que le royaume de France voit le jour en 481, avec l'avènement de Clovis Ier, c'est-à-dire après la chute de Romulus Augustule (476), le dernier empereur romain d'Occident.*

■ *Cinq grandes dynasties se relaient pendant quatorze siècles : les Mérovingiens (481-751), les Carolingiens (751-987), les Capétiens (987-1328), les Valois (1328-1589) et les Bourbons (1589-1792, 1814-1848). Pour être précis, le dernier souverain, Louis-Philippe Ier (1773-1850), appartenait à la branche des Orléans.*

■ *De Clovis (481) à Louis-Philippe (1848), soixante souverains se succèdent sur le trône du royaume de France.*

● Peuple germanique que l'on pourrait assimiler à une sorte de confédération de tribus, les Francs apparaissent dans le nord-est de l'Europe aux débuts du premier millénaire. Ils sont alors installés sur la rive droite du Rhin, au-delà des frontières de l'Empire romain. Ils s'opposent aux

Alamans (autre regroupement d'ethnies) établis plus au sud.

Au IIIe siècle (notamment entre 256 et 258), les Francs participent (avec d'autres peuples germains) aux multiples invasions qui harcèlent l'Empire gallo-romain. Mais ils ne présentent pas de réelle unité politique susceptible d'asseoir une stratégie de conquête. Parmi ces « envahisseurs » figure la tribu des Francs-Saliens, dotée de son propre code administratif (la loi salique) et établie sur les bords de la rivière Ijssel, au nord des actuels Pays-Bas (dans la région de l'actuelle ville de Zwolle). Ces Germains vont progressivement étendre leur sédentarisation jusqu'à l'actuelle ville de Overijse (Brabant flamand). Pour simplifier, disons qu'ils occupent *grosso modo* le territoire de la Belgique d'aujourd'hui. Mais les Francs-Saliens sont cependant contenus par les troupes romaines (vers 363). Nombre de soldats francs sont alors enrôlés dans les légions romaines. En 375, l'un d'entre eux, Mérobaud, devient même général de l'empereur Valentinien II (371-392).

Au début du Ve siècle l'Empire romain ne peut endiguer les célèbres invasions « barbares » (ce terme désigne des tribus étrangères païennes non soumises à l'emprise de Rome). Ainsi, les Burgondes s'installent en Savoie (puis dans l'actuelle Bourgogne et région Centre), tandis que les Wisigoths s'implantent en Aquitaine. Pour leur part, les Suèves s'allient aux Vandales et aux Alains pour gagner la péninsule Ibérique et ils s'installent au nord du Portugal et en Galice.

Vers 435, tandis que s'estompe déjà l'autorité romaine, un chef franc, Clodion (ou Chlodion) le Chevelu, domine le nord de la Gaule (autour des actuelles villes d'Arras et de Cambrai). Mérovée, son fils présumé, lui succède en 447. Et, ironie de l'histoire, les « envahisseurs » d'hier deviennent les redoutables défenseurs de la Gaule. Alliés aux Romains, Wisigoths, Burgondes, Alains et Francs repoussent alors les assauts des terribles Huns. En 451, Mérovée accompagne le général romain Aetius à la fameuse bataille des champs Catalauniques qui marque la défaite d'Attila (434-453). Contrairement à ce que véhicule encore la tradition, ce combat décisif n'a pas eu lieu près de Châlons-en-Champagne mais près de Troyes. Les champs Catalauniques relèvent donc plutôt du mythe fondateur. Plus tard, Mérovée donnera son nom à la dynastie des Mérovingiens qui ne s'établit officiellement qu'avec l'avènement de Clovis Ier.

Childéric Ier succède à son père (Mérovée) en 457. Et l'Empire romain d'Occident s'éteint en 476 avec la chute de Romulus Augustule. Subsiste à l'est l'Empire romain d'Orient (ensuite connu sous le nom d'« Empire byzantin »), avec pour capitale Constantinople (fondée en 330 sur le site de l'antique ville de Byzance). En quelque sorte issu de la partition de l'Empire romain, l'Empire byzantin survit jusqu'au 29 mai 1453, avec la prise de Constantinople par les troupes du sultan ottoman Mehmet II.

Solide guerrier et fin stratège doté d'un incontestable sens politique, Clovis Ier (465-511) succède en 481 à son père (Childéric Ier). En 486, il défait le dernier général romain (Syagrius) à Soissons. Puis, en 496, il contient les redoutables Alamans à Tolbiac (aujourd'hui Zülpich, au sud de Cologne). Ensuite, Clovis repousse les Burgondes près de Dijon (500) et, surtout, il triomphe des Wisigoths en 507 à Vouillé (nord-ouest de Poitiers). Toulouse et l'Aquitaine tombent alors aux mains de Clovis, tandis que les Wisigoths sont refoulés en Espagne.

Tous ces succès renforcent évidemment l'autorité de Clovis, qui installe la capitale de son royaume franc à Paris. Il règne dès lors sur la quasi-totalité de la Gaule, du Rhin aux Pyrénées (à l'exception de la Bourgogne et de la Provence). De surcroît, Clovis s'appuie avec intelligence sur l'aristocratie et, surtout, sur l'Église. Habile diplomate, il adopte la religion de la majorité de ses sujets en se faisant solennellement baptiser à Reims avec 3 000 de ses hommes par l'évêque (futur saint) Remi (probablement Noël 498). Cette conversion renforce de façon considérable son pouvoir, car Clovis dispose désormais d'indispensables relais au sein de la puissante hiérarchie catholique. Il devient alors le « fils aîné de l'Église », ce qui lui donne une place de premier plan en Europe. La plupart des autres chefs barbares continuent de soutenir l'arianisme (doctrine niant la divinité du Christ et sévèrement condamnée dès le concile de Nicée, en 325).

● Dans la tradition des chefs francs, la notion d'État qui prévalait chez les Romains disparaît. En d'autres termes, le domaine de la famille royale devient la propriété personnelle du souverain et le royaume est ainsi considéré comme un bien patrimonial. Au moment de la disparition du chef de clan, la coutume voulait que le domaine soit donc partagé entre les héritiers mâles. Une règle qui conduit bien évidemment à l'éclatement du territoire précédemment unifié. À la mort de Clovis Ier (511), le royaume franc est ainsi divisé entre ses quatre fils : Thierry, Clodomir, Childebert et Clotaire, qui deviennent respectivement rois de Reims, d'Orléans, de Paris et de Soissons.

De telles répartitions, qu'elles soient équitables ou arbitraires, déchaînent immédiatement ambitions, jalousies, amertumes et rancœurs. Sans compter que l'un des héritiers cherche toujours à imposer sa suprématie. Des luttes sanglantes et fratricides s'ensuivent. Ici, les quatre frères poursuivent d'abord leur politique de conquête. Un instant unis, ils annexent le royaume burgonde (534) et gagnent la Provence (537). Mais à la mort de Clodomir, ses frères égorgent leurs neveux (les fils de Clodomir) afin d'écarter d'éventuels héritiers. Et, lorsque Childéric et Thierry meurent à leur tour, Clotaire Ier réunifie le royaume franc (558). Mais les choses s'enveniment de nouveau à la mort de Clotaire (561), lorsqu'il faut partager le territoire entre ses quatre fils. Caribert devient roi de Paris (561-567), Chilpéric reçoit le royaume de Soissons, en gros le nord-ouest de l'ancienne Gaule qu'il va appeler la Neustrie (561-584), Gontran prend la Bourgogne (561-593) et Sigebert obtient l'Austrasie, l'est de la France et de la Belgique actuelles (561-575).

• Commence alors une tragique épopée qui va ensanglanter la famille royale et qui débouchera sur une sorte de guerre civile. En effet, à partir de 570, une lutte cruelle oppose Sigebert Ier (roi d'Austrasie) à Chilpéric Ier (roi de Neustrie). Un combat impitoyable dans lequel seront impliquées leurs épouses respectives, Brunehaut et Frédégonde. L'affrontement est digne des dramaturgies antiques. Jugez plutôt : Sigebert épouse la belle et intelligente Brunehaut (566), jaloux, Chilpéric épouse Galswinthe, la sœur de Brunehaut (567), mais il la fait égorger (568) pour se marier avec sa maîtresse, Frédégonde (certains historiens affirment que c'est Frédégonde qui fait étrangler Galswinthe). Quoi qu'il en soit, une haine meurtrière s'installe entre les deux familles et Brunehaut n'a de cesse que de venger sa sœur.

Plutôt favorables à Brunehaut, les chroniqueurs du temps présentent Frédégonde comme un véritable tyran. Il faut dire qu'elle n'hésite pas à faire assassiner Sigebert (575) et Chilpéric (584), son propre mari. Sans oublier tous les enfants illégitimes dudit Chilpéric et le fils de Sigebert (596). L'Austrasie fait alors alliance avec la Bourgogne de Gontran et Frédégonde s'éteint en 597. Brunehaut semble l'emporter.

• Mais, comme dans tous les bons feuilletons, survient alors le terrible rebondissement ! Brunehaut ne parvient pas à imposer son autorité et les grands (l'aristocratie) du royaume d'Austrasie livrent leur reine à son pire ennemi : Clotaire II, roi de Neustrie, le propre fils... de Frédégonde (et de Chilpéric Ier). Torturée pendant trois jours, Brunehaut meurt attachée nue à la queue d'un cheval emballé (613).

Clotaire II, qui s'était emparé de Paris dès 596 après avoir neutralisé les petits-fils de Sigebert, devient alors le seul roi des Francs (613-629), à la tête d'un royaume en partie unifié (Neustrie plus Austrasie). Car Bourgogne, Aquitaine, Provence et Bretagne conservent leur autonomie.

Nommé roi d'Austrasie du vivant de son père (Clotaire II) dès 623, Dagobert Ier devient le seul maître du royaume en 632 après la mort de son demi-frère Caribert, auquel il avait donné l'Aquitaine. Installé en Neustrie, au cœur du royaume, Dagobert s'emploie à consolider l'autorité royale. Et ses dix ans de règne se soldent enfin par une période de réelle stabilité. Mais à sa mort (639), ses deux fils se déchirent à leur tour : d'un côté Sigebert III, roi d'Austrasie ; de l'autre Clovis II, roi de Neustrie et de Bourgogne. Ce nouvel affrontement fratricide affaiblit le pouvoir de la dynastie mérovingienne et marque le début d'un lent déclin. Des rois faibles et dégénérés, que l'on appellera les « rois fainéants », se succèdent et l'aristocratie n'aura finalement plus qu'à « ramasser » le pouvoir.

• À l'origine, le palais royal mérovingien était dirigé par des majordomes chargés de la gestion et de l'intendance. Le connétable s'occupe alors des écuries royales, le maréchal réglemente tant bien que mal les affaires de justice, le référendaire prend en charge les ordres écrits, etc. Mais il faut surtout compter avec le maire du palais, une sorte d'administrateur général du royaume qui évolue au cœur des relations politiques et économiques entre le roi et l'aristocratie (les grands). Au fil du temps, ces maires du palais deviennent de grands dignitaires fort puissants et dont le régime en place dépend totalement. D'aucuns les ont comparés à des sortes de Premiers ministres avant l'heure. Et le prestige du maire du palais ne fait que s'étendre à mesure que le pouvoir des rois fainéants s'étiole.

• Issus de l'aristocratie, les maires du palais se succèdent souvent de père en fils. Ainsi, en Austrasie, la célèbre famille des Pippinides va-t-elle se substituer progressivement au pouvoir défaillant dès le milieu du VIIe siècle. Les premiers membres de la dynastie sont attachés à une puissante famille franque, très influente dans la vallée de la Meuse. Par exemple, Pépin le Vieux (ou Pépin de Landen), mort vers 640, remplissait les fonctions de maire du palais de Clotaire II, roi d'Austrasie.

Mais l'ascension des Pippinides se poursuit avec Pépin de Herstal (ou Pépin le Jeune) qui, vainqueur des Neustriens à Tertry (687), devient le maître effectif des trois royaumes francs, d'Austrasie, de

Neustrie et de Bourgogne. Même si la royauté mérovingienne est toujours en place, les maires du palais ont réellement pris le pouvoir. Ainsi, en 714, Charles Martel (fils naturel de Pépin de Herstal) s'impose comme maire du palais, mais il continue de reconnaître l'autorité de Thierry IV qui règne de 721 à 737. Vainqueur des Thuringiens, des Bavarois et des Frisons, Charles Martel soumet l'Aquitaine, arrête les Arabes à Poitiers et s'empare d'Avignon. Mort en 737, Thierry IV n'aura pas de successeur et, en 741, Charles Martel partage son héritage entre ses deux fils, Carloman (Austrasie) et Pépin le Bref (Neustrie).

Ces deux maires du palais portent finalement sur le trône le roi mérovingien Childéric III. Mais après le retrait de Carloman qui décide de se consacrer à la vie religieuse, Pépin le Bref (715-768) reste le seul maire du palais et il forme l'ambition de se faire élire roi. Son coup de force sera légitimé par le pape Zacharie. En 751, il écarte donc du pouvoir le dernier Mérovingien, qui sera envoyé dans un monastère. Aussitôt élu roi à Soissons, Pépin se fait sacrer dans la même ville par saint Boniface dès 752. Sacre qu'il renouvelle en 754 à Saint-Denis avec le pape Étienne II. Cette onction, qui lui donne le rang de « roi par la grâce de Dieu », permet à Pépin le Bref d'assurer définitivement sa légitimité. Et celle de la dynastie carolingienne qui s'étendra de 751 à 987.

• Depuis Dagobert Ier (603-629-639), les rois de France sont enterrés dans la basilique de Saint-

Denis, près de Paris, à l'exception de Louis XI, de Charles X et de Louis-Philippe. Louis XI repose à Cléry-Saint-André (Loiret), au côté de sa femme, Charlotte de Savoie ; Charles X dans un monastère franciscain de l'actuelle Slovénie où le dernier Bourbon, contraint d'abdiquer, avait dû s'exiler ; Louis-Philippe à Dreux.

Qui a donné son nom
à la dynastie carolingienne ?

■ *La dynastie carolingienne (751-987) doit son appellation à Charles le Grand, plus connu sous le nom de « Charlemagne », fils de Pépin le Bref.*

■ *Charlemagne (748-814) succède à son père en 768. Il bâtit un empire qui s'étend à toute la Gaule (sauf la Bretagne) et à la majeure partie de la Germanie, de l'Italie et de l'Espagne.*

● La dynastie carolingienne commence en 751 avec l'avènement sur le trône de Pépin le Bref, un ancien maire du palais. Issus de l'aristocratie, les maires du palais se succèdent de père en fils et la célèbre famille des Pippinides va ainsi se substituer au pouvoir défaillant dès le milieu du VIIe siècle. Pépin le Bref sera légitimé par le pape Zacharie en 751. Sacré roi à Soissons l'année suivante, il renouvelle ce sacre en 754 à Saint-Denis. En lui donnant le rang de « roi par la grâce de Dieu », le pape Étienne II permet à Pépin le Bref d'assurer définitivement sa légitimité.

Les Carolingiens doivent leur nom à Charles le Grand, connu sous le nom de Charlemagne (748-

814). Chef de guerre conquérant, administrateur brillant, organisateur efficace et protecteur zélé du christianisme, il succède à son père (Pépin le Bref) en 768. Il bâtit un empire qui s'étend à toute la Gaule (sauf la Bretagne) et à la majeure partie de la Germanie, de l'Italie et de l'Espagne. Il dispose alors d'un prestige exceptionnel et sera sacré « empereur des Romains » par le pape Léon III, à Rome, le 25 décembre 800. Charlemagne conforte alors l'union intime entre l'Empire et la papauté.

● Charlemagne partage son royaume entre ses trois fils, restant ainsi fidèle à la conception patrimoniale du pouvoir appliquée sous la dynastie mérovingienne (voir aussi « Qui fut le premier souverain du royaume de France ? »). Cependant deux disparaissent prématurément et il fait sacrer son fils Louis Ier le Pieux en 813, un an avant sa propre mort. Mais les querelles de succession vont une nouvelle fois venir affaiblir le royaume. Pourtant, dès 817, Louis Ier le Pieux (778-840) tente d'instaurer une succession pour son seul fils aîné, Lothaire. Il l'associe d'ailleurs très tôt au pouvoir. Mais ses frères ne l'entendent pas ainsi et le règne de Louis Ier sera marqué par d'incessantes rivalités familiales. Finalement, trois ans après la mort de Louis Ier le Pieux, l'empire est divisé en trois royaumes par le traité de Verdun (août 843) qui marque la dissolution définitive des territoires conquis par Charlemagne.

La loi de succession franque s'applique donc encore une fois. Charles II le Chauve reçoit la Francie occidentale (le futur royaume de France).

Lothaire Ier conserve le titre impérial de son père et obtient la Francie médiévale (la future Lotharingie, du centre de l'Italie à la Frise au nord). Enfin, la Francie orientale (la Germanie, noyau dur du futur Saint Empire romain germanique) échoit à Louis le Germanique.

● Le royaume subit un nouveau partage entre les trois fils de Lothaire, à la mort de ce dernier (855). L'aîné hérite de l'Italie et du titre impérial. Mais il meurt sans descendance mâle et Charles le Chauve (son oncle) coiffe la couronne impériale. Malgré les conquêtes, Charles le Chauve (823-877) va échouer dans son ambition de faire renaître de ses cendres l'empire de Charlemagne. Car des embryons d'identité nationale s'imposent ici ou là. De surcroît, l'invasion des audacieux Vikings qui remontent sans difficulté les fleuves devient un problème majeur et, là encore, la dynastie carolingienne s'enlise dans un irrémédiable déclin qui se conjugue avec d'inextricables successions.

Louis II le Bègue, fils de Charles le Chauve, règne deux ans (877-879). Et ses fils Louis III et Carloman se consacrent conjointement à combattre les Vikings jusqu'en 884. Survient alors Charles III le Gros (839-888). Mais son incapacité lors de l'invasion de Paris par les Normands irrite profondément les grands. Charles III ne règne que quatre ans et ils le remplacent par Eudes III (860-898), Capétien avant l'heure et fils de Robert le Fort (mort en 866 et qui, lui, s'était vaillamment illustré en combattant les Vikings).

En fait, Charles III le Simple (879-929), fils de Louis II le Bègue, avait réussi à se faire sacrer en 893, mais il ne peut régner que de 898 à 922, après la mort d'Eudes. Il aura de mièvres successeurs (dates des règnes) : Robert Ier (922-923), Raoul de Bourgogne (923-936), Louis IV d'Outremer (936-954), Lothaire IV (954-986) et Louis V (986-987). Plus personne ne peut alors s'opposer à l'ascension d'Hugues Capet, fils d'Hugues le Grand, issu de la famille des Robertiens qui domine la Francie occidentale depuis plus d'un siècle et qui a déjà donné deux souverains au royaume (Eudes III et Robert Ier).

Quand fut définitivement admise l'hérédité du fils aîné dans la monarchie française ?

■ *Dans la monarchie française, la dignité royale se transmet de père en fils (avec priorité à l'aîné). Pourtant, à l'origine, le principe de l'élection à la Couronne était la règle. La noblesse élisait les rois francs. Mais les aristocrates de l'époque (appelés les « grands ») désignaient toujours le souverain parmi les descendants mâles de la famille royale.*

■ *Finalement, l'hérédité s'impose au Xe siècle. Certains souverains associent d'ailleurs très tôt leur fils au pouvoir. Par exemple, Hugues Capet utilise cette pratique dès 987 alors que son fils, le futur Robert II le Pieux, ne régnera que dix ans plus tard. Toutefois, les grands continuent d'entériner la succession par une élection dépourvue de toute signification démocratique.*

■ *Il faut attendre le règne de Philippe Auguste (1180-1223) pour que l'hérédité* stricto sensu *de l'héritier mâle soit définitivement admise.*

● Depuis le règne de Clovis, le domaine royal devient la propriété personnelle du souverain et le royaume est ainsi considéré comme un bien patri-

118

monial. En d'autres termes, la notion d'État qui prévalait chez les Romains disparaît dans la tradition des chefs francs. Et, à la disparition du chef de clan devenu roi, la coutume exige que le domaine familial soit partagé entre les héritiers mâles. Cette règle conduit évidemment chaque fois à l'éclatement du territoire et elle débouche souvent sur de multiples querelles et combats fratricides sanglants (voir aussi « Qui fut le premier souverain du royaume de France ? »). Une telle situation entraîne l'inexorable déclin de la dynastie mérovingienne qui laisse le pouvoir entre les mains de l'aristocratie, les grands du royaume.

Les maires du palais (sorte d'administrateurs généraux) deviennent alors les hommes forts du royaume. Ainsi s'impose la famille des Pippinides. Elle va progressivement se substituer aux souverains défaillants (milieu du VIIᵉ siècle). Et Pépin le Bref (fils de Charles Martel) se fait élire roi par les grands en 752, coup de force légitimé par le pape Zacharie. Charlemagne, le fils de Pépin le Bref, donnera ensuite son nom à la dynastie carolingienne. Toujours fidèle à la tradition, Charlemagne va lui aussi partager son vaste empire entre ses trois fils. Ce qui mène, là encore, à d'inextricables luttes de succession qui affaiblissent le pouvoir royal et se terminent par la chute de la dynastie carolingienne avec Louis V (966-987) qui ne règne qu'un an.

• Dans une France émiettée et affaiblie, Hugues Capet (941-996) n'est alors qu'un grand seigneur parmi d'autres. Mais les grands du royaume, dont certains sont objectivement beaucoup plus puissants que lui, l'élisent roi de France. Ils le préfèrent à Charles de Lorraine (l'oncle de Louis V). Ce sera le début de la dynastie capétienne (987-1328).

Sacré à Noyon en 987, Hugues Capet associe immédiatement au pouvoir son fils Robert II le Pieux. Nombre de souverains capétiens agiront de la même façon et ils feront parfois couronner de leur vivant celui qui doit devenir leur successeur. Autant dire que l'élection par les grands du royaume ne rime plus à rien.

● Les Capétiens créent ainsi le principe d'hérédité dynastique qui, au-delà de leur propre lignée, va durer pendant près de huit siècles. La fiction de l'élection du souverain se perpétue cependant jusqu'en 1180 (avènement de Philippe II Auguste), date à laquelle on la juge désormais inutile.

La dynastie capétienne va ancrer la puissance de la royauté dans cette France de la fin du haut Moyen Âge (xe siècle) qui bascule dans l'âge féodal. Un système qui s'appuie sur la pratique de la vassalité : le seigneur soutient le souverain en échange d'un fief qui se transmet, là encore de façon héréditaire. Le château devient le centre de la vie guerrière, économique et sociale, donc le lieu incontournable du pouvoir local rythmé par les jeux de l'amour courtois et par le concept de la chevalerie.

Dans la lignée des Carolingiens, les Capétiens favorisent très largement l'Église et ses serviteurs.

Ils bâtissent et entretiennent couvents, monastères et abbayes. Et des membres de la hiérarchie catholique n'hésitent pas à conseiller les souverains capétiens, à l'image de l'abbé de Saint-Denis, le célèbre Suger, apprécié de Louis VI (1080-1137) et Louis VII (1120-1180). Ce lien étroit qui se tisse entre la politique et la religion n'a rien d'anodin puisque l'autorité royale héréditaire se renforce d'un pouvoir d'origine divine par le truchement du sacre.

D'ailleurs, dès 1060, Philippe Ier (1053-1108) prétendait guérir certaines maladies par la simple apposition de ses royales mains. Un « don » qui va là aussi se transmettre de façon héréditaire, puisque la coutume veut que le roi obtienne, dès le jour de son sacre, le pouvoir de guérir les malades qui souffrent des écrouelles (une maladie proche de la tuberculose). Et la tradition du « toucher des écrouelles » va tranquillement perdurer jusqu'en 1825, lors du sacre de Charles X (1757-1836). Elle donne aussi lieu à la très solennelle cérémonie du toucher des écrouelles qui se déroule le lendemain du sacre. À l'issue d'une immense cavalcade, le roi sacré appose ses mains sur le corps des malades qu'il est supposé guérir. Rappelons enfin que le Capétien Saint Louis (canonisé en 1297) sera le modèle du roi chrétien.

La dynastie des Capétiens s'éteint avec Charles IV le Bel (1294-1328), qui meurt sans héritier mâle. Deux prétendants au trône de France s'opposent : le neveu et le petit-fils de Philippe IV le Bel (1268-1314). Le premier, Philippe VI de Valois (1293-

1350), l'emporte face à Édouard III d'Angleterre (1312-1377). Un conflit de succession qui met le feu aux poudres (voir aussi « Pourquoi et comment se déclenche la guerre de Cent Ans ? »).

Pourquoi et comment se déclenche
la guerre de Cent Ans ?

■ *En 1328, lorsque s'éteint la dynastie des Capé-tiens, Charles IV le Bel meurt sans héritier masculin. Il est le fils de Philippe IV.*

■ *Deux héritiers veulent accéder au trône de France. Tous deux se réclament de Philippe IV : d'un côté, Édouard III d'Angleterre (son petit-fils) ; de l'autre, Philippe VI de Valois (son neveu).*

■ *Le neveu l'emporte sur le petit-fils. Philippe VI sera donc le premier souverain de la dynastie des Valois, qui va régner de 1328 à 1589.*

■ *De son côté, Édouard III d'Angleterre reven-dique officiellement le trône de France en 1337. C'est le début de la guerre de Cent Ans, période de san-glantes batailles (entrecoupée de trêves et de traités de paix) qui oppose l'Angleterre et la France jusqu'en 1453.*

● Le 5 juin 1316, Louis X le Hutin, fils aîné de Philippe IV le Bel (1268-1314), meurt sans héritier mâle après deux années de règne. Cependant, le 15 novembre 1316, son épouse Clémence de Hongrie donne naissance à un garçon. Mais le nourrisson meurt cinq jours plus tard. Jean Ier le Posthume aura ainsi eu le plus court règne de l'histoire de la monarchie.

Le second fils de Philippe IV (donc le frère de Louis X le Hutin) monte sur le trône en 1316 sous le nom de Philippe V. À sa mort en 1322, Charles IV le Bel (troisième fils de Philippe IV) lui succède jusqu'en 1328. Date à laquelle s'éteint la dynastie des Capétiens, puisque Charles IV le Bel (1294-1328) meurt sans héritier mâle. Nous sommes dans la même situation que celle qui prévalait douze ans plus tôt avec Louis X.

● En Angleterre, Isabelle de France, fille de Philippe IV le Bel (donc sœur de Louis X, de Philippe V et de Charles IV), a épousé Édouard II (1284-1327). Le couple a donné naissance au futur Édouard III d'Angleterre (1312-1377). Petit-fils de Philippe IV, il peut légitimement revendiquer la couronne de France. Toutefois, Édouard III n'a que seize ans en 1328 et il ne deviendra roi d'Angleterre qu'en 1330.

C'est donc la branche des Valois qui l'emporte et qui accède au trône royal avec Philippe VI, fils de Charles de Valois. Et, comme Charles de Valois est le frère cadet de Philippe IV le Bel, le premier roi de la dynastie (1328-1589) est donc le neveu de Philippe IV le Bel. En résumé, Philippe VI (neveu de Philippe IV) l'a emporté sur Édouard III (petit-fils de Philippe IV).

Cette situation ne convient bien évidemment pas au jeune et ambitieux Édouard III, qui envisage de faire rapidement valoir son bon droit. Cette querelle de succession débouche sur la terrible guerre de Cent Ans, une période de campagnes militaires entrecoupées de trêves et de traités de paix, qui oppose l'Angleterre et la France entre 1337 et 1453.

• Le 7 octobre 1337, Édouard III d'Angleterre revendique officiellement le trône de France à son cousin, Philippe VI de Valois. Fils d'Isabelle, elle-même fille de Philippe le Bel, il se déclare le digne héritier du trône de France.

En août 1346, Philippe VI de Valois subit une sévère défaite à Crécy-en-Ponthieu (Picardie). Pourtant beaucoup plus nombreux que leurs adversaires, les chevaliers français sont décimés par les archers d'Édouard III.

Un an plus tard, Calais se rend au roi d'Angleterre. Après onze mois de siège, la ville capitule face aux troupes anglaises. Édouard III Plantagenêt promet d'éviter le massacre à condition que lui soient livrés six bourgeois de la ville. En chemise et corde au cou, six Calaisiens volontaires apportent les clés de la ville au roi. La reine Philippa de Hainaut intervient alors en leur faveur. Les six bourgeois seront déportés en Angleterre puis libérés contre une rançon.

• La guerre de Cent Ans sera également émaillée de terribles combats qui, à l'origine, ne devaient concerner que des protagonistes locaux. Par exemple, lorsque Jean III, duc de Bretagne, meurt sans enfant et sans désigner d'héritier. Deux candidats s'opposent. D'un côté, Jean de Montfort, frère de Jean III, soutenu par la petite noblesse bretonne et par Édouard III. De l'autre, Charles de Blois, marié à Jeanne de Penthièvre, nièce de Jean III, dispose de l'appui des barons, de la hiérarchie ecclésiastique et de Philippe VI de Valois. Et cette querelle sur la succession ducale de Bretagne durera plus de quarante ans.

Quant à la guerre de Succession de Bretagne, elle se poursuivra par la défaite de Charles de Blois, tué à Auray (1363). Jean IV, fils de Jean de Montfort, coiffe alors la couronne ducale. Il signe tout d'abord un traité avec Édouard III d'Angleterre. Mais plus tard (1381), Jean IV acceptera de prêter main-forte au souverain français du moment, Charles VI le Fol (1368-1422), pour chasser l'ennemi du royaume.

• Au cours d'un bal qui se tient au château royal de Windsor, la jarretière bleue qui retient le bas de la comtesse de Salisbury glisse de sa jambe. Flegmatique, Édouard III ramasse le ruban de velours sous le regard amusé de ses invités. Face aux murmures sarcastiques de la foule, le roi d'Angleterre lance en brandissant l'objet : « Messieurs, honi soit qui mal y pense ! Tel qui s'en rit aujourd'hui s'honorera de la porter demain. »

Trois ans plus tard (23 avril 1349), le souverain anglais crée officiellement le prestigieux ordre de la Jarretière. Il prend pour devise « Honi soit qui mal y pense » (avec l'orthographe du XIVe siècle qui ne propose qu'un seul « n » au terme « honni »).

L'emblème de l'ordre se compose d'une jarretière bleue sur fond d'or.

Mais cette mise en scène romantique n'a vraisemblablement rien à voir avec la réalité. En fait, Édouard III a tout simplement voulu ressusciter une tradition qui datait de Richard Cœur de Lion (1157-1199). Ce dernier faisait déjà porter à ses plus valeureux soldats une jarretière de cuir en signe de distinction honorifique. Et le roi prit cette décision dès 1346, lors de son implacable succès à la bataille de Crécy-en-Ponthieu.

Les membres de l'ordre de la Jarretière se réunissent chaque 23 avril dans la chapelle Saint-George du château de Windsor.

Inspiré par le modèle anglais, le roi de France Jean II le Bon (1319-1364) crée de son côté (6 janvier 1352) l'ordre des chevaliers de la Noble Maison de Saint-Ouen, plus connu sous le nom d'« ordre des chevaliers de l'Étoile ». Les chevaliers portaient une robe rouge et un manteau décoré d'une étoile noire à huit branches. La devise de l'ordre était *Monstrant regibus astra viam* (Les astres montrent le chemin aux rois). La majeure partie des chevaliers de l'ordre de l'Étoile qui avaient juré de ne jamais céder au combat furent tués à la bataille de Poitiers en 1356. L'ordre a définitivement disparu dès le règne de Charles V (1338-1380).

● À Poitiers, au cours de la première bataille d'envergure de la guerre de Cent Ans, les archers anglais écrasent l'armée française le 19 septembre 1356. Jean II le Bon et son fils, Philippe le Hardi, sont faits prisonniers par le Prince Noir, Édouard Plantagenêt de Woodstock Brackembury (1330-1376), prince de Galles et comte de Chester, le fils aîné d'Édouard III d'Angleterre et de Philippa de Hainaut.

Cette capture de Jean II permet des tractations avantageuses pour les Anglais. Le 8 mai 1360, le traité de Brétigny (Eure-et-Loir) accorde à Édouard III des terres au nord (entre Calais et le Ponthieu). En outre, le roi d'Angleterre étend très largement son duché d'Aquitaine avec le Quercy, le Périgord, le Limousin, le Rouergue, la Bigorre, le comté d'Armagnac, l'Agenais, la Saintonge, l'Angoumois et le Poitou. Ces terres cédées par la France en toute souveraineté constituent une principauté autonome dès 1362. Nommé prince d'Aquitaine par son père le 19 juillet 1362, le Prince Noir abdiquera le 5 octobre 1372.

Parallèlement, Édouard III ramène la rançon de 4 à 3 millions d'écus et il renonce à revendiquer le trône de France.

En avril 1367, le Prince Noir va aussi capturer le valeureux Bertrand du Guesclin (1320-1380) pendant la bataille de Najera, en Navarre. Les émissaires du roi de France négocient sa libération. Du Guesclin est libéré le 17 janvier 1368. Et, en octobre 1369, le roi Charles V le Sage (1338-1380) décerne à Bertrand du Guesclin le titre de connétable. Dès lors, il devient le commandant suprême de l'armée française.

• Le 25 octobre 1415, à Azincourt (nord de la Somme), l'armée française est une nouvelle fois terrassée par les troupes anglaises du roi Henri V soutenu par les Bourguignons. Et ce malgré une supériorité numérique écrasante (50 000 Français contre 15 000 Anglais). Embourbés, les chevaux de la noblesse française désorganisée ne parviennent pas à contrer les archers anglais. Azincourt est l'une des batailles les plus meurtrières du Moyen Âge.

Henri V s'empare alors de la Normandie. Puis Paris tombe aux mains des Bourguignons (1418) et le dauphin (futur Charles VII) doit se réfugier à Bourges. Quant à sa mère, la reine Isabeau de Bavière, elle signe le déshonorant traité de Troyes (mai 1420). Cet accord livre la France aux Anglais en déshéritant purement et simplement le dauphin pour reconnaître Henri V d'Angleterre comme seul héritier du royaume de France. C'est la malheureuse conséquence de la crise de démence qui éloigne Charles VI le Fol du pouvoir depuis 1392. Une vacance de l'autorité royale qui a ravivé les querelles entre Armagnacs et Bourguignons et qui a mené à la défaite française d'Azincourt. De surcroît, pour ajouter encore au désordre et aux dissensions, Jean sans Peur, duc de Bourgogne, est assassiné en septembre 1419 par un proche du dauphin.

Abandonné des siens, Charles VI le Fol meurt deux mois après Henri V d'Angleterre (1422). Âgé de quelques mois, le fils du souverain anglais ne peut évidemment pas régner. Et, pour le territoire français, la régence est alors assurée par Jean de Lancastre, duc de Bedford, le frère de Henri V.

Celui que les chroniqueurs du temps surnomment le « petit roi de Bourges » a encore le soutien des Armagnacs, tandis que les Anglais et leurs alliés bourguignons occupent les trois quarts du territoire français. De plus, les Anglais entretiennent la rumeur d'une bâtardise qui affecte et discrédite le dauphin.

Dans cette France meurtrie, désorganisée, divisée, affaiblie, rongée par l'anarchie et placée sous la tutelle d'un régent étranger, rien ne laisse percevoir l'amorce d'un possible sursaut. D'autant que les malingres troupes du dauphin essuient revers sur revers face aux solides armées anglo-bourguignonnes. En 1429 surgit alors de Domrémy une héroïne hors du commun.

● Jeanne d'Arc se dit envoyée par Dieu pour bouter les Anglais hors du royaume et pour donner au dauphin la couronne qui lui revient. Cette gamine âgée de dix-sept ans parvient à convaincre Robert de Baudricourt de lui fournir une escorte pour se rendre à Chinon afin d'y rencontrer Charles VII (mars 1429). Et elle obtient du dauphin une véritable « maison de guerre ».

L'inconcevable s'accomplit le 8 mai 1429. Ce jour-là, Jeanne débarrasse la ville de ses assiégeants anglais présents depuis octobre 1428. Cet exploit galvanise les troupes légitimistes et Jeanne profite immédiatement de son avantage psychologique. Elle enchaîne les succès et la route du couronnement s'ouvre enfin devant le dauphin. Charles VII est alors officiellement sacré roi de France à Reims, le 17 juillet 1429.

Acquise à la cause bourguignonne, la capitale résiste. Jeanne échoue devant Paris en septembre 1429. Puis, en décembre, à La Charité-sur-Loire. Enfin, à Compiègne, dans la soirée du 23 mai 1430, un mercenaire au service du duc de Bourgogne, Jean de Luxembourg, capture Jeanne d'Arc. Et les Bourguignons livrent leur prisonnière au duc de Bedford en échange d'une rançon de 10 000 livres. À leur tour, les Anglais confient Jeanne d'Arc à la justice de l'Église en assurant qu'ils la reprendront si elle n'est pas accusée d'hérésie.

Dans la hiérarchie ecclésiastique de l'époque, beaucoup pensent que la réussite de la jeune femme ne tient qu'à une seule explication possible : la sorcellerie ! Pour vaincre ainsi tous les dangers avec bravoure et arrogance, Jeanne a forcément signé un pacte avec Lucifer. Le démon l'habite et la guide. Une seule issue s'impose : le procès.

● Codifiée au concile de Toulouse en 1429, l'Inquisition fait ses débuts officiels sur le territoire français en 1432, donc après le procès de Jeanne. Cependant, les ignobles méthodes utilisées à Rouen par l'évêque de Beauvais, Pierre Cauchon, montrent un terrifiant avant-goût des plus honteux procédés que mettra en place la redoutable justice de l'Église, sorte de tribunal de la foi, pendant les heures les plus sombres de la chasse aux sorcières entre 1580 et 1630 (voir *Danse avec le Diable*, Hachette Littératures, 2002).

L'instruction commence en janvier 1431. Elle se termine en mai par la condamnation de Jeanne à la peine capitale. Personne n'esquisse le moindre geste, pas même Charles VII ! Et la petite bergère de Domrémy est brûlée vive le 30 mai 1431, sur la place du Vieux-Marché, à Rouen.

● Le 17 juillet 1453, l'armée française de Charles VII remporte enfin une victoire, qui sera décisive, sur les troupes anglaises. Cette bataille se déroule dans le village girondin de Castillon. Et, le 19 octobre de la même année, les troupes du roi de France s'emparent de Bordeaux. Ces deux succès mettent un terme définitif à la présence anglaise en Guyenne. À l'issue des combats, les Anglais renoncent à s'emparer du trône de France. Ce qui met un point final à la guerre de Cent Ans.

Qui fut le premier roi Bourbon ?

■ *Le premier roi Bourbon fut Henri IV, fils d'Antoine de Bourbon. Ce dernier descend, en huitième génération, de Robert de Bourbon, fils de Louis IX, dit « Saint Louis ».*

■ *Henri IV descend donc de la souche des Bourbons issue d'une branche de la dynastie capétienne.*

● Sous sa faconde sincère, Henri IV (1553-1610) cache la ruse d'un patient et subtil politicien. Vif, truculent et courageux, le chef des protestants doit évidemment affronter la hargne de la Ligue du duc de Mayenne qui refuse de se soumettre à un monarque huguenot. Mais elle veut aussi venger la mort du duc de Guise. La Ligue résiste avec l'aide précieuse (et généreuse) de Philippe II d'Espagne. Henri perçoit clairement qu'il doit accomplir un acte politique d'envergure, de ceux qui marquent à tout jamais l'histoire d'une nation.

Henri IV décide donc de se convertir au catholicisme. L'abjuration officielle et solennelle du souverain huguenot se déroule le 25 juillet 1593, à la basilique Saint-Denis. La légende veut que le populaire Henri IV ait convaincu ses plus réticents conseillers par cette célèbre formule, laconique et désenchantée : « Paris vaut bien une messe. » Ce geste allait marquer une opinion épuisée par trois décennies de guerre civile. Sacré à Chartres en février 1594, Henri IV entre dans la capitale un mois plus tard. En 1598, il promulgue l'édit de Nantes qui reconnaît le catholicisme comme religion d'État, mais qui confère aux réformés les garanties élémentaires d'exercice du culte. À l'instar du duc de Guise, puis de Henri III, Henri IV sera lui aussi poignardé (par Ravaillac) le 14 mai 1610.

Louis XIII (1601-1643, fils de Henri IV), puis Louis XIV (1638-1715, fils de Louis XIII) instaurèrent un système de gouvernement despotique qui mènera à la Révolution de 1789 et à l'exécution de Louis XVI (21 janvier 1793). Après la Révolution suivie de l'épisode napoléonien, la dynastie des Bourbons survit jusqu'en 1848, notamment à travers les frères du roi défunt : Louis XVIII (1755-1824) et Charles X (1757-1836). Puis avec Louis-Philippe Ier (1773-1850).

La dynastie des Bourbons s'étend donc de 1589 à 1792. Puis de 1814 à 1848 (voir aussi « Qu'appelle-t-on la monarchie de Juillet ? »).

Qu'appelle-t-on
la « monarchie de Juillet » ?

■ *La période allant du 7 août 1830 au 24 février 1848 a pris le nom de « monarchie de Juillet » en référence aux Trois Glorieuses, les journées insurrectionnelles qui se déroulèrent à Paris les 27, 28 et 29 juillet 1830.*

■ *La monarchie de Juillet coïncide avec le règne du dernier roi des Français (et non plus de France), Louis-Philippe Ier (fils de Louis-Philippe, dit « Égalité », qui avait voté la mort de son cousin Louis XVI). Avec la monarchie de Juillet, la branche des Bourbons-Orléans accède de nouveau au trône de France. Cette branche est issue de Philippe d'Orléans (1640-1701), frère de Louis XIV.*

■ *L'insurrection parisienne des 22 et 23 février 1848 met fin à la monarchie de Juillet. Louis-Philippe Ier abdique le 24 février. Le soir même, un gouvernement provisoire proclame la naissance de la IIe République.*

● Vaincu en 1813 à Leipzig par l'assaut général des coalisés (Angleterre, Autriche, Russie, Prusse et Suède), Napoléon Ier abdique le 6 avril 1814. Le

Sénat impérial vote alors une loi rappelant en France « Louis Stanislas Xavier, frère du dernier roi ». Louis XVIII (1755-1824, frère de Louis XVI) s'installe donc aux Tuileries dès le 3 mai 1814. Et il restaure une monarchie constitutionnelle garantie par une Charte (4 juin 1814). Rédigée en cinq jours, cette Charte s'inspire du régime anglais. Elle instaure une sorte de contrat qui lie le roi à la nation, elle reconnaît les avancées révolutionnaires (égalité civile et droit de la presse) et maintient l'organisation administrative de l'Empire. Enfin, le pouvoir législatif appartient à deux Chambres, celle des pairs et celle des députés. Les pairs sont nommés à vie par le roi et héréditaires. La Chambre des députés est renouvelable par cinquième chaque année. Mais pour être élu député, il faut payer plus de 1 000 francs d'impôts directs par an. Et, pour être électeur, il faut en payer plus de 300. La Chambre des députés est donc constituée de gros propriétaires fonciers et de membres de l'ancienne aristocratie.

Mais Napoléon refait surface en mars 1815 ! S'ensuit la période des Cent-Jours et la coalition de l'Europe contre l'empereur. La bataille de Waterloo met définitivement fin à l'Empire le 18 juin 1815. On appellera « Première Restauration » la période qui va d'avril 1814 à mars 1815. Exilé à Gand pendant les Cent-Jours, Louis XVIII retrouve son trône en juillet 1815.

• Commence alors la Seconde Restauration (1815-1830) avec les règnes de Louis XVIII (1815-1824) puis de son frère Charles X (1824-1830). En août 1829, Charles X remet la responsabilité du gouvernement au représentant des ultras, le prince Jules de Polignac, fils de la favorite de Marie-Antoinette. En mars 1830, lors de l'ouverture de la session de la Chambre, le roi prononce un discours fort maladroit, voire agressif, à l'encontre de l'opposition. Celle-ci réagit, le ton monte et le roi dissout une Chambre qui lui est devenue hostile.

Sort alors des urnes une nouvelle assemblée encore plus rebelle et libérale que la précédente. L'épreuve de force s'engage. Charles X (1757-1836) signe cinq ordonnances édictées en dehors du contrôle des deux Chambres. Elles paraissent dans *Le Moniteur* du 26 juillet 1830 : nouvelle dissolution de la Chambre des députés ; procédure d'autorisation préalable en matière de liberté de la presse ; modification restrictive du système électoral (révision du calcul du cens, le seuil d'imposition ouvrant le droit de vote) ; etc. Ces ordonnances « liberticides » mettent le feu aux poudres. Elles déclenchent les journées insurrectionnelles des Trois Glorieuses (27-28-29 juillet) qui mènent à l'abdication de Charles X (2 août 1830).

– Le 27 juillet 1830, la presse d'opposition paraît, malgré l'interdiction. Et, devant les ouvriers médusés, la police détruit les presses du journal *Le Temps*. La nouvelle se répand immédiatement dans la capitale et les Parisiens sortent dans la rue en scandant : « Vive la Charte, à bas les ministres ! » Des coups de feu éclatent ici et là. Bilan : un mort chez les insurgés. Convaincu par les arguments de fermeté que défend Jules de Polignac, Charles X maintient le cap. Une nuit caniculaire tombe sur Paris.

– Le 28 juillet, dès les premières heures, des barricades se dressent et des combats meurtriers ensanglantent les rues de Paris. Et, tandis que la garde royale mène une répression de devoir plus que de conviction, les troupes de ligne, elles, se rangent franchement aux côtés du peuple. Dans l'après-midi, le drapeau tricolore flotte sur le haut de Notre-Dame et de l'Hôtel de Ville. Charles X s'enferme au château de Saint-Cloud.

– Le 29 juillet, les barricades couvrent Paris. Une commission de députés tient une permanence à l'Hôtel de Ville et La Fayette reçoit le commandement d'une Garde nationale subitement ressuscitée. L'émeute grandit encore et les insurgés se rendent finalement maîtres de la capitale au prix d'intenses combats qui font plusieurs centaines de morts. Le peuple envahit les Tuileries. Thiers, Laffitte et Casimir-Perier s'empressent alors de convertir cette victoire populaire au profit de la bourgeoisie. Ils font placarder sur les murs des affiches sans équivoque : « La République nous exposerait à d'affreuses divisions. » Car beaucoup de députés pensent que cette République « nous brouillerait avec l'Europe ».

– L'idée d'un retour du duc d'Orléans imprègne fortement l'esprit des intellectuels et des députés favorables à Thiers. La presse elle-même semble convaincue. Finalement, le fils de Philippe Égalité accepte le titre de lieutenant général du royaume (31 juillet). Le 2 août, Charles X abdique en faveur de son petit-fils, le duc de Bordeaux. Mais cette initiative reste lettre morte. Charles X quitte la France pour l'Angleterre.

– Le 7 août 1830, Louis-Philippe Ier (roi des Français et non plus de France) monte sur le trône. En souvenir des Trois Glorieuses s'ouvre ainsi une période de l'histoire baptisée la « monarchie de Juillet ».

● La monarchie de Juillet (7 août 1830-24 février 1848) correspond donc au règne du dernier roi des Français, Louis-Philippe Ier (1773-1850), fils de Louis-Philippe, dit « Égalité », celui-là même qui avait voté la mort de son cousin Louis XVI. La branche des Bourbons-Orléans accède de nouveau au trône de France. Cette branche est issue de Philippe d'Orléans (1640-1701), le frère de Louis XIV.

En 1790, le nouveau roi appartenait au club des jacobins et il avait combattu dans les rangs de l'armée républicaine à Valmy, Jemmapes et Neerwiden. Et personne ne doute que les idées de la Révolution de 1789 ont laissé une solide empreinte dans l'esprit du souverain. Par exemple, avec Louis-Philippe Ier, le drapeau tricolore se substitue au drapeau à fleurs de lys.

Le régime se traduit tout d'abord par un libéralisme de bon ton que d'aucuns qualifient de « monarchie bâtarde ». On révise la Charte : le roi n'a plus l'initiative des lois ; suppression des ordonnances et de l'hérédité des pairs ; abaissement du cens à 200 francs pour être électeur et à 500 francs pour être élu. Ce dernier point double le nombre des électeurs mais ne modifie pas en profondeur la composition sociale de la Chambre. En fait, tout au long de cette monarchie de Juillet, Louis-Philippe Ier apparaît comme l'exemple même du « roi bourgeois ». Il lui faut tenter de trouver une voie médiane, une sorte de juste milieu ou d'« extrême centre » qui saurait concilier les héritages de l'Ancien Régime et ceux de la Révolution. Pari impossible. Le monde des affaires s'inquiète des revendications populaires et le système électoral rejette la petite bourgeoisie dans l'opposition.

Les difficultés commencent dès 1831 avec la révolte des canuts de Lyon. Puis survient l'épidémie de choléra de 1832. Quant à l'opposition républicaine, elle réclame le suffrage universel. Les troubles se multiplient, notamment à Paris et à Lyon (1831, 1832 et 1834) dans un pays qui connaît une période de profondes mutations (apparition du machinisme, débuts de l'essor industriel, développement urbain, investissements dans le réseau ferroviaire, mais aussi dans les routes, ports et canaux). En fait, aux côtés de l'Allemagne et de l'Angleterre, la France prépare son entrée dans le concert des puissances économiques qui vont éclore au milieu du XIXe siècle. Mais en attendant, l'agitation et le mécontentement grandissent un peu partout. En 1834, Thiers fait voter des lois d'exception. Les associations sont encadrées et les rassemblements publics interdits.

Organisés par une opposition souterraine, les troubles s'intensifient en 1839 et 1840. C'est alors que François Guizot (1787-1874) va marquer de son empreinte la fin de la monarchie de Juillet. Ministre des Affaires étrangères (1840-1847) puis président du Conseil (1847-1848), Guizot incarne la domination montante de la classe bourgeoise sur la politique. Et il joue en fait le rôle d'un véritable chef du gouvernement entre 1840 et 1848. Il avait combattu avec véhémence les ordonnances de Charles X en juillet 1830, ce qui lui valait bien évidemment l'estime de Louis-Philippe Ier. Guizot ne sent pas venir le vent de la fronde populaire. La révolution industrielle, le développement du commerce et de la finance creusent chaque jour davantage le fossé entre richesse et pauvreté. D'un côté, l'opulent bourgeois accumule les profits ; de l'autre, miséreux, ouvriers, artisans et peuple des bas-fonds tentent de survivre. Une réalité que le roman social naissant saura parfaitement mettre en scène.

Sous la monarchie de Juillet, l'argent a remplacé l'honorable distinction que procurait la particule sous l'Ancien Régime. Ainsi, 200 000 privilégiés peuvent voter (sur une trentaine de millions de Français). Par ailleurs, dans la population adulte des grandes villes, 70 % des individus ne peuvent même pas léguer à leurs proches la somme nécessaire à leur enterrement ! C'est dans ce contexte que François Guizot lance en août 1841 à

ses électeurs du Calvados (Saint-Pierre-sur-Dives) :
« Enrichissez-vous par le travail, par l'épargne et
par la probité. »

Guizot va cristalliser le mécontentement populaire. Il reste insensible à la pression des chefs de
l'opposition qui, afin de contourner l'interdiction
des réunions, mènent à travers le pays leur
« campagne des banquets » pour réclamer des
réformes en mobilisant l'opinion. Et il refuse une
nouvelle fois d'abaisser le cens électoral. Le feu
couve dans Paris. Le 14 janvier, Guizot interdit
la grande réunion festive qui doit marquer la fin
de la campagne des banquets dans un quartier
populaire de Paris. Finalement, les organisateurs
la transfèrent dans un quartier périphérique des
Champs-Élysées pour le 22 février. La veille, le
pouvoir l'interdit une nouvelle fois et l'organisation
renonce. Mais étudiants, artisans et ouvriers se
mobilisent et décident de manifester sous une
pluie battante. Le 23 février, des barricades s'élè-
vent et les premiers coups de feu claquent. Mais
la Garde nationale se range du côté des manifestants. Ils fraternisent avec les manifestants en
criant : « Vive la Réforme ! » ou « Guizot démission ! » À 14 heures, Louis-Philippe Ier décide, un
peu tard, de congédier Guizot.

Dans la nuit, de violents affrontements (notamment boulevard des Capucines) tuent cinquante-
deux personnes dans les rangs des insurgés. Le
dernier roi des Français abdique le 24 février 1848.
Le soir même, un gouvernement provisoire (notamment composé de Lamartine, Ledru-Rollin, Louis

Blanc et Arago) proclame la naissance de la IIᵉ République. Louis-Philippe, lui, s'enfuit en Angleterre.

Qui fut le premier président
de la République française ?

■ *Il faut attendre la IIᵉ République (1848-1852) pour que la France dispose d'un président en la personne de Louis-Napoléon Bonaparte (1808-1873).*

■ *Le président de la République est élu au suffrage universel direct depuis 1962.*

■ *La durée du mandat est de cinq ans (quinquennat) depuis la loi constitutionnelle du 2 octobre 2000. Auparavant, dans les Constitutions de 1875, 1946 et 1958, le président disposait d'un mandat de sept ans (septennat).*

● **La Iʳᵉ République** (22 septembre 1792-18 mai 1804) : à la suite de la journée insurrectionnelle du 10 août 1792, les pouvoirs du roi (Louis XVI) sont suspendus et l'exécutif confié à un Comité provisoire jusqu'à l'élection de la Convention. Cette nouvelle assemblée se réunit le 20 septembre. Dès le lendemain, sur proposition de Collot d'Herbois, soutenu par l'abbé Grégoire, la Convention unanime abolit la royauté. À compter du 22 septembre 1792, les actes publics sont désormais datés de l'an I de la République.

Après le renversement des girondins par les montagnards s'ensuit une période marquée par les sombres heures de la seconde Terreur (5 septembre 1793-28 juillet 1794) : 500 000 suspects incarcérés, dont environ 40 000 furent guillotinés. Puis, la Convention thermidorienne marque l'échec définitif des sansculottes parisiens et le triomphe d'une République bourgeoise et conservatrice animée par un Directoire (5 octobre 1795-9 novembre 1799) composé de cinq membres. Échafaudé sur des bases instables, le délicat équilibre instauré par la Constitution de l'an III vacille. La voie se libère presque naturellement pour un ambitieux général qui, à son retour de l'expédition d'Égypte, trouve un Directoire chancelant. Napoléon Bonaparte (1769-1821) s'empare du pouvoir avec le coup d'État du 18-19 brumaire de l'an VIII (9-10 novembre 1799). Il instaure un Consulat. De Premier consul, il devient consul à vie et établit de fait une dictature personnelle.

La Ire République s'achève le 18 mai 1804 lorsque le Sénat « confie le gouvernement de la République au Premier consul avec le titre d'empereur des Français ». Décision qui aboutit au sacre de Napoléon Ier par le pape Pie VII en l'église Notre-Dame de Paris.

● **La IIe République** (25 février 1848-2 décembre 1852) : Napoléon abdique le 6 avril 1814, ce qui entraîne le retour de la monarchie avec Louis XVIII (1755-1824). Exilé à l'île d'Elbe, l'empereur déchu tente un retour au pouvoir avec la célèbre période des Cent-Jours. Louis XVIII se réfugie alors à Gand.

Mais le désastre de Waterloo (18 juin 1815) ponctue l'épopée napoléonienne et Louis XVIII retrouve son trône jusqu'en 1824. Son frère Charles X lui succède, mais il doit abdiquer le 2 août 1830 à la suite des Trois Glorieuses, les journées insurrectionnelles des 27-28-29 juillet. On appellera « Restauration » les deux règnes de Louis XVIII et Charles X.

Sous l'impulsion de La Fayette (1757-1834), d'Adolphe Thiers (1797-1877), du banquier Jacques Laffitte (1767-1844) et de la bourgeoisie libérale, Louis-Philippe Ier devient alors le nouveau « roi des Français » (et non plus « roi de France et de Navarre »). Une période baptisée « monarchie de Juillet ».

Louis-Philippe Ier (1773-1850) avait accueilli avec sympathie les événements de 1789 et il avait servi dans les armées de la République (à Valmy, et Jemmapes). Son père, Philippe Égalité, avait voté la mort de son cousin Louis XVI. Louis-Philippe Ier confie le pouvoir à l'austère François Guizot (1787-1874) qui avait combattu les ordonnances de juillet 1830 menant à la chute de Charles X. Guizot sera pendant sept ans le maître du pays. Mais Louis-Philippe refuse d'accorder les réformes demandées par le peuple (notamment le suffrage universel). Le profond mécontentement qui s'installe débouchera, là encore, sur trois journées d'insurrection les 22-23-24 février 1848. Louis-Philippe Ier, le dernier roi des Français, abdique le 24 février 1848.

La République est proclamée par le gouvernement provisoire au lendemain de l'abdication de

Louis-Philippe. L'élection au suffrage universel masculin direct d'une Assemblée nationale constituante (23 avril 1848) donne une Chambre à large majorité modérée. Candidat du parti de l'Ordre, Louis-Napoléon Bonaparte (1808-1873) est élu président de la République au suffrage universel en décembre 1848 avec 74,2 % des voix. En mai 1849, l'élection de la nouvelle Assemblée législative donne une écrasante majorité au parti de l'Ordre.

Le coup d'État du 2 décembre 1851, suivi d'un plébiscite (21-22 décembre), débouche sur la proclamation de l'Empire (2 décembre 1852). Le prince-président devient l'empereur Napoléon III.

● **La IIIe République** (4 septembre 1870-10 juillet 1940) : affaibli par la maladie, Napoléon III ne dispose plus de la lucidité suffisante pour analyser la situation internationale complexe qui prévaut au début de l'année 1870. Son épouse, l'impératrice Eugénie, pèse chaque jour davantage sur ses décisions politiques. Quant à ses principaux ministres (le duc de Gramont aux Affaires étrangères et le maréchal Lebœuf à la Guerre), ils le poussent à entrer au plus vite en conflit avec la Prusse. Les affrontements s'engagent le 19 juillet 1870. Les Français accusent une nette infériorité numérique sur leurs adversaires prussiens qui, de surcroît, disposent d'une puissance de feu très largement supérieure.

La guerre contre la Prusse se termine par le désastre de Sedan (2 septembre 1870). Napoléon III capitule. Deux jours plus tard, à la faveur d'un mouvement insurrectionnel conduit par Léon

Gambetta (1838-1882), le corps législatif proclame la déchéance de Napoléon III, la fin du Second Empire et la naissance de la IIIe République.

Les événements s'enchaînent rapidement : constitution d'un gouvernement provisoire, siège de la capitale (19 septembre 1870), capitulation de Bazaine qui, à Metz, livre son armée à l'ennemi (27 octobre), chute de Paris (28 janvier 1871). S'ensuit un armistice de trois semaines consacré à l'élection d'une Assemblée nationale qui engage aussitôt les préliminaires d'un accord menant à la signature du traité de Francfort (mai 1871). Jules Grévy (1807-1891), alors président de la nouvelle Assemblée nationale réunie à Bordeaux, propose qu'Adolphe Thiers soit élu « chef du pouvoir exécutif ». Thiers regimbe et opte pour le titre de « chef du pouvoir exécutif de la République française ». Mais il n'apprécie guère ce titre honorifique et dira avec beaucoup d'humour : « Chef, c'est un qualificatif de cuisinier ! » Parole prophétique puisque la IIIe République sera essentiellement marquée par les intrigues et jeux de couloir qui abaissent précisément l'art de gouverner au rang de… cuisine politique. Adolphe Thiers obtient officiellement le titre tant envié de président de la République en août 1871.

L'Assemblée nationale est alors dominée par deux tendances monarchistes antagonistes. D'une part, les légitimistes, qui espèrent un retour à l'Ancien Régime et soutiennent les Bourbons. D'autre part, les orléanistes, qui acceptent l'héritage de 1789 et préconisent l'institution d'une monarchie constitutionnelle. Les premiers défendent le petit-fils de Charles X, les seconds le petit-fils de Louis-Philippe. Tous ces monarchistes comptent sur le temps pour fortifier leurs ambitions et pour choisir, le moment venu, entre les deux prétendants. Mais ils trouvent Adolphe Thiers un peu trop sensible aux idées républicaines. Ils le poussent donc à la démission (24 mai 1873) pour lui préférer Edme de Mac-Mahon, un « loyal soldat » qui saurait se retirer sans histoire à l'heure dite. Mais Mac-Mahon reste en place jusqu'en 1879 et cette subtile manipulation va échouer. Douze présidents succèdent donc à Mac-Mahon jusqu'en 1940.

Depuis un an, Adolf Hitler (1889-1945) défie l'Europe. En quelques semaines l'histoire bascule. Les Allemands envahissent la Norvège et le Danemark (avril 1940). Puis ils lancent une audacieuse offensive contre la Hollande et la Belgique. Les deux pays doivent capituler (15 et 27 mai). En France, mi-mai, les blindés réussissent la percée de Sedan. Début juin, c'est la débâcle et l'exode. Le 12, le gouvernement de Paul Reynaud (1878-1966) se replie en Touraine avant de gagner Bordeaux, tandis que les troupes allemandes entrent dans Paris le 14 juin. Président du Conseil, Paul Reynaud démissionne le 16 juin 1940. Le soir même, le maréchal Pétain (1856-1951) constitue un cabinet et il signe l'armistice le 22 juin à Rethondes (près de Compiègne). Rassemblée à Vichy, l'Assemblée vote les pleins pouvoirs au maréchal Pétain le 10 juillet 1940, mettant ainsi fin à la IIIe République.

● **La IVᵉ République** (13 octobre 1946-28 septembre 1958) : lors du référendum du 21 octobre 1945, 96 % des Français approuvent l'idée de rédiger une nouvelle Constitution. Mais les querelles qui s'ensuivent aboutissent au départ du général de Gaulle le 20 janvier 1946. Malgré l'opposition des gaullistes et les réticences communistes, la Constitution de la IVᵉ République est adoptée le 13 octobre 1946. Elle favorise et renforce le pouvoir des partis et entraîne d'inextricables jeux de pouvoir. Les crises ministérielles se multiplient et vingt-cinq gouvernements défileront de 1946 à 1958. La IVᵉ République connaît pourtant des hommes de talent, de surcroît compétents : Antoine Pinay, Pierre Mendès France, Edgar Faure, Félix Gaillard, Robert Schuman... Mais aucun ne parvient à mettre en œuvre le rééquilibrage des pouvoirs. Les coalitions hétéroclites nourrissent alors l'instabilité, mais aussi un inévitable immobilisme.

Confusion à Paris et échauffourées à Alger, l'inquiétude gagne chaque jour du terrain en ce mois de mai 1958. Moribonde, la IVᵉ République continue de s'enliser dans de bien dérisoires querelles. Des émeutes éclatent à Alger le 13 mai. Le même jour, à Paris, les habituels jeux du régime des partis portent Pierre Pflimlin à la présidence du Conseil. Charles de Gaulle avoue à des proches : « Le pouvoir n'est pas à prendre, mais à ramasser. » Tout va alors très vite. Le cabinet Pflimlin démissionne le 27 mai. Le 29, René Coty, président de la République, demande à l'Assemblée d'investir Charles de Gaulle à la présidence du Conseil. Un vote entérine cette proposition le 1er juin. Le 2, il reçoit les pleins pouvoirs. Le 3 juin, de Gaulle obtient le vote d'une loi constitutionnelle dont il devra établir les termes. Le 4 juin, de Gaulle se rend à Alger. Le soir même, à 19 heures, au balcon du siège du gouvernement général, bras en « V » tendus vers le ciel, de Gaulle prononce devant 500 000 personnes massées sur le forum une de ces phrases ambiguës dont il avait le secret : « Je vous ai compris ! »

Trois mois plus tard, le 28 septembre 1958, au terme du référendum que leur propose le Général, les Français approuvent massivement le texte de la Ve République. Le « oui » l'emporte avec 79,25 % des suffrages. Le général de Gaulle est élu par un collège de notables à la présidence de la République le 21 décembre 1958.

• Certains historiens considèrent que la IVe République s'éteint le 28 septembre 1958, jour du référendum triomphal proposé par de Gaulle. D'autres affirment que la Ve République commence plutôt le 5 octobre 1958, date de la promulgation officielle de la nouvelle Constitution.

Lors du référendum du 28 octobre 1962 portant sur l'élection du président de la République au suffrage universel direct, le « oui » l'emporte avec 62,25 % des voix. La procédure est mise en place pour l'élection de novembre 1965. Charles de Gaulle sera élu à la présidence de la République avec 54,8 % des voix, après avoir été mis en ballottage au premier tour de scrutin par François Mitterrand, candidat de la gauche unie.

● Le Gouvernement provisoire de la République française fut proclamé à Alger le 3 juin 1944. Il durera jusqu'au 16 janvier 1947. Quatre personnalités se succèdent à la tête du Gouvernement provisoire : Charles de Gaulle (juin 1944-janvier 1946) ; Félix Gouin (janvier 1946-juin 1946) ; Georges Bidault (juin 1946-novembre 1946) ; Léon Blum (décembre 1946-janvier 1947).

● Ainsi que le prévoit la Constitution de la Vᵉ République, le président du Sénat, en l'occurrence Alain Poher, fut président par intérim à deux reprises : en 1969, après la démission du général de Gaulle ; en 1974, à la mort de Georges Pompidou.
Le 27 avril 1969, de Gaulle recueille 52,41 % de « non » au référendum sur la régionalisation et la réforme du Sénat. Le Général abandonne immédiatement le pouvoir. Le 15 juin, Georges Pompidou sera élu président de la République au second tour de scrutin avec 58,21 % des voix... face à Alain Poher. Mais ce dernier retrouve la présidence par intérim à la suite du décès de Georges Pompidou (2 avril 1974).

● Le président de la République réside au palais de l'Élysée depuis 1874. Situé entre l'avenue des Champs-Élysées et la rue du Faubourg-Saint-Honoré, l'édifice fut construit entre 1718 et 1722 par l'architecte Armand-Claude Mollet pour Henri-Louis de La Tour d'Auvergne, comte d'Évreux. À l'époque, le Grand Cours (actuels Champs-Élysées) traverse une large plaine occupée par les pâturages et les cultures maraîchères.

À la mort du comte d'Évreux (1753), l'hôtel devient la propriété de la marquise de Pompadour (1710-1774). Elle le lègue ensuite à Louis XV. Le financier Nicolas Beaujon rachète l'hôtel d'Évreux en 1773, puis il le vend à Louis XVI en 1786. L'année suivante, le roi le cède à sa cousine, la duchesse de Bourbon. Arrêtée en avril 1793, cette dernière retrouve sa résidence parisienne en janvier 1797. L'hôtel passe alors entre les mains d'une famille de négociants avant que Joachim Murat (maréchal de France et prince d'Empire) s'en porte acquéreur (1805). Murat le cède à Napoléon Ier (1808).

En 1816, l'Élysée entre définitivement dans les biens de la Couronne. Entre 1820 et 1848, l'hôtel sert de résidence aux hôtes étrangers de la France. Et, le 12 décembre 1848, l'Assemblée nationale désigne officiellement l'Élysée comme résidence du président de la République. Le prince-président Louis-Napoléon Bonaparte s'y installe dès le 20 décembre 1848, avant d'emménager aux Tuileries en 1852 (lorsqu'il devient l'empereur Napoléon III). Après la chute de l'Empire, Adolphe Thiers y fera quelques séjours. Élu en mai 1873, Mac-Mahon s'installe définitivement à l'Élysée en septembre 1874. Le palais sera fermé de juin 1940 à 1946. Vincent Auriol l'occupe dès son élection à la présidence (1947). La Ve République conservera l'Élysée comme résidence officielle des présidents de la République.

Quels sont les principaux emblèmes
de la République française ?

■ *La Révolution française reste le creuset des symboles de la République. En premier lieu figure le drapeau tricolore (bleu-blanc-rouge), emblème national de la Ve République. Le blanc royal est associé aux couleurs de Paris : le bleu et le rouge. Il s'agirait d'une idée de La Fayette qui remit cette cocarde à Louis XVI le 17 juillet 1789, lorsque le souverain vient à Paris reconnaître la nouvelle Garde nationale.*

■ *Avec la loi du 6 juillet 1880, le 14 juillet devient la fête nationale de la République. Cette date commémore la fête de la Fédération du 14 juillet 1790, qui célébrait elle-même le premier anniversaire de l'insurrection du 14 juillet 1789. La première célébration officielle de la fête nationale se déroule donc le 14 juillet 1880.*

■ *Apparue pendant la Révolution, Marianne incarne également la République française.*

■ *La devise « Liberté, Égalité, Fraternité » est aussi évoquée pendant la Révolution de 1789. Mais elle n'apparaît officiellement que dans la Constitution de 1848. Texte dans lequel elle est définie comme un principe de la République.*

■ *À des degrés différents restent le sceau de la République et le coq gaulois qui appartiennent eux aussi aux emblèmes de la nation.*

● La disette menace, le peuple murmure et la Révolution se met en marche. Après le rigoureux hiver de 1788-1789, des scènes de violence éclatent dès le début du printemps, notamment faubourg Saint-Antoine, à Paris. Pourtant, les élections se sont déroulées dans le calme. Selon la tradition, les Français ont présenté leurs vœux et revendications dans des « cahiers de doléances » rédigés sur un ton globalement modéré. Certes, les électeurs exigent l'abolition des droits féodaux et l'égalité devant la loi. Ils souhaitent également disposer d'une Constitution qui garantisse les libertés individuelles et les droits de la nation face au souverain. Cependant, les témoignages de fidélité à la monarchie abondent.

Louis XVI (1754-1793) convoque les États généraux le 5 mai 1789, dans une vaste salle de l'hôtel des Menus-Plaisirs, à Versailles. Mais d'inutiles vexations protocolaires et le rapide discours d'un roi qui ne propose aucune des réformes politiques et sociales attendues agacent le tiers état. Rien sur la Constitution, rien sur le vote par ordre ou par tête. Tout reste en suspens.

Pendant plus d'un mois, le tiers état demande que le travail se fasse en commun, c'est-à-dire avec les deux autres ordres. Mais noblesse et clergé refusent. Ils se réunissent en d'autres lieux. Pour sa part, le tiers état occupe toujours la salle des Menus-Plaisirs où quelques curés et gentilshommes rejoignent le groupe sous les acclamations. Le 17 juin, sur proposition de Sieyès, le tiers état se proclame « Assemblée nationale » en décrétant aussitôt que « tout impôt perçu sans son consentement sera illégal ».

Le 20, les députés du tiers état trouvent porte close à l'hôtel des Menus-Plaisirs. Il faut dire que de plus en plus de députés du clergé et de la noblesse venaient spontanément grossir les rangs de la toute jeune Assemblée nationale. Exaspéré, Louis XVI a alors avancé le fallacieux prétexte de travaux à engager pour interdire l'entrée du bâtiment. Qu'à cela ne tienne ! Les députés se rassemblent alors non loin de là, dans l'austère salle du Jeu de paume de la rue du Vieux-Versailles.

Aussitôt, à l'instigation de Mounier, les députés décident à l'unanimité (moins la voix de l'avocat Martin, un député d'Auch) qu'ils ne se sépareront pas sans donner une Constitution à la France. Et chacun de prêter serment devant Bailly, le président de l'Assemblée juché pour l'occasion sur une table.

Une nouvelle fois, le roi tergiverse. Finalement, son entourage le persuade de tenir une « séance royale » dès le 23 juin. Après avoir annulé les décisions du 17 (et notamment la proclamation du tiers état en Assemblée nationale), le roi expose un programme de réformes insignifiantes et il interdit aux trois ordres de siéger en commun. De plus, il exige des députés qu'ils délibèrent dans leurs salles respectives.

Face au refus de l'Assemblée d'obtempérer, le grand maître des cérémonies, le marquis de Dreux-Brézé, s'avance vers Bailly pour lui rappeler la fermeté royale. Et, tandis qu'on lui rétorque que l'Assemblée ne reçoit pas d'ordres de la part d'un homme qui n'a en ce lieu ni voix ni droit de parler, le comte de Mirabeau (1749-1791) s'avance et lance au marquis sa célèbre tirade : « Allez dire à ceux qui vous envoient que nous sommes ici par la volonté du peuple et que nous n'en sortirons que par la force des baïonnettes. » Quatre jours plus tard, Louis XVI donne l'ordre à la noblesse et au clergé de s'associer aux « dissidents » du 17 juin. Et, comme le dit alors si bien Bailly : « Désormais, la famille est complète. »

La décision du roi (27 juin 1789) engageant les députés des ordres privilégiés (noblesse et clergé) à rejoindre ceux du tiers état arrive un peu tard. La plupart n'ont pas attendu l'assentiment royal. De surcroît, Louis XVI cède sur un point capital : le vote par tête remplacera le vote par ordre. La monarchie absolue cesse d'exister.

Le 9 juillet, la Chambre des députés prend le nom d'« Assemblée nationale constituante ». Le travail législatif peut commencer autour de l'élaboration d'une Constitution. Mais l'agitation gagne. Certains craignent une offensive contre-révolutionnaire. D'autres redoutent les émeutes populaires. Et la révocation du populaire Necker (11 juillet) contribue à accentuer le mécontentement. De surcroît, les régiments envoyés sur Paris pour « prévenir les désordres » attisent l'effervescence. Quant à la rumeur publique, elle se charge d'amplifier la moindre bousculade.

Le 12 juillet 1789, un jeune et ardent avocat alors parfaitement inconnu, Camille Desmoulins (1760-1794), harangue la foule dans les jardins du Palais-Royal. Juché sur une table, il dénonce le « complot aristocratique » et appelle les Parisiens à l'insurrection. Selon la légende, il place une feuille de marronnier à son chapeau, le vert symbolisant la notion de liberté. Et il incite la foule à arborer ce repère distinctif, signe de mobilisation générale. Des libelles circulent dans tous les quartiers de la capitale. La tension gagne d'heure en heure. Et, dans la soirée du 12 juillet, les dragons du prince de Lambesc chargent d'inoffensifs promeneurs dans le jardin des Tuileries.

Le lendemain, l'agitation reprend de plus belle. Les échauffourées se multiplient et quelques excités saccagent des boutiques. D'autres pillent le Garde-Meuble et la Maison Saint-Lazare. La foule se déchaîne et les électeurs de la capitale (ceux qui ont élu les députés des États généraux) se réunissent pour créer une « milice bourgeoise » destinée à maintenir l'ordre. Et celle-ci décide alors de porter une cocarde aux couleurs de Paris : le rouge et le bleu. Mais les armes manquent. Et, dès le 14 juillet au matin, la foule pille cette fois l'Arsenal. À l'hôtel des Invalides, d'autres bandes s'emparent de 32 000 fusils et d'une vingtaine de canons. Un groupe d'émeutiers décide alors de marcher sur la Bastille, le symbole du despotisme royal. On connaît la suite : la majorité des gardes-françaises (unité d'infanterie) se joignent aux assaillants et le gouverneur de la citadelle, M. de Launay, ne dispose que d'une poignée d'hommes très peu aguerris. Au bout de quatre heures, la garnison capitule. Les manifestants (qui ont perdu une centaine d'hommes) s'emparent d'une Bastille quasiment vide. Il n'y a là que quelques escrocs, deux fous et un débauché. Mais la prise de la Bastille restera le symbole de la chute de l'autocratie monarchiste. La démolition de la Bastille commencera quelques jours plus tard.

À Versailles, au soir du 14 juillet, Louis XVI écoute le récit de François de La Rochefoucauld-Liancourt. Le grand maître de la garde-robe du roi n'occulte aucun détail : prise de la forteresse, massacre d'une grande partie de sa garnison, exécution de M. de Launay et de Jacques Flesselles, prévôt des marchands. Louis XVI semble ne pas comprendre et s'étonne : « Mais c'est une révolte ! » Grand seigneur éclairé qui prône l'égalité devant l'impôt et la liberté de la presse, le duc de Liancourt répond, imperturbable et pédagogue : « Non, sire, c'est une révolution. »

La prise de la Bastille sera commémorée dès le 14 juillet 1790 au cours de la fête de la Fédération. Ce jour-là, malgré la pluie, une foule imposante se rassemble sur l'emplacement de l'ancienne citadelle. Puis le cortège gagne le Champ-de-Mars préparé pour l'occasion depuis des semaines, notamment par des travailleurs bénévoles. En fait, les Français semblent aspirer alors à l'union retrouvée. Un autel de la Patrie a été dressé sur un tertre et le couple royal assiste même à la cérémonie qui rassemble environ 100 000 fédérés. Entouré de 300 prêtres portant des écharpes tricolores, Mgr de Talleyrand y célèbre une messe, non sans avoir d'abord murmuré à l'oreille de La Fayette (1757-1834) ce mot d'esprit qui en dit long sur l'acuité de sa vision politique : « Surtout, ne me faites pas rire ! » Dans la soirée, les festivités se prolongeront sur la place de l'ancienne Bastille où les Parisiens vont danser à la lueur des lampions.

Ensuite, la célébration de la prise de la Bastille tombera en désuétude. Il faudra attendre la loi du 6 juillet 1880 pour que le 14 juillet devienne la fête nationale de la République grâce à Benjamin Raspail, député de la Seine. Associée à la prise de la Bastille qui symbolise la chute de l'Ancien Régime, cette cérémonie nationale commémore en réalité la fête de la Fédération du 14 juillet 1790. La première célébration officielle de la fête nationale se déroule donc le 14 juillet 1880.

Aujourd'hui, le 14 Juillet connaît un succès certain à travers le pays. Aucune mairie ne veut manquer l'occasion de célébrer cette date qui symbolise la liberté retrouvée. Parades, bals, feux d'artifice et illuminations embrasent les places de villages. Et, à Paris, le traditionnel défilé militaire se déroule en grande pompe sur les Champs-Élysées depuis 1980. Tel ne fut pas toujours le cas, car cette parade a connu d'autres parcours : Bastille-République (1974), cours de Vincennes (1975), Champs-Élysées (1976),

École militaire (1977), Champs-Élysées (1978), République-Bastille (1979).

● Quatre jours après la chute de la Bastille, Louis XVI pense qu'il peut encore calmer les esprits. Le souverain a donné l'ordre aux troupes d'évacuer la capitale et il a rappelé Necker dès le 15 juillet. Le lendemain, Bailly est élu maire de Paris et La Fayette commandant en chef de la Garde nationale. Et, le 17 juillet 1789, le roi décide donc de se rendre à l'Hôtel de Ville de Paris. Venu l'accueillir à la barrière de l'octroi, le tout nouveau maire présente au souverain les clés de la ville sur un plateau. Et Bailly prononce alors cette phrase consensuelle : « Sire, Henri IV avait reconquis son peuple. Aujourd'hui, le peuple a reconquis un roi. »
Un peu plus tard, à l'Hôtel de Ville, Bailly présente au roi une cocarde tricolore que beaucoup considèrent symboliquement comme l'ancêtre de notre drapeau français. À cet instant, les chroniqueurs de l'époque notent que l'on entend s'élever dans la foule quelques cris enthousiastes : « Vive le roi ! Vive la nation ! » La tradition veut que La Fayette ait ajouté le blanc royal aux traditionnelles couleurs de Paris, le bleu et le rouge. Mais il faut attendre le 15 février 1794 pour que le drapeau bleu-blanc-rouge devienne un emblème national, avec notamment la précision du peintre David (1748-1825) qui stipule que le bleu doit être attaché à la hampe.
Le drapeau blanc retrouve des couleurs sous la Restauration (règnes de Louis XVIII et Charles X entre 1814 et 1830). Mais Louis-Philippe Ier (1773-

1850) remet au goût du jour le drapeau bleu-blanc-rouge lorsqu'il succède à Charles X en 1830. Il faut dire que Louis-Philippe Ier avait en son temps pris le parti de la Révolution et qu'il avait participé aux batailles de Valmy et de Jemmapes. N'oublions pas que son père, le duc d'Orléans Louis-Philippe Égalité, avait voté la mort de son cousin Louis XVI. Louis-Philippe Ier apporte sa touche en faisant surmonter la hampe d'un coq gaulois.

Mais Louis-Philippe refuse d'accorder les réformes demandées (notamment le suffrage universel). Le profond mécontentement engendre l'insurrection de 1848 (22-23-24 février). Sur les barricades, les émeutiers brandissent alors un drapeau rouge, symbole de révolte. Louis-Philippe Ier, le dernier roi des Français, abdique le 24 février 1848. Proclamée par le gouvernement provisoire dès le lendemain, la République adopte le drapeau bleu-blanc-rouge. Sous la IIe République (1848-1852) puis sous la IIIe (1870-1940), un consensus se dégage progressivement pour adopter le drapeau tricolore. À partir de 1880, il semble que le geste symbolique de la remise des drapeaux aux armées lors de la fête du 14 Juillet ait largement contribué à sceller l'idée de nation unie derrière ses couleurs.

Les Constitutions de 1946 et de 1958 (article 2) font du drapeau bleu-blanc-rouge l'emblème national de la République française. Ce drapeau flotte sur les bâtiments publics. Il est aussi déployé lors des commémorations nationales et les honneurs lui sont rendus selon un protocole très spécifique. Enfin, depuis la seconde moitié du XIXe siècle, notons que les bateaux français (civils ou militaires) arborent eux aussi un pavillon tricolore mais légèrement différent : en effet, la proportion de chacune des couleurs diffère, les trois bandes n'ont pas ici la même largeur afin qu'elles paraissent égales en flottant (effet d'optique) ; ainsi, sur une base de 100, le bleu, le blanc et le rouge ont les proportions suivantes : 30, 33 et 37.

• Marianne incarne également la République française. Là encore, les premières représentations d'un buste de femme coiffée d'un bonnet phrygien apparaissent sous la Révolution française. Le prénom Marie-Anne était très répandu au XVIIIe siècle, notamment à la campagne. Il semble aussi que nombre de jeunes filles issues de ce milieu et qui servaient dans les maisons bourgeoises des grandes villes s'appelaient, ou se faisaient appeler, Marie-Anne (devenu Marianne). Certaines sources évoquent aussi une chanson révolutionnaire occitane datant de 1792 qui met en scène une Marianne. Et c'est ainsi que ce prénom acquit… ses lettres de noblesse. Dans une interprétation libre, on pourrait dire que Marianne symbolise alors la jeune paysanne courageuse : elle veut s'émanciper mais reste dépendante d'une classe bourgeoise qui l'opprime. Cette notion englobant une nouvelle fois l'idée de liberté. En fait, Marianne symbolise plutôt la mère patrie et la mère nourricière qui protège les enfants de la République. Le buste de Marianne figure sur des pièces de monnaie ou des timbres-poste.

• La devise républicaine « Liberté, Égalité, Fraternité » n'apparaît que de façon épisodique pendant la Révolution française. Évidemment, chacun des termes (utilisés séparément) obtient un indéniable succès dans les discours révolutionnaires, mais jamais aucun tribun ne sut à l'époque les assembler pour leur donner force et vigueur fondatrice d'un quelconque élan. Et, si les termes sont parfois associés ici ou là (dans des ordres divers), jamais ils n'obtiennent la portée universelle que nous leur connaissons aujourd'hui.

Le précepte prend forme sous la IIe République (1848-1852), puis s'installe définitivement sous la IIIe (1870-1940). En fait, l'expression réapparaît triomphalement lors des trois journées insurrectionnelles de février 1848 qui mènent à l'abdication de Louis-Philippe Ier. Et la devise « Liberté, Égalité, Fraternité » figure pour la première fois dans la Constitution du 4 novembre 1848. Elle y est officiellement reconnue comme l'un des « principes » de la République. Quelques années plus tard, la formule sera inscrite au fronton des bâtiments publics à l'occasion de la célébration de la première fête nationale (14 juillet 1880). Elle figure dans les Constitutions de 1946 et de 1958.

• Le coq gaulois devient un symbole quasiment officiel de la IIIe République (1870-1940). Il apparaît par exemple sur la grille du palais de l'Élysée construite à la fin du XIXe siècle et sur la pièce d'or de 20 francs frappée en 1899.

L'animal était apparu dès l'Antiquité sur des monnaies gauloises en raison d'une évidente concordance lexicale dans la mesure où le terme latin *gallus* signifie à la fois « coq » et « Gaulois ». Absent de toute représentation liée au pouvoir politique pendant le Moyen Âge, le coq surgit de nouveau à partir du XIVe siècle sur certaines gravures officielles représentant les rois de France ou leur entourage. Dès lors, il apparaît aussi sur des pièces de monnaie puis, plus officiellement, sur le sceau du Directoire (1795-1799). Bien évidemment rejeté par Napoléon Ier au profit de l'aigle impérial (1804-1815), puis par Napoléon III (1852-1870), le coq retrouve donc vie au XIXe siècle. Bien que figurant toujours sur le sceau de l'État, il semble toutefois aujourd'hui avoir perdu sa vigueur symbolique d'antan. Sauf dans l'imagerie populaire liée au domaine sportif.

● Le sceau de l'État est un cachet qui sert à authentifier solennellement des actes, accords, traités, Constitutions, etc. Le sceau de la Ve République n'a pas été modifié depuis l'arrêté du 8 septembre 1848 qui définissait le sceau de la IIe République. Le sceau de l'État représente une femme assise qui représente la liberté. Coiffée d'une couronne de laurier, elle tient dans la main droite un faisceau de licteur traversé d'une pique et, dans la main gauche, un gouvernail frappé d'un coq gaulois qui place sa patte droite sur un globe. À côté, une urne porte les lettres « SU », pour « suffrage universel direct », la grande innovation des élections de 1848. En légende circulaire, on peut lire la mention suivante : « République française démocratique une et indivisible ». L'envers du sceau porte la mention « Au nom du peuple français », inscription entourée d'une couronne de chêne et de laurier noués par des épis de blé et des grappes de raisin. Figure également sur l'envers du sceau la devise (en mention circulaire) « Égalité, Fraternité, Liberté » (dans cet ordre). L'arrêté de 1848 fixe également les types de sceaux ou de timbres que doivent couramment utiliser notaires et tribunaux.

Sous l'Ancien Régime, la garde des sceaux de France revenait au chancelier, second grand officier de la Couronne après le connétable. Dans la tradition, le chancelier brisait rituellement le sceau du roi défunt. Le chancelier (inamovible) avait également la garde matérielle des matrices des sceaux et il présidait au protocole lors du scellage des actes. Mais lorsque le chancelier perdait la confiance du souverain, il arrivait que la tâche soit confiée à un fonctionnaire révocable appelé « garde des Sceaux ». Celui-ci siégeait toutefois au Conseil avec les autres ministres. En 1790, avec la disparition de la charge de chancelier, la fonction de garde des Sceaux subsiste mais sous l'appellation de « ministre de la Justice, garde du sceau de l'État ». L'expression subsiste encore aujourd'hui. Par ailleurs, l'administration du ministère de la Justice a conservé le nom de « Chancellerie » (dérivé de « chancelier de l'Ancien Régime »). Notons encore que le chancelier du roi s'installa en 1717 dans un hôtel particulier de la place Vendôme, à Paris. Celui qu'occupe traditionnellement le ministre de la Justice, garde des Sceaux.

Le faisceau de licteur remonte à la République romaine. Les licteurs assistent alors les magistrats et doivent protéger et exécuter leurs décisions. Leur attribut principal se compose d'un faisceau de verges (branches, brindilles, baguettes) de bouleau ou d'orme liées en cylindre autour du manche d'une hache par des lanières de cuir croisées.

Le faisceau de licteur symbolise alors la contrainte. C'était l'emblème de l'autorité des magistrats de la République romaine. Le licteur portait son faisceau sur l'épaule gauche.

Il apparaît donc clairement que les IIe, IIIe, IVe et Ve Républiques ont conservé le même sceau. Sous la IVe, seule la Constitution a été scellée. À ce jour, seule la Constitution de 1958 (Ve République) et quelques lois constitutionnelles la modifiant ont été solennellement scellées (sceau de cire jaune et ruban de soie tricolore).

Animaux

Qu'est-ce qu'un animal hybride ?

■ *Des animaux hybrides sont issus du croisement de deux espèces différentes appartenant au même genre. C'est le cas des mules, mulets, bardots, bardines, tigrons, ligrons, zébrânes, zébrules…*

■ *La descendance de ces animaux hybrides est stérile.*

• Une espèce se compose de sujets qui peuvent se reproduire entre eux dans des conditions naturelles, leur descendance étant elle-même féconde. On parle alors d'« interfécondité » (voir aussi « De quand datent les premiers êtres vivants ? »). Cette notion de reproduction de la descendance est ici fondamentale. En revanche, des animaux hybrides, c'est-à-dire issus du croisement de deux espèces différentes, sont le plus souvent stériles.

• Ainsi, la mule (ou le mulet), résultat des amours d'un âne et d'une jument, ne peut engendrer aucune descendance directe. Tous les mâles sont stériles et, à de très rares exceptions près, les femelles également. La démonstration vaut aussi pour le bardot (ou bardeau) et pour sa femelle, la bardine, fruit du croisement d'un étalon et d'une ânesse. Là encore, cet animal hybride est généralement stérile. Ânes et chevaux appartiennent donc à deux espèces différentes puisque le fruit de leur croisement n'est pas interfécond.

• D'autres animaux hybrides célèbres se trouvent dans la même situation : attendre des autres qu'ils perpétuent la descendance. Citons notamment le tiglon (encore appelé « tigron »), issu du croisement du tigre et de la lionne. Mais il y a aussi le ligron, fruit du croisement du lion et de la tigresse. Dans les deux cas, la fertilité des femelles ne suffit pas à assurer la pérennité de l'espèce puisque les mâles sont toujours stériles. Tigres et lions sont deux espèces différentes dans le genre des grands félins. Tiglon et ligron sont donc bien des animaux hybrides.

• Les zébroïdes (zébrules ou zébrânes) ont tous un zèbre pour ancêtre. Le zébrule est issu de la reproduction d'un zèbre mâle et d'une jument. Les Anglais l'appellent communément *zorse* (contraction de *zebra* et *horse*).

Réputé plus docile et plus intelligent que la mule, le zébrule fut employé dans les armées du début du XIXe siècle (les Britanniques l'ont largement utilisé dans leurs régiments indiens). Le zébrule peut être mâle ou femelle, mais il est toujours stérile. Sa morphologie s'approche de celle du cheval et il possède des rayures sur une grande partie du corps. Le zébrule a aujourd'hui retrouvé une petite notoriété dans certains cirques.

Pour sa part, le zébrâne résulte de l'union d'un zèbre mâle et d'une ânesse (très rarement d'une zébresse et d'un âne mâle). Le fruit de ce croisement produit là encore des animaux stériles. À la différence du zébrule, le zébrâne porte des rayures sur les membres antérieurs et postérieurs. Sa taille se rapproche plutôt de celle de l'âne.

Quel est le plus grand poisson
du monde ?

■ *Le requin baleine reste le plus gros poisson actuellement connu dans toutes les mers et océans du globe.*

■ *Le requin baleine pèse plus de 18 tonnes et il mesure souvent plus de 15 mètres de long.*

■ *Il est chassé pour la chair de ses ailerons dégustée en Chine et à Taiwan.*

• Totalement inoffensif pour l'homme, le requin baleine se nourrit uniquement de plancton (près de 1 tonne par jour) ou de petits poissons de moins de 10 centimètres. Sa gueule (2 mètres d'envergure) se situe à l'avant et non sur le dessous de son museau large et aplati. Ses mâchoires portent 3 000 dents minuscules. Ses fentes branchiales sont particulièrement développées, ce qui lui permet de filtrer la quantité quotidienne de plancton nécessaire à son alimentation.

Originaire des mers tropicales, le requin baleine reste à ce jour le plus grand poisson connu et le plus grand des requins encore en vie. Il peut atteindre jusqu'à 16 mètres de long et pèse plus de 18 tonnes.

De coloration plus foncée que la plupart des requins (gris-vert sur le dessus et blanc sur le dessous), il possède une peau d'environ 15 centimètres d'épaisseur et se déplace très lentement (jamais plus de 15 km/h).

Le requin baleine est une espèce (*Rhincodon typus*) qui appartient à la famille des rhincodontidés, ordre des lamniformes (voir aussi « De quand datent les premiers êtres vivants ? »).

Cette espèce est ovovivipare, ce qui signifie que les jeunes requins baleines éclosent à l'intérieur du corps de leur mère (à partir des œufs fécondés à l'intérieur du corps de la femelle). Les jeunes poissons développés sont ensuite libérés en pleine eau. De la même façon, dans les régions fraîches, de nombreux serpents et lézards sont eux aussi ovovivipares. Les serpents marins sont également ovovivipares. Sans oublier certaines espèces d'acariens, petits parasites de l'embranchement des arthropodes (classe des arachnides) qui ne mesurent, eux, qu'un quart de millimètre.

Même si l'espèce des requins baleines n'est pas *a priori* en voie d'extinction, les scientifiques estiment que la population de requins baleines décroît de manière inquiétante et beaucoup pensent que ces poissons sont très vulnérables. Cependant, la grande dispersion de cette espèce à travers les mers du globe ne permet toujours pas d'en effectuer un recensement rigoureux.

L'animal est chassé pour la chair de ses ailerons, dégustée en Chine et surtout à Taiwan.

Les chevaux dorment-ils
vraiment debout ?

■ *Les chevaux ont tendance à dormir debout lorsqu'ils ne se sentent pas en sécurité dans le lieu où ils se trouvent. Ils peuvent ainsi rester plusieurs jours à dormir debout. Puis ils se couchent et peuvent alors dormir profondément pendant quelques minutes.*

■ *Un mécanisme spécifique situé sur leurs membres antérieurs permet de gérer sans difficulté cette somnolence en position debout.*

● Grand mammifère herbivore non ruminant, le cheval appartient à la famille des équidés (comme le zèbre et l'âne), ordre des périssodactyles (ongulés à nombre impair de doigts), tout comme le rhinocéros et le tapir. Il ne possède en effet qu'un seul doigt à chacun de ses quatre pieds. Ce doigt se compose de trois phalanges et il correspond au majeur de la main humaine (voir aussi « De quand datent les premiers êtres vivants ? »). La vitesse moyenne d'un cheval est de 15 km/h au trot et de 25 km/h au galop. Sa vitesse de pointe peut atteindre 60 km/h lors d'une course.

D'abord chassé par l'homme préhistorique, le cheval ne sera réellement apprivoisé que vers 6000 avant J.-C. Une domestication tardive en comparaison de celles du mouton ou du porc clairement authentifiées trois millénaires plus tôt. Toutefois, certains sites archéologiques ukrainiens (sixième millénaire avant J.-C.) accréditent l'idée que l'homme a très tôt tenté de monter à cheval. Et là, l'ambition dépassait largement celle inhérente au seul regroupement de porcs et de moutons. Il faut attendre le début de l'âge du bronze (troisième millénaire avant J.-C.) pour que l'utilisation du cheval comme animal de selle (puis de somme et de trait) se répande de façon universelle. À l'époque, le cheval ne mesure que 1,40 mètre au garrot (la taille d'un grand poney d'aujourd'hui).

Dès cette période, le cavalier bénéficie de nombreuses inventions venues d'Asie centrale ou de Chine. Notamment le mors, la selle et l'étrier. Quant aux premiers fers à cheval fixés par des clous, ils apparaissent à la fin du premier millénaire après J.-C., à Byzance.

Dès lors, le cheval devient un instrument de conquête grâce à cet équipement qui donne un avantage déterminant à celui qui le monte sur les champs de bataille. De moyen de transport occasionnel, le cheval devient un allié du pouvoir.

Au Moyen Âge, le cheval devient synonyme de fascination, de richesse et d'honorabilité. Et, en Europe, apparaît une nouvelle classe sociale, celle des chevaliers. Destinés à devenir chevaliers, les jeunes nobles s'entraînent dans les tournois, puis apprennent à combattre à cheval. Mais le cheval reste à l'époque une monture lourde et trapue, plus proche du cheval de trait que du pur-sang arabe (voir *Le Pourquoi du comment 1*, p. 126).

● Dernier représentant des chevaux sauvages, le cheval de Prjevalski vit (ou plutôt vivait) en Asie centrale. C'est le descendant des chevaux sauvages de l'Ancien Monde apparus il y a au moins 700 000 ans dans les grandes plaines d'Europe et d'Asie. Au cours du temps, chasse et agriculture l'ont repoussé dans les lointaines plaines d'Asie centrale. Les spécialistes l'ont d'ailleurs cru éteint jusqu'à la fin du XIXe siècle. Mais en 1880, le Russe Nikolaï Prjevalski a découvert un petit troupeau sauvage en Mongolie (laissant son nom à l'espèce).

Trapu, le cheval de Prjevalski ne mesure que 1,30 mètre au garrot. Il pèse environ 300 kilos. Sa robe est fauve et sa crinière très sombre. Craintif et rapide à la course, le cheval de Prjevalski vit en petits troupeaux hiérarchisés. Chaque groupe comprend un mâle (étalon), quelques femelles et leur descendance.

Le cheval de Prjevalski a frôlé l'extinction totale dans la seconde moitié du XXe siècle. Aujourd'hui, à peine 150 individus subsistent à travers le monde dans des zoos ou des parcs. Pour sauver l'espèce, un programme d'élevage en captivité (en vue d'une réintroduction en Mongolie) a vu le jour en 1992. En 2004, le cheptel libre des plaines de Mongolie comptait environ 160 chevaux. La population totale d'animaux dans les zoos et élevages s'élève à plus de 1 500 animaux. Dernier représentant des espèces de chevaux sauvages, le cheval de Prjevalski, originaire d'Asie (Mongolie, Kazakhstan et Chine), n'existe probablement plus qu'en captivité. On le considère comme l'espèce dont la morphologie se rapproche le plus de celle des chevaux représentés sur les peintures rupestres de la grotte de Lascaux (17 000 ans).

• Les chevaux dorment aussi bien debout que couchés. Ils ont plutôt tendance à dormir debout lorsqu'ils ne se sentent pas vraiment en sécurité dans l'environnement où ils se trouvent. Ainsi peuvent-ils rester plusieurs jours à dormir debout, puis ils se couchent pour dormir profondément. Et, là, quelques minutes suffisent.

En fait, les chevaux disposent d'un mécanisme situé dans les membres antérieurs. Celui-ci leur permet de bloquer leurs rotules et de faire porter l'essentiel du poids sur leurs membres antérieurs... sans pour autant tomber. On observe d'ailleurs très facilement ce renflement destiné au blocage des rotules sur les pattes antérieures d'un cheval qui somnole. À ce moment précis, on constate également que l'un des membres postérieurs est parfaitement détendu, avec la face du sabot très nettement visible (si l'on se place à l'arrière du cheval). Et, si vous poursuivez l'observation, vous verrez que le cheval change régulièrement de jambe postérieure. En fait, il alterne la jambe arrière et repose la jambe dont il présente la face du sabot. Son poids repose en réalité sur les deux jambes avant et sur une seule jambe à l'arrière (en alternance pour cette dernière).

Notez que l'on parle bel et bien de la « jambe » d'un cheval et non pas de sa patte. De la même façon, il convient d'utiliser le mot « nez » (pour le museau) et « bouche » (pour la gueule).

Pourquoi les dauphins
s'échouent-ils sur les plages ?

■ *Le sonar du dauphin émet des ultrasons qui reviennent vers lui s'ils rencontrent un obstacle. Si aucun signal ne lui parvient en écho, la voie est libre !*

■ *Dans les endroits où la plage possède une pente très douce, les ultrasons ne détectent pas de barrière clairement établie. Sans retour de signal, le dauphin poursuit son chemin… et s'échoue sur le sable.*

■ *Le bruit des vagues qui déferlent sur la côte peut également perturber de faibles échos que le dauphin ne perçoit pas.*

• Les échouages collectifs de cétacés relèvent d'un processus classique, notamment pour les dauphins qui possèdent un système d'écholocation très développé (le plus perfectionné parmi les cétacés). Les ondes ultrasonores émises par l'animal sont focalisées par le melon, une sorte de poche de graisse située au-dessus du museau. Ces ondes percutent les proies ou les objets et leurs échos sont recueillis par la mâchoire. Dans une mer où la plage possède une pente très douce, les ultrasons ne détectent aucune barrière. Sans retour de signal, le dauphin poursuit son chemin… et s'échoue sur le sable.

Par ailleurs, pour communiquer avec ses congénères, le dauphin produit d'autres sons, émis cette fois à partir de son larynx (sifflements et grognements complexes qui forment probablement une sorte de langage). Ainsi, lorsqu'un dauphin commence à s'embourber dans les sables d'une pente douce, il émet immanquablement des signaux de détresse parfois perçus par ses compagnons qui « volent » alors à son secours. En moult occasions, le groupe parvient à sauver le désespéré. Mais personne ne le sait ! Dans d'autres cas, la solidarité conduit la confrérie vers la mort. Et l'on retrouve ainsi sur une plage une colonie de dauphins échoués pour avoir tenté de sauver jusqu'au bout un imprudent. Tous ont agi par pure solidarité instinctive et n'ont bien évidemment jamais voulu se suicider !

• Le suicide des animaux s'apparente à une pure légende. L'exemple des dauphins le prouve : il existe toujours une explication à des situations qui paraissent *a priori* curieuses. De multiples disparitions massives furent abusivement interprétées comme des suicides collectifs et elles contribuèrent à alimenter le soi-disant mystère.

Prenons l'exemple du lemming, un petit rongeur des régions boréales (subarctique) voisin du campagnol. D'aucuns ont propagé que ces mammifères commettent des suicides collectifs parce qu'ils se jettent par centaines dans la mer. Erreur ! S'il existe une surpopulation flagrante de lemmings dans un espace donné, le rongeur se rassemble instinctivement en groupes de nomades pour aller peupler d'autres territoires. Et, dès qu'ils rencontrent un lac ou une rivière, cette joyeuse troupe de migrants franchit l'obstacle sans dommage. Elle atteint l'autre rive en nageant, tout simplement. Lorsqu'ils atteignent un bord de mer, la réaction instinctive des lemmings ne change pas. Sauf qu'ils n'atteignent pas la terre opposée et qu'ils meurent d'épuisement et de noyade par centaines.

Le faux suicide des lemmings s'apparente à celui de nombreux autres animaux qui ne font que fuir la modification progressive ou brutale de leur environnement habituel. Prenons le cas d'un incendie de forêt. Il pousse les animaux dans une direction qui peut éventuellement les mener vers un précipice. Supposons une grande concentration de chevaux sauvages dans la région : ils se jettent dans le vide pour échapper aux flammes. Trois millénaires plus tard, au pied de la falaise, les archéologues découvrent un « cimetière » d'équidés préhistoriques qui n'ont jamais songé un seul instant à se suicider. Un gisement de ce type fut découvert en 1866 au pied de la colline de Solutré (monts du Mâconnais, Saône-et-Loire). Il date du paléolithique supérieur (vers 20000 avant J.-C.).

● Citons encore l'illustre exemple du scorpion, invertébré arthropode de la classe des arachnides. Chacun sait que les 600 espèces de scorpion possèdent une emblématique queue meurtrière terminée par un aiguillon venimeux. Et on lit malheureusement encore, ici ou là, qu'un scorpion entouré de flammes se donnerait la mort. Stupide ! L'animal détecte le danger grâce à de multiples capteurs tactiles, visuels et thermiques. Dans l'exemple retenu, ces derniers lui intiment l'ordre de se défendre d'un invisible agresseur. Et le scorpion se met à agiter frénétiquement sa queue dans tous les sens, par pur instinct d'autodéfense. Dans le feu de l'action (si l'on peut dire), l'animal en vient souvent à se piquer. Par erreur, par frénésie. Rien de plus facile puisque son aiguillon caudal se situe au-dessus de son dos, recourbé vers l'avant. Il arrive donc que le scorpion s'injecte son venin. Il en meurt aussitôt faute d'être immunisé contre ses propres toxines.

• Reste cette étrange attitude des éléphants confrontés en milieu naturel au squelette d'un des leurs. Ils l'examinent longuement et touchent les os (voire les déplacent) en utilisant leur trompe. Puis ils recouvrent la carcasse de poussière. Cet étrange comportement ne se produit jamais lorsque les éléphants rencontrent des ossements appartenant à d'autres espèces animales. À ce jour, impossible de dire ce que ressent le pachyderme. Personne ne sait s'il « se projette » dans le squelette qu'il voit.

Quoi qu'il en soit, les zoologues savent que les animaux n'ont pas la perception de leur mort future. Difficile, dans ces conditions, d'imaginer qu'un animal puisse exécuter sciemment une action précise en imaginant dans l'avenir la conséquence néfaste de son « geste ». Autrement dit, un animal ne peut pas prévoir ce qu'il lui faudrait faire pour atteindre un objectif souhaité (mourir) alors qu'il ne perçoit même pas cette situation (la mort).

Pourquoi certains animaux
dorment-ils en hiver ?

■ *Quand arrivent les premiers froids, certains animaux plongent dans une sorte de sommeil profond afin d'économiser l'énergie. Auparavant, ils augmentent leur ration alimentaire et constituent ainsi les imposantes réserves de graisse qui leur permettront de passer l'hiver.*

■ *Dans cette phase d'hibernation, l'animal vit au ralenti. Rythme cardiaque, amplitude respiratoire et température corporelle chutent.*

• Les animaux hibernent pour survivre aux rigueurs de l'hiver. D'autres, tels les oiseaux migrateurs, choisissent plutôt de fuir vers un climat plus serein. D'autres encore (loup, lièvre, renard) voient leur fourrure épaissir sensiblement pour mieux se protéger du froid.

En partie privés de nourriture (pour de nombreux hibernants, leurs proies ont d'ailleurs migré vers des cieux plus cléments), certains animaux n'ont plus qu'une seule option : hiberner. En fait, il s'agit là d'un état de torpeur dans lequel plongent des animaux à sang chaud pour passer l'hiver. Dans la pratique, l'hibernation permet de réduire les dépenses énergétiques.

Ainsi, à l'approche de l'hiver, les hibernants (souvent des rongeurs) augmentent leur ration alimentaire et constituent des réserves de graisse (leur masse corporelle augmente parfois de 50 %). Et, lorsque le froid arrive, ils adoptent une hibernation saisonnière profonde. Aussi vont-ils réduire leur activité au strict minimum. La plupart des fonctions de l'animal tournent au ralenti : rythme cardiaque, amplitude respiratoire et température corporelle chutent nettement. Chez l'écureuil par exemple, le cœur ne bat plus qu'une douzaine de fois par minute (au lieu de 250 fois en temps normal), il ne respire plus que quatre fois par minute. Pendant l'hibernation, des phases de sommeil de plusieurs jours alternent avec de très courtes phases de réveil spontané (dix jours de torpeur pour une journée d'éveil).

Au printemps, l'hibernant se réveille très amaigri et il reprend sa vie active, notamment pour retrouver sa température corporelle habituelle et son poids normal. Le mécanisme de cette hibernation saisonnière est régulé par des horloges biologiques qui déclenchent le phénomène chaque année. Ce qui signifie qu'un animal hibernant continuerait de se plonger régulièrement dans cet état de torpeur même s'il était transporté dans une région où l'hibernation ne lui est pas nécessaire.

Dans le cas de l'ours, les zoologues parlent cette fois d'« hypothermie hivernale ». Certes, l'animal entre chaque hiver dans une période de torpeur prolongée, mais sa température ne chute pas autant que celle des hibernants profonds. Pendant cette période, l'ours peut donc se réveiller à tout moment et même se déplacer. Toutefois, son métabolisme diminue d'environ 50 %.

• Qu'ils pratiquent ou non l'hibernation, certains animaux dorment beaucoup en période normale. Par exemple, la chauve-souris et l'opossum (marsupial d'Amérique et d'Australie) dorment chaque jour pendant vingt heures. Et chacun a pu observer que le chat a besoin de ses douze heures de sommeil quotidien, tandis que le chien se repose pendant une dizaine d'heures. Quant au serpent et au hamster, ils dorment respectivement dix-huit et quinze heures. L'humain adulte en bonne santé ayant besoin pour sa part de huit heures de sommeil.

À l'autre extrémité de cette échelle se trouve la girafe, le cheval et l'âne qui se contentent de deux à trois heures de sommeil quotidien.

Pourquoi les insectes
nous piquent-ils ?

■ *La piqûre d'un insecte n'a rien de gratuit : il pique soit pour se défendre, soit pour se reproduire.*

● Les insectes appartiennent à l'embranchement des arthropodes qui se compose des quatre principales classes suivantes : insectes (trois paires de pattes et une ou deux paires d'ailes) ; myriapodes (mille-pattes, scolopendre) ; crustacés ; arachnides (quatre paires de pattes, comme les scorpions, araignées ou acariens).

La seule classe des insectes possède plus de 1 million d'espèces recensées. Ce qui correspond à environ 75 % du monde animal aujourd'hui répertorié. Et de récentes études menées dans les forêts tropicales estiment qu'il existe probablement 10 millions d'espèces d'insectes ! Par exemple, dans cette classe des insectes, le seul ordre des coléoptères (coccinelle et scarabée) se compose de 153 familles qui abritent plus de 300 000 espèces connues. L'ordre des hyménoptères (fourmi, bourdon, guêpe, frelon) dispose de 80 familles qui recensent 115 000 espèces.

• La classe des insectes couvre donc une très large étendue d'espèces. Voici quelques exemples, avec l'ordre auquel ils appartiennent (entre parenthèses) : libellule (odonates, 4 500 espèces) ; blatte (blattoptères, 4 000 espèces) ; termite (isoptères, 20 000 espèces) ; mante religieuse (mantoptères) ; sauterelle, criquet et grillon (orthoptères, 10 000 espèces) ; perce-oreille (dermaptères, 1 800 espèces) ; phasme et phyllie (phasmides) ; pou (phtiraptère, 3 400 espèces) ; puceron et cochenille (homoptères) ; punaise (hétéroptères) ; coccinelle, scarabée, charançon, luciole, dytique et bombardier (coléoptères, 300 000 espèces) ; abeille, bourdon, guêpe, frelon, tenthrède, fourmi (hyménoptères, 115 000 espèces) ; puce (siphonaptères, 2 350 espèces) ; mouche, taon et moustique (diptères, 80 000 espèces) ; papillon (lépidoptères, 160 000 espèces) ; etc.

Comment les dauphins
font-ils pour dormir ?

■ *Le dauphin (et tous les mammifères marins) respire à l'aide de poumons. Il inspire l'oxygène essentiel à sa vie par une narine (l'évent) située sur le dessus du crâne.*

■ *Le dauphin respire toutes les cinq à quinze secondes.*

■ *Lorsqu'il dort, le cétacé s'installe dans une sorte de « sommeil éveillé » qui peut se prolonger pendant huit heures. Pendant cette période de demi-sommeil, il nage assez près de la surface de l'eau et son cerveau à demi éveillé lui intime l'ordre d'effectuer les mouvements nécessaires pour qu'il place son évent à l'air libre.*

• Cétacé au museau allongé en forme de bec et au corps élancé, le dauphin se rencontre dans toutes les mers du globe, près des côtes comme au large. Excellent nageur de surcroît très rapide, le dauphin file (en surface) à une vitesse moyenne de 40 km/h. Il existe une trentaine d'espèces de dauphin.

Comme tous les autres mammifères marins, les dauphins respirent à l'aide de poumons. Leurs narines, situées sur le sommet du crâne, s'ouvrent en un orifice unique que les scientifiques appellent l'« évent ». Ainsi les dauphins remontent-ils très fréquemment en surface pour inspirer de l'air (toutes les cinq à quinze secondes). Car si le cachalot (*Physeter catodon*, famille des physétéridés, sous-ordre des odontocètes, ordre des cétacés) peut facilement rester plus d'une demi-heure en apnée, le dauphin ne se maintient qu'exceptionnellement en plongée totale (environ trois minutes jusqu'à 500 mètres de profondeur). Lorsqu'ils remontent à la surface, les cétacés expulsent violemment l'air contenu dans leurs poumons.

Lorsqu'un dauphin veut dormir, il ne peut bien évidemment pas rester sous l'eau puisque le cétacé doit obligatoirement respirer en venant chercher à la surface l'oxygène essentiel à sa survie. Pour surmonter cette difficulté, le dauphin s'installe dans une sorte de demi-sommeil. Au cours de cette période qui peut se prolonger pendant huit heures, le cétacé nage assez près de la surface de l'eau. Et son cerveau à demi éveillé sait lui intimer l'ordre d'effectuer les quelques mouvements nécessaires et suffisants pour qu'il place son évent à l'air libre. Ainsi le dauphin dort-il dans une sorte de sommeil éveillé, un peu comme un humain avachi dans un fauteuil devant son écran de télévision, œil hagard et neurones en détresse. Si quelqu'un surgit dans le salon, l'individu sait immédiatement se reconnecter à la réalité de l'environnement, mais son cerveau flotte entre deux eaux. Comme celui du dauphin. D'ailleurs, l'état de sa matière grise en de telles circonstances, « soyons sérieux, disons le mot, ce n'est plus un cerveau, c'est comme de la sauce blanche » (Boris Vian, *La Java des bombes atomiques*).

Cet état semi-comateux se retrouve aussi chez les poissons, même s'ils n'ont pas besoin, eux, de venir chercher d'oxygène en surface. Par exemple, les poissons de roche deviennent inactifs et semblent flotter lorsqu'ils somnolent. Car, à l'instar du dauphin, ils ne dorment pas profondément. Quelques habiles plongeurs peuvent parfois s'approcher de près, mais la moindre vibration les fait aussitôt fuir, preuve qu'ils ne sont pas totalement inconscients. En haute mer, d'autres espèces de poissons n'arrêtent pas de nager. Toutefois, par courtes périodes, ils réduisent leur activité et se contentent de cette sorte de sommeil éveillé.

Pourquoi les araignées
ne s'engluent-elles pas dans leur toile ?

■ *L'araignée dispose de glandes qui lui permettent de tisser deux sortes de soie : l'une gluante, l'autre pas.*

■ *L'animal confectionne sa toile selon un processus très précis. Elle commence par tendre des fils non gluants. Puis pose les fils collants en cercles concentriques.*

■ *Quand un insecte se jette dans le piège, la toile vibre et l'araignée fond sur sa proie en ne marchant que sur les fils non collants.*

• Les araignées appartiennent à l'embranchement des arthropodes, classe des arachnides (et non pas des insectes, comme on le croit trop souvent). Figurent entre autres, dans cette classe des arachnides, les scorpions, acariens et tiques (voir aussi « De quand datent les premiers êtres vivants ? »).

Les araignées disposent toutes de huit pattes, mais sont dépourvues d'ailes et d'antennes. Elles ont aussi la particularité de produire de la soie (protéine synthétisée par une glande située à l'extrémité de l'abdomen). Cette soie leur sert à confectionner le fil qui leur permet de tisser une toile mais aussi des cocons pour protéger leurs œufs ou petits. Cependant, de nombreuses espèces chassent librement et sans réaliser de toile.

Les araignées jouent un rôle essentiel dans la régulation des populations d'insectes et sont elles-mêmes régulées par des prédateurs comme les reptiles et les oiseaux.

La plupart des espèces peuvent inoculer un venin pour tuer et liquéfier les organes de leurs proies, car l'araignée n'absorbe que des liquides (elle doit donc liquéfier ses proies avant de pouvoir s'en nourrir). Certaines espèces possèdent également sur l'abdomen des poils urticants. Mais très peu d'araignées présentent un réel danger pour l'humain. Parmi les espèces les plus dangereuses, citons la veuve noire (présente dans les régions chaudes) et l'*Atrax robustus* (Australie et Nouvelle-Zélande).

Les araignées injectent le venin grâce aux deux chélicères qui encadrent leur bouche. Ces chélicères peuvent aussi servir à transporter les proies. Composé de nombreuses neurotoxines, le venin agit sur le système nerveux central des proies capturées. Soulignons que le venin des araignées fait l'objet de considérables études qui ont permis de développer des molécules d'intérêt clinique. Des centaines de publications scientifiques énoncent les propriétés spécifiques de toxines isolées du venin des araignées.

Les araignées sont ovipares : elles pondent des œufs (de un à plusieurs milliers selon les espèces) qu'elles emballent dans un cocon de soie. Selon les espèces, les araignées vivent de huit mois à plusieurs années.

La peur irrationnelle des araignées se nomme l'« arachnophobie », une des phobies les plus communes.

• L'araignée possède des glandes qui lui permettent de produire de la soie, filée par de petites protubérances articulées (le plus souvent au nombre de six) situées sur la face ventrale. Le fil de soie résulte de l'entrelacement de multiples fibrilles élémentaires de 0,05 micromètre de diamètre (1 micromètre équivaut à 1 millionième de mètre). Le diamètre du fil de soie varie de 30 à 80 micromètres.

Les araignées produisent plusieurs types de soie en fonction de l'usage qu'elles en font. Ainsi peuvent-elles sécréter un fil de soie couvert d'une substance gluante qui piège leurs proies. Mais l'araignée peut tout aussi bien tisser des fils qui ne collent pas. Pour fabriquer sa toile, l'araignée tend tout d'abord une sorte de cadre composé de fils non gluants. Ensuite, elle tisse le centre de sa toile, toujours avec des fils non collants. Puis l'araignée termine son piège en tissant des cercles concentriques composés cette fois de fils très gluants.

Lorsqu'un insecte se précipite dans la toile, il fait évidemment vibrer les fils. Ce qui alerte immédiatement l'araignée, qui se précipite en ne marchant que sur les fils non collants dont elle connaît avec précision l'emplacement.

Sciences

Qu'appelle-t-on « nanotechnologies » ?

■ *Les nanotechnologies créent et utilisent des matériaux, instruments et systèmes de l'ordre de 1 à 100 nanomètres (1 nanomètre correspond à 1 millionième de millimètre).*

■ *Avec les nanotechnologies, nous sommes donc au niveau de l'échelle atomique.*

■ *Elles vont entraîner une véritable révolution conceptuelle et une évolution industrielle majeure, notamment dans le domaine des biotechnologies, de la santé, des matériaux et des technologies de l'information et de la communication.*

• Les nanosciences et nanotechnologies doivent leur nom au nanomètre (nm), unité de mesure qui s'écrit 10^{-9} mètre et qui représente donc 1 milliardième de mètre, soit 1 millionième de millimètre. En réalité, nous sommes là au niveau de l'échelle atomique, structure que l'on sait aujourd'hui observer et manipuler. Pour mieux fixer les idées, rappelons que la taille d'un atome se situe entre 0,1 et 0,4 nanomètre. Une molécule d'ADN mesure 2 nanomètres de large (mais 10 mètres de long) et un virus mesure de 10 à 100 nanomètres. À l'échelle de l'atome et de la molécule, le cheveu humain fait figure d'obèse avec une épaisseur moyenne de 70 000 nanomètres.

Les nanotechnologies visent à créer et à utiliser des matériaux, instruments et systèmes de l'ordre de 1 à 100 nanomètres. L'ensemble de ces théories et techniques ouvre un champ impressionnant d'applications qui vont entraîner une véritable révolution conceptuelle. Porteur d'une évolution industrielle majeure, ce nouveau monde des nanotechnologies aura des implications considérables dans tous les secteurs.

Le terme nanotechnologie fut utilisé pour la première fois en 1974 par Norio Tanigushi (1912-1999), professeur à l'université des sciences de Tokyo. Mais il faut attendre les années 1980 pour que l'ingénieur américain Eric Drexler (né en 1955) parle de « manufacture moléculaire ». Quant à Richard Feynman, il avait été le premier scientifique à avancer l'idée (en 1959) qu'il serait un jour possible de transformer la matière au niveau atomique. Pendant la Seconde Guerre mondiale, Richard Feynman (1918-1988) participa au projet Manhattan basé à Los Alamos (élaboration de la bombe atomique américaine). Prix Nobel de physique en 1965, il fut l'un des physiciens les plus influents de la seconde moitié du XXe siècle grâce à ses travaux sur l'électrodynamique quantique.

• La recherche en la matière avance à grands pas, mais pour que cette discipline se structure correctement, il paraît désormais évident que des secteurs trop souvent cloisonnés auront à engager une réelle collaboration dans un avenir très proche. Car le développement des nanotechnologies nécessite absolument la mise en place de compétences pluri-disciplinaires. Mais il conviendrait aussi que ce secteur prometteur ne devienne pas une sorte de vaste auberge espagnole. En effet, chimistes, physiciens et biologistes travaillent tous depuis longtemps à l'échelle du nanomètre, de manière théorique ou pratique (ADN, virus, interactions entre une cellule et son environnement, manipulations au niveau atomique dans la maîtrise de l'énergie nucléaire, catalyse, médicaments, polymères).

Dans la réalité, si les nanosciences concernent le domaine qui porte sur l'étude des phénomènes observés dans des structures et systèmes dont la taille s'exprime en nanomètres, les nanotechnologies s'intéressent quant à elles aux applications de ces phénomènes. Cette définition permet de distinguer les activités purement « nanotechnologiques » des activités purement chimiques ou biologiques. Elle permet aussi d'écarter tous les champs technologiques qui ne se concentrent que sur une stricte miniaturisation reposant uniquement sur une technologie éprouvée. Par exemple, la microélectronique et l'effet transistor s'appuient sur un principe connu qui ne recourt pas aux effets qui se manifestent spécifiquement à l'échelle nanométrique. En revanche, à cette échelle du nanomètre, les matériaux révèlent souvent des caractéristiques (ou processus physiques, chimiques, biologiques) jusqu'ici inconnues. Car il est impossible de déduire les propriétés de la nanomatière de celles de la même matière à plus grande échelle. Et ce sont ces caractéristiques et propriétés qui participent de la nanotechnologie. À l'échelle nanométrique, la matière présente des propriétés particulières qui justifient donc une approche spécifique. Il s'agit bien sûr des propriétés quantiques, mais aussi d'effets de surface ou de volume.

• Les possibilités d'application couvrent tous les domaines possibles et imaginables, notamment dans des secteurs comme les biotechnologies, la santé, les matériaux ou encore les technologies de l'information et de la communication. Ces applications vont entraîner des chambardements considérables dans l'aéronautique, l'automobile, l'électronique, l'énergie, l'environnement, etc. On a vécu la révolution industrielle, puis la révolution microélectronique, voici venir le temps des nanotechnologies, un marché mondial évalué à environ 1 000 milliards d'euros pour 2010.

Par exemple, dans les industries automobile et aéronautique, les nanotechnologies permettront la mise au point de matériaux renforcés par des nanoparticules. L'objet (supposons un pneu) sera alors plus léger, plus résistant et recyclable. On pourra aussi concevoir des peintures sur lesquelles la saleté n'a pas prise, des plastiques ininflammables bon marché, voire des textiles qui se réparent d'eux-mêmes ! Mais il faut également citer l'amélioration de l'efficacité de la combustion des moteurs (moins polluants), et l'apparition de fluides magnétiques

« intelligents » pour les lubrifiants et les joints d'étanchéité. Mais il y a encore les microcapteurs, micromoteurs et micropompes qui vont trouver dans ce secteur du transport de multiples champs d'application. Par exemple, capteurs de vitesse, de pression et de vibration permettront d'améliorer la stabilité des avions.

Grâce aux nanotechnologies, l'industrie pharmaceutique, la biotechnologie et les secteurs de la santé vont bénéficier de nouveaux médicaments fondés sur des nanostructures. De tels systèmes (munis de microcapteurs et de fibres optiques) permettront de cibler des endroits précis dans le corps pour ainsi soigner au bon endroit (par exemple attaquer une tumeur). Et on verra aussi apparaître des micro-administrateurs de médicaments (par injection ou par inhalation). Un chercheur américain vient de proposer un micropulsar à ultrasons qui élargit les pores de la peau pour faire pénétrer une substance sans devoir inciser. Et puis on imagine bien sûr des matériaux de remplacement biocompatibles avec les organes et les fluides humains et des matériaux pour la régénération des os et des tissus.

L'industrie des télécommunications va elle aussi largement profiter des avancées des nanotechnologies. Les possibilités de stockage des données (en nanocouches) et les vitesses de transmission seront des millions de fois plus performantes (et moins coûteuses) que celles utilisées aujourd'hui.

Dans le secteur de l'environnement, les chercheurs travaillent sur des membranes sélectives et sur des pièges nanostructurés pouvant filtrer les contaminants et rejets industriels, voire le sel de l'eau.

Dans le domaine de l'énergie, les nanotechnologies vont générer de nouveaux types de batteries ou des systèmes de photosynthèse artificielle.

Enfin – mais cette liste ne se veut bien évidemment pas exhaustive – les nanotechnologies donneront naissance à des nanopoudres « intelligentes ». Incorporées dans certains matériaux, elles seront à même de détecter les ruptures imminentes d'une structure. Elles pourraient corriger la survenue du défaut au sein même de la matière. Et, en utilisant le même principe, l'auto-assemblage de structures à partir de molécules deviendrait alors possible. On le voit, pour une fois, le mot « révolution » a ici pleinement sa place.

À quoi correspond la lumière visible ?

■ *Quand une lumière blanche se décompose au travers d'un prisme de verre, on obtient sept bandes colorées : rouge, orange, jaune, vert, bleu, indigo et violet. Ce « spectre visible » (ou « spectre optique ») correspond à des rayonnements électromagnétiques de longueurs d'ondes différentes.*

■ *Dans le spectre de la lumière visible, les longueurs s'expriment en nanomètres (nm). 1 nanomètre correspond à 1 milliardième de mètre.*

■ *Le spectre optique s'étend entre 400 et 700 nanomètres.*

■ *La plus grande longueur d'onde du spectre visible est celle du rouge (750 nanomètres). Le violet affiche la plus faible longueur d'onde, donc la fréquence la plus élevée (400 nanomètres).*

• La lumière visible (« spectre visible » ou encore « spectre optique ») correspond à un rayonnement électromagnétique perceptible par l'œil humain. En fait, la sensation de couleur ainsi détectée correspond à différentes fréquences auxquelles oscillent les ondes. Le spectre de la lumière visible est généralement défini par la longueur d'onde.

Pour bien comprendre la suite de l'explication, il convient donc de poser ici quelques définitions. La longueur d'onde désigne la distance entre deux sommets (ou deux creux) successifs de l'onde. Quant au nombre d'oscillations par seconde, il définit la fréquence, exprimée en hertz (Hz). Physicien allemand, Heinrich Rudolf Hertz (1857-1894) clarifia et étendit la théorie électromagnétique de la lumière proposée par le physicien anglais James Maxwell (1831-1879), en 1884. Il prouva que l'électricité pouvait être transmise par des ondes électromagnétiques qui se déplacent à la vitesse de la lumière. Ses travaux aboutirent au développement du télégraphe sans fil et de la radio.

La longueur d'onde est donc une distance. Fréquence et longueur d'onde sont indissociables. Plus une onde possède une petite longueur, plus sa fréquence sera élevée. Plus la fréquence est faible, plus l'onde dispose d'une grande longueur.

Dans le spectre visible de la lumière, les longueurs s'expriment en nanomètres (nm). 1 nanomètre correspond à 1 milliardième de mètre, soit 1 mètre divisé par 1 milliard (ou à 1 millionième de millimètre). 1 milliard = 10^9. Donc, 1 milliardième de mètre, c'est-à-dire 1 nanomètre, s'écrit 10^{-9} mètre.

• En projetant un faisceau de lumière solaire sur un prisme de verre, on obtient un spectre de la lumière blanche. Autrement dit, le prisme décompose la lumière en sept bandes colorées : rouge, orange, jaune, vert, bleu, indigo et violet. Le rouge correspond à une longueur d'onde de 750 nanomètres, c'est la plus grande longueur d'onde du spectre visible. Le violet affiche pour sa part une longueur d'onde de 400 nanomètres, c'est la plus faible longueur d'onde (donc la plus grande fréquence) du spectre optique. Il n'existe pas de limites précises au spectre visible (elles dépendent de l'aptitude de chacun à capter les longueurs d'ondes extrêmes). Toutefois, les spécialistes admettent communément que la lumière visible s'étend entre 400 et 700 nanomètres.

Le spectre de la lumière visible correspond donc à l'ensemble des rayonnements monochromatiques obtenus par décomposition d'une lumière complexe. L'arc-en-ciel joue le rôle de spectre de la lumière blanche, phénomène obtenu dans certaines conditions très précises par un prisme naturel composé de gouttes de pluie (voir *Le Pourquoi du comment 1*, p. 181).

Considéré comme l'un des plus grands scientifiques de l'histoire, sir Isaac Newton (1642-1727), mathématicien, physicien et astronome anglais, fut le premier à proposer une explication du phénomène de décomposition de la lumière blanche, en 1666. Résumé schématique : lorsqu'un rayon de lumière monochromatique passe d'un milieu transparent (l'air) à un autre milieu transparent (le verre ou l'eau), sa trajectoire dévie. Ce phénomène s'appelle la « réfraction ». L'ampleur de cette déviation dépend de la longueur d'onde du rayonnement. Par exemple, la lumière violette est davantage déviée que la lumière rouge au passage de l'air dans le verre (ou l'eau). Et, comme la lumière solaire est la

« somme » des couleurs de l'arc-en-ciel, elle se décompose lorsqu'elle traverse un prisme en verre (ou des gouttes d'eau dans le cas de l'arc-en-ciel).

● En 1849, le physicien français Hippolyte Fizeau (1819-1896) mesura pour la première fois la vitesse de la lumière en laboratoire. Aujourd'hui, la vitesse de la lumière dans le vide sert d'étalon. Elle a été fixée à 299 792 458 mètres par seconde. Ce qui permet de définir avec une grande précision le mètre qui correspond ainsi à la longueur parcourue par la lumière dans le vide pendant 1/299 792 458ᵉ de seconde (voir *Le Pourquoi du comment 2*, p. 237).

On définit l'indice de réfraction d'un milieu donné comme étant le rapport entre la vitesse de la lumière dans le vide (c) et un coefficient v (v étant la vitesse de propagation de la lumière dans le milieu considéré). Dans l'air, la vitesse de la lumière est sensiblement égale à c. Dans l'eau, elle est égale à 75 % de c. Dans le verre, elle oscille entre 55 et 60 % de c.

● Pour les longueurs d'ondes inférieures à 400 nanomètres, nous sommes cette fois dans le domaine des ultraviolets (fréquence très élevée). L'ultraviolet est une lumière invisible, cependant de même nature que la lumière visible. La longueur d'onde de cette radiation électromagnétique s'étend de 400 nanomètres (lumière violette) à 15 nanomètres (rayons X). Produite de façon artificielle par des lampes à arc électrique ou à décharge luminescente, la radiation ultraviolette (UV) est émise en permanence par des corps célestes tels que le Soleil.

Mais il existe des rayonnements électromagnétiques à la fréquence encore beaucoup plus élevée. Ainsi les rayons gamma affichent-ils une longueur d'onde de l'ordre de 0,01 nanomètre (certaines descendent même jusqu'à 10^{-12} mètre. Les rayons gamma disposent d'une énergie élevée émise par radioactivité. Ils sont beaucoup plus pénétrants que les rayons X, possèdent de nombreuses applications en biologie et en médecine.

Les radiations gamma proviennent d'une sorte de recomposition des neutrons et des protons à l'intérieur d'un noyau atomique. Dans le cadre de ce « réaménagement », le noyau émet alors un photon qui correspond au rayonnement gamma. Cette radiation est aussi associée à l'émission de rayons alpha ou bêta. En effet, lorsqu'un noyau atomique résulte d'une désintégration alpha ou bêta (d'une fission ou d'une fusion nucléaire), il se trouve dans un état d'énergie élevé. Pour retourner à son niveau « normal » d'énergie, il émet alors un photon gamma. Présentes en grande quantité dans le rayonnement cosmique qui traverse l'espace, les radiations gamma bombardent la Terre en permanence. Elles proviennent des réactions nucléaires qui se produisent au cœur des étoiles (voir aussi « Comment naissent les étoiles »). Les rayons gamma sont déviés de leur trajectoire dans la haute atmosphère par la magnétosphère, cette gigantesque enveloppe protectrice soumise au champ magnétique terrestre.

Les longueurs d'ondes supérieures à 750 nanomètres correspondent aux radiations infrarouges

(IR). Vient ensuite le domaine des micro-ondes (fours du même nom, ondes radio et télévision). Nous sommes là dans des longueurs d'ondes allant du centimètre au kilomètre.

Quelle différence existe-t-il
entre des signaux analogiques
et numériques ?

■ *Le signal analogique transforme la vibration sonore en un modèle électrique qui sera ensuite lu pour restituer le son.*

■ *À la manière des informations que véhicule un ordinateur, le signal numérique calcule et codifie l'onde sonore en une succession de 0 et de 1.*

● Vous entendez partout parler de systèmes, signaux et supports numériques, que ce soit dans la photographie, le son, la vidéo ou la télévision. Auparavant, on utilisait des signaux analogiques. Un signal analogique se réfère aux premières techniques d'enregistrement. Par exemple, le microphone capte les sons par le truchement d'une mince membrane qui vibre selon l'intensité de l'onde produite. Cette vibration de la membrane est transposée en un signal électrique dont l'intensité reste proportionnelle à celle de l'onde sonore. Le signal électrique est analogique (comparable) aux modulations de l'onde sonore. Ce signal analogique est ensuite facilement copié sur un ruban magnétique, sur un disque de vinyle, etc.

Reste à élaborer un système inversé qui lit la bande, produit un signal électrique et le transforme en vibration sonore (onde) au travers d'un haut-parleur (mécanisme inverse du microphone). Mais dans cette double chaîne analogique, le signal se dégrade et ressemble de moins en moins au son d'origine. Dans le cas de la vidéo, le même principe s'applique : un petit détecteur produit un signal électrique analogique en fonction de l'intensité des ondes lumineuses. Depuis le début des années 1980, le signal numérique a progressivement remplacé l'analogique.

● En appliquant des formules mathématiques complexes, on transforme (on « numérise » ou on « codifie », peu importe le terme) le signal analogique en une série de 0 et de 1. Une fois cette opération réalisée, le signal ne se dégrade plus. Il passe sur plusieurs supports et canaux différents sans perte d'information. Radio, vidéo, télévision et photographie se sont donc engouffrées dans cette technologie numérique. Et, même si d'infimes nuances du signal sonore d'origine échappent à la numérisation, les techniques aujourd'hui mises en œuvre permettent d'obtenir de bonnes « traductions » de la réalité. Nous n'en sommes plus au son mat, sec « carré » des premières tentatives. Dans les numérisations les plus élaborées d'aujourd'hui, l'oreille humaine ne perçoit plus l'absence de nuances qui fut la marque de fabrique des premiers enregistrements.

Dans tous les cas de figure, et quel que soit le système utilisé, on comprendra aisément que les multiples étapes nécessaires à un enregistrement jouent elles aussi un rôle fondamental : détection, capture, transcription, transfert, stockage ; puis, dans l'autre sens, déstockage, transfert, retranscription et restitution. De surcroît, la qualité sonore et/ou visuelle du produit fini dépendra de chaque stade du processus qui met lui-même en œuvre des instruments spécifiques.

Combien le corps humain
possède-t-il d'os ?

■ *L'humain adulte possède 206 os.*
■ *Le nourrisson en a 300, mais certains os se soudent pendant la croissance.*

● À l'âge adulte, le squelette humain dispose de 206 os. Il pèse en moyenne 17 kilos. Cette structure osseuse se répartit de la façon suivante : 60 os pour les membres supérieurs, 60 pour les membres inférieurs, 29 pour le crâne et 57 pour le thorax. Le fémur est l'os le plus long du corps humain et l'étrier (dans l'oreille) le plus petit (3 millimètres).

Le squelette est constitué de plusieurs catégories d'os. Les os courts (poignets, pieds, vertèbres) possèdent des dimensions sensiblement comparables. Les os longs (tibia, fémur, péroné, humérus, radius et cubitus) disposent de deux extrémités renflées (épiphyses). Revêtues de cartilage, les épiphyses constituent les surfaces articulaires. Mais il y a aussi des os plats (crâne, côtes, omoplates, sternum). Les os plats présentent deux faces et des bords.

Constituées de diverses protéines, les fibres du tissu osseux (superposition de fines lamelles) se renouvellent en permanence (grâce, notamment, à l'apport en vitamines D).

Au centre de l'os, la moelle osseuse se présente sous trois aspects. Particulièrement abondante dans les os plats, la moelle rouge fabrique les précurseurs des globules rouges, blancs et les plaquettes. De son côté, la moelle jaune est surtout composée de cellules riches en graisse. Vient enfin la moelle grise, totalement inactive, et uniquement constituée de graisse.

● Hormis les os de la base du crâne, l'astragale est le seul os qui ne dispose d'aucune liaison avec un muscle, ce qui reste en principe le cas pour tous les autres os du squelette. L'astragale se situe au milieu d'autres os du pied. Il n'a de contact ni avec un tendon ni avec un muscle. De son côté, l'os hyoïde n'est entouré, et attaché, qu'à des muscles n'ayant aucune liaison avec d'autres os. L'hyoïde est un tout petit os qui se trouve sur la face antérieure du larynx.

De quand datent
les premiers êtres vivants ?

■ *Les premiers êtres vivants apparaissent il y a environ 3,8 milliards d'années. Les scientifiques les appellent les « procaryotes ».*

■ *Les procaryotes se divisent en deux catégories : d'un côté, les archéobactéries ; de l'autre, les eubactéries.*

■ *La complexité du monde vivant va se développer vers 1,5 milliard d'années avec l'apparition des eucaryotes.*

■ *Au XIXᵉ siècle, Charles Darwin met en évidence la théorie de l'évolution.*

■ *La classe des mammifères apparaît vers 225 millions d'années et prolifère vers 65 millions d'années. Elle se compose d'environ 4 600 espèces. La zoologie reconnaît trois grandes catégories de mammifères. Tout d'abord les mammifères placentaires (le jeune effectue la totalité de son développement dans l'utérus de la femelle). Vient ensuite l'ordre des marsupiaux (le développement du jeune commence dans l'utérus, mais la croissance se poursuit dans la poche ventrale de la mère). Reste enfin l'ordre des monotrèmes (la femelle pond des œufs, comme les animaux appartenant à la classe des oiseaux).*

• Les premiers êtres vivants s'appellent des procaryotes. Ils apparaissent il y a environ 3,8 milliards
d'années. Il s'agit d'organismes unicellulaires (formés d'une cellule unique) dépourvus d'un noyau
figuré. Leur matériel génétique (chromosome unique)
« flotte » librement dans le cytoplasme. Ce dernier
est entouré d'une membrane plasmique et d'une
paroi peptidique plus ou moins épaisse. Enfin, une
troisième couche protège cette cellule bactérienne :
la capsule.

Les procaryotes se reproduisent par le principe
de la division asexuée (fission, bourgeonnement,
fragmentation). L'ensemble des organismes à structure procaryote se divisent en deux types différents :
d'un côté, les archéobactéries ; de l'autre, les eubactéries. Des spécificités chimiques et lipidiques
(notamment dans la constitution de la membrane et
de la paroi cellulaire) permettent de distinguer ces
deux bactéries procaryotes.

– Les archéobactéries sont découvertes en 1977
par le microbiologiste américain Carl Woese (université de l'Illinois). Il s'agit d'un groupe d'organismes unicellulaires très hétérogènes dont certaines
espèces connues (la liste s'enrichit tous les ans) peuvent vivre dans des milieux extrêmes de chaleur
(300 °C), de salinité, voire d'acidité. Mais certaines
archéobactéries se développent aussi dans les
milieux froids. Elles vivent (sous forme sphérique,
spirale ou en bâtonnet) dans un contexte aquatique
ou terrestre. Les scientifiques les classent en trois

sous-groupes. D'abord celui des méthanogènes, des archéobactéries anaérobies strictes (c'est-à-dire capables de vivre sans oxygène et qui meurent en sa présence). Ensuite celui des thermophiles qui vivent dans des milieux chauds. Vient enfin le sous-groupe des halobactéries vivant dans des sources hypersalées.

– Les eubactéries disposent également d'une structure procaryote (sans noyau). Elles vivent dans tous les milieux. Selon les cas, les eubactéries tirent leur énergie : de la lumière (pour les phototrophes) ; de la matière organique vivante ou morte (hétérotrophes) ; de composés chimiques (chimiotrophes). Par exemple, les eubactéries remplissent une fonction prépondérante dans le recyclage des déchets organiques.

Parmi les eubactéries figurent les célèbres cyanobactéries. Ces bactéries ont la particularité de pratiquer la photosynthèse, c'est-à-dire qu'elles utilisent la lumière comme source première d'énergie (pour fabriquer des sucres) et dégagent de l'oxygène. Il y a environ 3 milliards d'années, les cyanobactéries ont connu une expansion considérable dans les mers de petite profondeur et elles ont incontestablement joué un rôle essentiel dans le développement de la vie en étant à l'origine de la production de l'oxygène qui caractérise l'atmosphère de notre planète. Et ces bactéries photosynthétiques continuent de jouer un rôle fondamental dans l'écosystème terrestre.

• Les eucaryotes vont se développer vers 1,5 milliard d'années. Ils possèdent des structures vivantes beaucoup plus complexes que les procaryotes (archéobactéries et eubactéries). Il s'agit cette fois d'organismes qui possèdent un noyau cellulaire entouré par une membrane délimitant un matériel génétique organisé en chromosomes, ces longues molécules d'acide désoxyribonucléique (communément appelé ADN) qui possèdent une étrange configuration en double hélice enroulée sur elle-même. Par exemple, l'humain possède vingt-trois paires de chromosomes (voir *Le Pourquoi du comment 2*, p. 279).

À la différence des procaryotes, les eucaryotes présentent le plus souvent une reproduction de type sexué. Dès lors, les eucaryotes vont provoquer un gigantesque bouleversement dans le monde du vivant qui va successivement s'enrichir d'eucaryotes unicellulaires (formés d'une seule cellule), puis d'eucaryotes pluricellulaires. L'exceptionnelle effervescence de la vie maritime va engendrer les premiers organismes mous (vers, mollusques), puis elle donnera naissance aux premiers vertébrés, considérés comme les ancêtres de nos poissons, vers 500 millions d'années.

● L'aventure de l'évolution sera mise en théorie par Charles Darwin (1809-1882) en 1859 avec la publication de son ouvrage *De l'origine des espèces*. La thèse de Darwin a bien sûr subi approfondissements, raffinements et corrections à la lumière de plus d'un siècle et demi de travaux. Mais ces apports scientifiques sérieux qui montrent la complexité des multiples facettes de la théorie de l'évolution biologique ne viennent en aucune façon, et sous aucune forme, remettre en cause les principes du darwinisme.

Dans sa théorie, Darwin expose notamment deux concepts fondamentaux. D'une part, celui de la transformation des espèces en d'autres espèces par modification du patrimoine héréditaire, variations qui permettent aux organismes de mieux s'adapter à leur environnement. D'autre part, il ajoute la notion de sélection naturelle en la définissant comme la « préservation des variations favorables dans la lutte pour la vie et le rejet des variations préjudiciables ». Les généticiens modernes résumeront ce mécanisme sous le nom de couple « mutation/sélection ».

Rappelons que la théorie de Charles Darwin se heurtait au principe de l'invariabilité des espèces. Théorie notamment défendue par Carl von Linné (1707-1778) dans *Systema Naturae*. Le botaniste suédois y présente une classification naturelle issue d'une création divine décrite dans le Livre de la Genèse. Cette thèse du fixisme des espèces était largement approuvée par la communauté scientifique du XIXe siècle et notamment par le zoologiste et paléontologue français Georges Cuvier (1769-1832). Ironie de l'histoire : les remarquables travaux (classement et découvertes d'espèces disparues) du père de la paléontologie servirent de base à l'élaboration des premières théories du transformisme.

● Dans la classification du vivant, il existe donc des eucaryotes unicellulaires et des eucaryotes multicellulaires. Les eucaryotes unicellulaires sont rassemblés dans le règne des protistes.

Quant aux eucaryotes pluricellulaires, ils vont se répartir en trois règnes : champignons (mycètes), plantes (végétaux chlorophylliens) et animaux. Cette classification du vivant a évidemment varié depuis la fin du XIXe siècle. Et elle va continuer de se modifier au fil des découvertes, prouvant ainsi la vigueur des recherches en la matière. Par exemple, les champignons ont d'abord appartenu au règne végétal. Mais ils sont dépourvus de racines, tiges ou feuilles et, surtout, de chlorophylle. De surcroît, ils se nourrissent de matières organiques.

La classification scientifique traditionnelle propose donc cinq règnes du vivant :

1) procaryotes (archéobactéries et eubactéries) ;

2) protistes (eucaryotes unicellulaires) ;

3) champignons (mycètes) ;

4) végétaux ;

5) animaux.

Ces trois derniers règnes étant occupés par des eucaryotes multicellulaires.

Cependant, de nombreux chercheurs ont remis en cause cette organisation et ils pensent, par exemple, que le règne des protistes n'a plus rien de pertinent. En effet, certains biologistes préfèrent s'appuyer sur une classification phylogénétique qui se fonde en priorité sur l'existence de liens de parenté génétiques, tandis que la classification traditionnelle se fonde plutôt sur des traits phénotypiques (caractères physiques visibles) et sur des préférences nutritionnelles.

• La classification phylogénétique s'est développée dans les années 1960. Ses adeptes modernes s'intéressent aussi aux caractères visibles (anatomie et morphologie), mais vont pour leur part jusqu'à la prise en compte des séquences d'ADN en passant par l'étude des protéines. Autrement dit, la phylogénétique (encore appelée « phylogénie moléculaire » ou « phylogénie biochimique ») décrit les liens entre les espèces en s'appuyant sur la théorie de l'évolution.

Ainsi, en partant des espèces actuelles, les chercheurs peuvent reconstituer l'histoire de l'évolution. Ils établissent entre les organismes vivants des relations de parenté qui débouchent sur la construction d'une sorte de gigantesque arbre généalogique. La formidable explosion de la biologie moléculaire et l'exploration de l'ADN des espèces actuelles (ou disparues) ont mis en évidence l'existence de « distances génétiques » qui constituent finalement des liens de parenté entre espèces différentes.

Sans cesse remaniée, cette classification sous la forme d'un arbre phylogénétique repose sur trois domaines (et non plus sur cinq règnes) : archéobactéries, eubactéries et eucaryotes. *Exit* donc l'opposition procaryotes/eucaryotes. Quant aux protistes, ils explosent dans tous les sens. Toutes ces recherches ouvrent un champ d'investigation prodigieux dont on ne connaît manifestement que les balbutiements.

• Outre les cinq règnes, la classification traditionnelle du vivant repose ensuite sur l'organisation suivante : embranchement, classe, ordre, famille, genre et espèces. Chacune de ces divisions pouvant être elle-même composée de sous-divisions.

Prenons deux exemples classiques. Dans le règne animal, embranchement des vertébrés, classe des oiseaux, ordre des apodiformes, figurent des animaux comme le colibri ou le martinet. Toujours dans le règne animal, embranchement des arthropodes, classe des insectes, ordre des siphonaptères, figurent les puces. Dans une autre branche de la classe des insectes, ordre des coléoptères, figure le lampyre, appelé communément « ver luisant ».

Ainsi, toute espèce vivante se rattache à une nomenclature codifiée qui porte le nom du genre et de l'espèce (sachant que le langage international exige toujours une majuscule au nom du genre). Chaque espèce pouvant à son tour être composée de sous-espèces ou de variétés. Prenons un nouvel exemple (langage international entre parenthèses). Dans le règne animal (*Animalia*), embranchement des vertébrés (*Vertebrata*), classe des mammifères (*Mammalia*), ordre des carnivores (*Carnivora*), famille des félidés (*Felidae*), genre des grands félins (*Panthera*), on trouve l'espèce du tigre... qui s'écrit donc : *Panthera tigris*.

● La classe des mammifères se compose d'environ 4 600 espèces. Une espèce se définit comme une population dont les sujets peuvent se reproduire entre eux dans des conditions naturelles, leur descendance étant elle-même féconde. On parle alors d'« interfécondité ». Cette notion de reproduction possible de la descendance est ici fondamentale. Prenons en effet l'exemple des ânes et des chevaux (voir aussi « Qu'est-ce qu'un animal hybride ? »). Le croisement d'un étalon et d'une ânesse est possible. Il donne naissance à un bardot ou à une bardine. Le résultat des amours d'un âne et d'une jument engendre pour sa part une mule ou un mulet. Mais il s'agit là d'animaux hybrides qui ne peuvent générer aucune descendance directe. Tous les mâles sont stériles (et les femelles aussi, à de très rares exceptions près). Conclusion, ânes et chevaux appartiennent à deux espèces différentes puisque le fruit de leur croisement n'est pas interfécond (voir *Le Pourquoi du comment 1*, p. 141).

● Dans l'embranchement des vertébrés figure donc la classe des mammifères qui apparaissent vers 225 millions d'années et prolifèrent vers 65 millions d'années. Les mammifères possèdent notamment les caractéristiques suivantes : température corporelle constante (entre 36 °C et 39 °C) ; allaitement des petits par la femelle ; os de l'oreille clairement séparés de la mâchoire inférieure. Les mammifères portent généralement des poils qui régulent la température corporelle et qui ont pu évoluer en piquants voire en écailles. Car certains mammifères sont adaptés à la vie en milieu aquatique ou marin : cétacés (baleine, dauphin), pinnipèdes (phoque, otarie, morse).

La zoologie reconnaît trois grandes catégories de mammifères. Il y a tout d'abord les mammifères placentaires (répartis en plusieurs ordres) qui présentent le mode de reproduction le plus évolué : le jeune effectue la totalité de son développement dans l'utérus de la femelle, donc à l'intérieur de l'organisme maternel. L'embryon se nourrit grâce au placenta (d'où le nom de mammifère « placentaire »). Vient ensuite l'ordre des marsupiaux (ou métathériens), surtout présents en Australie, Océanie et Amérique du Sud (koala, kangourou, wombat, opossum, etc.), chez les marsupiaux, le développement du jeune commence dans l'utérus, mais la croissance se poursuit dans la poche ventrale de la mère (poche dans laquelle débouchent les glandes mammaires). Reste enfin l'ordre des monotrèmes qui regroupe quatre espèces différentes, trois chez les échidnés, plus l'ornithorynque ; et la particularité des monotrèmes réside dans le fait que la femelle de ce mammifère atypique pond des œufs, comme les animaux appartenant à la classe des oiseaux ; les monotrèmes sont donc des mammifères ovipares.

Couverts d'un mélange de fourrure et de piquants, les échidnés possèdent une petite bouche, une fine mâchoire sans dents, une langue collante pour attraper termites et arthropodes. On les rencontre essentiellement en Australie, Tasmanie et Nouvelle-Guinée. La femelle pond généralement un seul œuf (rarement deux) après une vingtaine de jours de gestation. Elle le place alors dans une sorte de poche placée sur son abdomen. L'œuf éclôt au bout d'une dizaine de jours et le petit reste dans la poche pendant deux mois environ. Il se nourrit en suçant le lait qui coule des glandes mammaires situées dans la poche.

Pour sa part, l'ornithorynque ressemble à un gros castor couvert de fourrure marron. Il vit en milieu semi-aquatique à l'est de l'Australie et en Tasmanie, petit État insulaire séparé du continent australien par le détroit de Bass (voir *Le Pourquoi du comment 2*, p. 252).

Dans l'embranchement des vertébrés, classe des mammifères, figure l'ordre des primates auquel appartiennent lémuriens, singes et humains. Toujours dans cette classe des mammifères, figurent notamment les ordres suivants : rongeurs (hamster, souris...) ; carnivores (ours, loup, félins...) ; proboscidiens (éléphant) ; insectivores (taupe, hérisson, solénodonte, musaraigne...) ; pinnipèdes (otarie, phoque et morse) ; lagomorphes (lapin, lièvre...) ; etc.

● L'embranchement des arthropodes se compose des quatre principales classes suivantes : insectes (trois paires de pattes et une ou deux paires d'ailes) ; myriapodes (mille-pattes, scolopendre) ; crustacés ; arachnides (quatre paires de pattes, comme les scorpions, araignées ou acariens).

Les arthropodes possèdent un squelette externe (exosquelette) et des membres articulés. L'exosquelette constitue une protection contre les prédateurs. On rencontre des arthropodes dans tous les milieux (sol, terre, eau douce ou salée). Ainsi cet embranchement est-il le plus peuplé du règne animal. La seule classe des insectes possède plus de 1 million d'espèces répertoriées ! Ce qui correspond à environ 75 % du monde animal aujourd'hui recensé. Et de récentes études menées dans les forêts tropicales estiment qu'il existe probablement 10 millions d'espèces d'insectes. D'ailleurs, ils occupent tous les milieux (sauf celui de la haute mer), des régions polaires à l'équateur, du bord de mer à plus de 6 000 mètres d'altitude. Par exemple, dans cette classe des insectes, le seul ordre des coléoptères (coccinelle et scarabée) se compose de 153 familles qui abritent plus de 300 000 espèces connues. L'ordre des hyménoptères (fourmi, bourdon, guêpe, frelon) dispose de 89 familles qui recensent 115 000 espèces.

Quelles sont les différences majeures
entre l'Arctique et l'Antarctique ?

■ *L'Arctique correspond à une zone géographique qui entoure le pôle Nord. Il s'agit d'une région qui n'a jamais été clairement définie et qui regroupe : l'océan Arctique, une partie de l'Amérique du Nord, de l'Asie et de l'Europe, sans oublier de multiples îles. Cette zone se situe au nord du cercle polaire arctique (66° 30′ de latitude nord). Pour simplifier, l'Arctique se compose d'un océan (à la surface perpétuellement gelée) entouré de terres.*

■ *En revanche, l'Antarctique est un continent à part entière situé au sud de la latitude 66° 34′ (le cercle antarctique). L'Antarctique se présente donc comme une vaste calotte de glace de plusieurs kilomètres d'épaisseur qui entoure le pôle Sud.*

■ *L'Antarctique représente en été une superficie de 4,3 millions de kilomètres carrés. L'épaisse couche de glace qui recouvre les côtes de l'Antarctique entraîne le doublement de l'étendue de ce continent pendant l'hiver.*

● La température la plus basse jamais mesurée sur notre planète a été enregistrée dans l'Antarctique :

– 88,3 °C. L'hiver, le thermomètre reste d'ailleurs le plus souvent sous la barre des – 80 °C. Et, l'été, la température dépasse rarement 0 °C. Conséquence : une épaisse calotte glaciaire (4 000 mètres en certains endroits) recouvre la quasi-totalité du continent (environ 95 %). Un tel environnement donne évidemment naissance à d'impressionnants glaciers (par exemple le glacier Lambert dans la partie orientale de l'Antarctique). Ce qui fait dire que l'Antarctique détient 90 % des réserves d'eau douce de la Terre. En outre, l'Antarctique détient un autre record directement lié à l'épaisseur de sa fameuse calotte glaciaire. En effet, avec une altitude moyenne de 2 400 mètres, l'Antarctique est le continent le plus élevé au monde (le mont Vinson culmine à 5 140 mètres).

• À l'opposé se trouve l'océan glacial Arctique, notamment entouré du Groenland (vaste île largement couverte d'un manteau de glace), du Canada, de l'Alaska (États-Unis), de la Russie. En fait, la majeure partie de l'océan Arctique se compose d'une couche de glace qui atteint 2 à 4 mètres d'épaisseur (plus de 10 mètres par endroits). Formée par congélation de l'eau de mer, la banquise contient donc de l'eau salée. Et, lorsqu'elle se fragmente, il s'en détache des radeaux de glace que l'on appelle des « floes » (eux aussi salés).

Attention, il ne faut surtout pas confondre floes et icebergs ! Car si les premiers proviennent de morceaux de banquise brisée, les seconds se détachent d'un glacier continental ou d'un inlandsis (gigantesque glacier très épais et très étendu qui se propage dans toutes les directions). Et, comme glaciers et inlandsis se forment par accumulation de neige, les icebergs contiennent de l'eau douce.

• D'immenses icebergs de plusieurs dizaines de kilomètres de long, des sortes d'îles flottantes, se détachent régulièrement des grands glaciers du Groenland, mais surtout de l'inlandsis de l'Antarctique. On a même repéré un iceberg qui possédait une superficie comparable à celle de la Corse.

La densité de la glace étant inférieure à celle de l'eau salée, les icebergs flottent sur l'océan et ne laissent dépasser en surface que le septième de leur masse. Aussi présentent-ils un réel danger pour la navigation maritime.

Pourquoi les nouveau-nés
ont-ils très souvent les yeux bleus ?

■ *La coloration des yeux en marron tient à la pro-duction de mélanine, un pigment brun qui se dépose sur la partie antérieure de l'iris.*

■ *Mais un bébé porteur du gène « yeux bruns » commence à créer la mélanine vers l'âge de six mois. Avant que le gène s'active pour créer le fameux pig-ment, le nouveau-né a donc les yeux bleus. Car, sans colorant, l'œil apparaît bleu puisqu'il disperse la com-posante bleue de la lumière.*

■ *Quant au gène « yeux bleus », il s'active lui aussi vers l'âge de six mois. Ce gène bloque la sécrétion des pigments bruns. Et, sans mélanine, pas de dépôt sur la partie antérieure de l'iris : les yeux seront définiti-vement bleus.*

● Le corps humain se compose de 100 000 mil-liards de cellules. Et chacune de ces cellules contient le même patrimoine génétique que celui de la cellule-mère, l'œuf fécondé. Le père et la mère lèguent ainsi à leurs enfants des caractères héré-ditaires inscrits sous une forme chimique dans les chromosomes, ces longues molécules d'acide désoxyribonucléique (communément appelé ADN) qui possèdent une étrange configuration en double hélice enroulée sur elle-même. L'humain possède vingt-trois paires de chromosomes. Chaque cellule du corps humain possède donc quarante-six chromosomes (vingt-trois paires), sauf les cellules sexuelles (gamètes) qui ne contiennent que vingt-trois chromosomes.

• Les chromosomes portent les gènes. Chaque gène se situe à un endroit bien spécifique sur l'un des chromosomes logés dans le noyau cellulaire. Les gènes, qui sont identiques d'une cellule à l'autre, se présentent sous la forme d'un segment d'ADN. Ces gènes sont responsables de nos traits héréditaires : par exemple la couleur des yeux.

Entouré d'une enveloppe nucléaire, le noyau flotte dans une sorte de gelée, le cytoplasme. Une membrane (composée de lipides, glucides et protéines) entoure pour sa part la cellule et orchestre les échanges d'énergie. Quant à l'information génétique que contient l'ADN, elle permet d'amorcer la synthèse des protéines nécessaires à la spécificité de chaque cellule (os, muscle, peau, etc.). En d'autres termes, chaque gène contient les instructions indispensables à la fabrication de protéines dont chaque cellule a besoin pour fonctionner.

• Sur deux chromosomes homologues marchant par paires, deux gènes qui occupent le même « site » portent le nom d'allèles. Ces deux éléments (dits « homologues ») d'une paire de chromosomes codent les mêmes caractéristiques : couleur de peau, des cheveux ou des yeux. L'un d'eux représente l'information venue de la mère, l'autre celle issue du père. En effet, au moment de la fécondation, les vingt-trois chromosomes du spermatozoïde s'associent aux vingt-trois de l'ovule pour donner naissance à une nouvelle cellule humaine, une cellule mère qui renferme quarante-six chromosomes.

Comme dans tous les autres cas de transmission héréditaire, pour le gène qui code la couleur des yeux, l'enfant reçoit un des deux allèles du père et un des deux allèles de la mère. À cet instant de la démonstration, il faut savoir que certains caractères sont dits « dominants », c'est-à-dire qu'ils s'expriment quel que soit le caractère de l'autre allèle. Ici, l'allèle marron l'emporte toujours sur l'allèle bleu. Si les deux conjoints ont les yeux marron, cela peut signifier que chacun des deux partenaires possède deux allèles marron. Dans ce cas de figure, pas de difficulté : nous sommes en présence de quatre allèles marron et aucune distribution ne permet donc d'obtenir des yeux bleus. Supposons maintenant que le papa possède un allèle bleu et un autre marron (il a bel et bien les yeux marron en vertu du caractère dominant de l'allèle marron). Et imaginons que la maman garde ses deux allèles marron. On peut donc obtenir une situation dans laquelle l'allèle bleu du père s'associe au marron de la mère. Mais là encore, l'enfant aura toujours les yeux marron (le caractère dominant du marron l'emporte).

Supposons cette fois que le papa et la maman aient chacun un allèle « yeux bleus », plus un allèle

« yeux marron » : ils ont malgré tout les yeux marron en vertu du caractère dominant du marron. Toutefois, à l'instant magique de la naissance d'une nouvelle cellule humaine, le père et la mère peuvent très bien associer leurs deux allèles « yeux bleus ». Dans cette distribution précise, et parfaitement possible, le caractère dominant du marron ne peut plus se manifester puisqu'il n'y a pas d'allèle marron. L'enfant aura donc bien les yeux bleus ! C'est-à-dire qu'il possédera deux allèles « yeux bleus ». Si ce charmant bambin procrée plus tard avec un partenaire qui possède lui aussi les yeux bleus (donc qui a forcément deux allèles bleus, sinon l'allèle marron l'aurait emporté), on se retrouve en présence de quatre allèles « yeux bleus ». Aucune autre distribution de codage n'est possible et leur progéniture aura obligatoirement les yeux bleus.

• La coloration des yeux dépend de l'abondance de mélanine (un pigment brun) dans la partie antérieure de l'iris, la partie colorée de l'œil (voir aussi « Pourquoi les yeux sont-ils souvent rouges sur une photographie ? »). Le gène des yeux bleus empêche la production de mélanine à l'avant de l'iris. Sans ce colorant, l'œil apparaît bleu car il disperse la composante bleue de la lumière. Le bleu se réfléchit, donc l'œil paraît bleu. En revanche, le gène des yeux bruns (l'allèle dominant) favorise la production de mélanine dans la partie antérieure de l'iris. L'abondance de ce colorant brun donne donc un œil sombre.

Mais les choses se compliquent dans la mesure où d'autres gènes interviennent dans la distribution des quantités de mélanine qui se déposent sur la partie antérieure de l'iris. Et l'on obtient alors des nuances plus ou moins sombres, voire des particularités comme un contour brun et un centre bleu. Il existe aussi des cas relativement rares où deux parents ont les yeux bleus alors que l'un des deux partenaires possède pourtant un allèle brun. En effet, sous l'influence d'autres gènes, l'allèle brun n'a pas réussi à déposer suffisamment de mélanine pour masquer le bleu. Pour simplifier, dans ce couple aux yeux bleus, il y a donc un allèle brun « sournois » qui ne s'est pas pleinement exprimé, comme contrarié par un autre gène intervenant dans la coloration de l'iris. Ce couple très particulier pourrait donc avoir un enfant aux yeux marron.

● Quant aux nourrissons, ils ne possèdent pas encore de mélanine dans la partie antérieure de l'iris dans la mesure où la production des pigments ne s'amorce que vers l'âge de six mois. En conséquence, même si un nouveau-né porte le gène « yeux marron » (voir plus haut), les pigments bruns ne se déposeront, dans la partie antérieure de l'iris, qu'au moment où ce gène deviendra actif et produira de la mélanine. En l'absence du pigment, l'œil disperse la composante bleue de la lumière et il paraît donc bien bleu.

Le gène « yeux bruns » favorise la production de mélanine. En revanche, le gène « yeux bleus » en interdit la production. Dans ces conditions, un nouveau-né qui possède le gène « yeux bleus » conservera son regard d'azur, car lorsque ce gène s'activera (vers l'âge de six mois), il s'opposera à la production des pigments bruns qui ne pourront donc pas se déposer sur la partie colorée de l'œil.

Soulignons que les nouveau-nés n'ont pas systématiquement les yeux bleus. Il arrive en effet que le gène « yeux bruns » s'active beaucoup plus rapidement chez certains individus, favorisant ainsi la production de mélanine. Le pigment se dépose alors aussitôt dans la partie antérieure de l'iris et le bébé a très tôt sa véritable couleur d'yeux.

Pourquoi voit-on un éclair
bien avant d'entendre le tonnerre ?

■ *La foudre correspond à une énorme décharge électrique qui se produit entre un nuage et le sol (ou entre deux nuages).*

■ *Lors de ce phénomène naturel complexe, l'éclair et le tonnerre (la foudre et le bruit) se déclenchent en même temps. Mais l'image de l'éclair voyage à la vitesse de la lumière (300 000 km/s). En revanche l'onde rugissante ne se promène qu'à la vitesse du son (340 m/s).*

• La décharge électrique qui se produit entre deux nuages (ou entre un nuage et la terre) se caractérise par un éclair suivi d'un coup de tonnerre plus ou moins rugissant. L'éclair décrit dans le ciel un arc brillant, parfois long de plusieurs kilomètres, qui s'étend entre les points de la décharge.

En réalité, la décharge électrique qui produit l'éclair émet simultanément la vague sonore que l'on appelle le « tonnerre ». Schématiquement, disons que le tonnerre correspond au bruit de la foudre qui déchire l'espace. Car sur la trajectoire de ce puissant arc électrique, l'air se réchauffe pour atteindre plusieurs milliers de degrés en une fraction de seconde. L'air se dilate donc brusquement au passage de la foudre et le tonnerre correspond au bruit que provoque cette gigantesque et brutale dilatation.

Dans cet échange soudain d'électricité entre le sol et un nuage (ou entre deux nuages), la foudre et le tonnerre restent intimement liés et se déclenchent bel et bien en même temps. Mais le bruit se fait entendre plus ou moins longtemps après l'éclair dans la mesure où la lumière se déplace beaucoup plus vite que le son. Nous voyons instantanément l'image de la foudre (l'éclair) qui voyage à la vitesse de la lumière : 300 000 kilomètres par seconde. De son côté, le bruit (le tonnerre) correspond à une onde sonore produite par les vibrations qui bousculent les molécules d'air. Et la vitesse de propagation du son se traîne lamentablement : 340 mètres par seconde. En conséquence, si une seule seconde sépare la vue d'un éclair et le coup de tonnerre, cela signifie que le point d'impact de la foudre se situe à 340 mètres de l'observateur. Mais si vous avez le temps de compter jusqu'à 10, vous êtes à plus de 3 kilomètres.

● Les nuages orageux se chargent de façon négative à la base (pôle positif vers le sommet) à la suite d'un processus complexe encore assez mal cerné. Les spécialistes affirment que la présence de cristaux de glace dans le nuage est nécessaire. Ainsi, après le début de la congélation, les gouttelettes se concentrent dans la partie supérieure du nuage et les particules de glace tombent vers sa base. Et ces grosses gouttes se chargent négativement. Cette charge négative à la base du nuage induit une charge positive au sol. Et, lorsque la différence de potentiel électrique entre un nuage et la terre (ou entre deux nuages) atteint environ 10 000 volts par centimètre, l'air va s'ioniser le long d'une sorte de tube très étroit, provoquant alors un éclair.

La quasi-totalité des éclairs partent des nuages vers le sol. Mais ils peuvent aussi partir du sol vers les nuages, en particulier au sommet des montagnes.

En quoi consiste la technique
de datation au carbone 14 ?

■ *Tout organisme vivant (plante, animal ou humain) contient du carbone 14 en très petite quantité.*

■ *Contrairement au carbone 12 (le plus répandu), l'atome du carbone 14 possède un noyau radioactif. Ce qui signifie que le carbone 14 se désintègre naturellement au fil du temps.*

■ *Dès qu'un organisme meurt, le carbone 14 commence à se désintégrer.*

■ *La datation au carbone 14 consiste à comparer la quantité de carbone 14 contenue dans un échantillon à tester avec celle que cet élément devrait contenir si l'organisme était toujours vivant.*

■ *La technique fut mise au point par Willard Frank Libby (1908-1980), un chimiste américain qui reçut le prix Nobel (1960) pour ses travaux sur les méthodes de datation par le carbone 14.*

● La radioactivité fut découverte en 1896 par le physicien français Henri Becquerel (1852-1908). Il constate que des composés de l'élément uranium noircissent une plaque photographique séparée de celui-ci par du verre ou du papier noir. Et il démontre que ces rayons possèdent une charge électrique.

En 1898, les chimistes français Marie (1867-1934) et Pierre Curie (1859-1906) montrent pour leur part que la radioactivité est liée aux atomes, indépendamment de leur état physique ou chimique. Et, en faisant subir une série de traitements à la pechblende (minerai contenant de l'uranium plus radioactif que les sels d'uranium pur utilisés par Becquerel), ils aboutissent à la découverte de deux nouveaux éléments radioactifs : le polonium et le radium.

● Mais pour bien comprendre le mécanisme, d'abord quelques rappels. L'atome se compose d'un noyau central dense entouré d'un nuage d'électrons (charge négative). Le noyau renferme des protons (charge positive) et des neutrons. Les neutrons sont électriquement neutres et ont approximativement la même masse que les protons. Le noyau est 10 000 fois plus petit que l'atome, mais correspond à la quasi-totalité de sa masse. Dans un atome électriquement neutre, il y a autant de protons dans le noyau que d'électrons. Enfin, sachons qu'un atome qui capte un électron devient un ion négatif. S'il perd un électron, il se transforme en ion positif.

La plupart des noyaux présents dans la nature sont stables. En revanche, d'autres se transforment spontanément en un autre élément par désintégration du noyau atomique. Ce phénomène de radioactivité produit alors une émission des particules subatomiques que les spécialistes appellent « particules alpha » ou « particules bêta ». Cette désintégration peut aussi enfanter des rayonnements électromagnétiques (rayons X et rayons gamma). Ainsi, les noyaux radioactifs (instables) se transforment en de nouveaux noyaux disposant de propriétés différentes. Les noyaux d'origine se désintègrent en créant une transmutation de la matière. Ce mécanisme porte donc le nom de « radioactivité ».

Dans ce processus de radioactivité, un atome est toujours désigné par son nombre total de nucléons (protons plus neutrons). Par exemple, le radium 226 dispose d'un noyau pourvu de 88 protons et de 138 neutrons. Quand le noyau de radium 226 se désintègre spontanément, il se transforme en un noyau de radon 222 et il éjecte un atome d'hélium 4 (deux protons plus deux neutrons) sous forme de rayonnement alpha.

● Reste ici à introduire la notion d'isotopes qui désignent un groupe d'atomes qui possèdent le même numéro atomique. Les isotopes appartiennent donc au même élément chimique et disposent du même numéro atomique (celui-ci correspond au nombre de protons présents dans le noyau). Dans les isotopes du radium, le numéro atomique reste bien 88, mais le nombre de masse diffère (total des nucléons). Les noyaux d'isotopes possèdent donc le même nombre de protons (même numéro atomique), mais le nombre de neutrons diffère.

Prenons l'exemple de l'uranium naturel. Il se présente sous la forme de différents isotopes. On distingue l'uranium 238 et l'uranium 235. Tous deux sont radioactifs et tous deux possèdent 92 protons dans le noyau. Conséquence, l'uranium 238 et l'uranium 235 disposent du même numéro atomique : 92. Mais le noyau du premier renferme 146 neutrons (92 + 146 = uranium 238), tandis que le second n'en renferme que 143.

Une fois le mécanisme compris, reste à se laisser emporter par cet incroyable voyage au cœur de la désintégration qui doit conduire vers un noyau stable. Ainsi, lorsqu'un noyau d'uranium 238 se désintègre (émission de rayons alpha), il perd deux neutrons et deux protons. Rappelons que l'uranium 238 porte le numéro atomique 92 dans le célèbre tableau périodique qui classe les éléments chimiques. Ce qui signifie que son noyau renferme 92 protons. Mais ce noyau se transforme alors en un noyau de numéro atomique 90 puisqu'il vient de perdre deux protons : il s'agit par conséquent d'un isotope de thorium. Mais le noyau a perdu quatre nucléons (deux protons plus deux neutrons). Le noyau d'uranium 238 se désintègre donc en thorium 234 (238 – 4). Dans son processus radioactif, ce dernier émet des particules bêta. Mais dans cette émission très spécifique du rayonnement bêta négatif, un neutron se transforme en proton. Conséquences : la masse reste de 234 (le nombre de nucléons est le même), en revanche le numéro atomique passe à 91. Nous sommes donc là dans les isotopes du protactinium. Et le noyau de thorium 234 se désintègre donc en protactinium 234. Puis celui-ci émet à son tour des particules bêta pour engendrer un nouvel isotope d'uranium, l'uranium 234. Mais ce dernier va poursuivre sa désintégration par émission de particules alpha pour produire le thorium 230, qui se transforme en émettant des particules alpha pour aboutir au radium 226 (numéro atomique 88).

Cette chaîne de désintégration, appelée « série uranium/radium », continue de la même façon par le truchement de cinq autres émissions alpha et quatre bêta avant de générer un produit stable (non radioactif), l'isotope de plomb 206 (numéro atomique 82). Il existe bien évidemment d'autres séries radioactives naturelles. Citons par exemple la désintégration du thorium, qui démarre avec le thorium 232 et se termine par l'isotope stable de plomb 208 (numéro atomique 82).

● Le carbone naturel (numéro atomique 6) est lui aussi un mélange d'isotopes parmi lesquels figurent le carbone 14, le carbone 13 et le carbone 12. Ces deux derniers possèdent un noyau stable, tandis que le carbone 14 est pour sa part radioactif. Toute matière vivante (végétale, animale ou humaine) possède du carbone 14 qui se trouve dans l'atmosphère en quantité infinitésimale (le plus répandu est le carbone 12). Cependant, le métabolisme des organismes vivants établit un taux constant de carbone 14 qui se maintient en équilibre avec le taux atmosphérique. Mais lorsque les cellules cessent de vivre, le carbone 14 ne se renouvelle plus, l'équilibre se rompt et l'isotope radioactif commence à se désintégrer.

Comme toutes les substances radioactives, le carbone 14 possède une période de désintégration caractéristique que l'on baptise « période radioactive » ou encore « temps de demi-vie ». Pour l'uranium 238 ou pour le thorium 232, cette période se compte en milliards d'années. Quant au carbone 14, il affiche un temps de demi-vie de 5 730 ans. Concrètement, cela signifie qu'il faudra 5 730 années pour réduire de moitié le nombre d'atomes de carbone 14 d'un organisme vivant qui meurt à l'instant où vous lisez ces lignes.

La méthode de datation par le carbone 14 consiste à prélever un échantillon de l'élément organique à tester (bois, tissu, os, cuir). Reste à déterminer la quantité d'atomes de carbone 14 que contient cet élément et à la comparer à celle qu'elle devrait contenir si la plante, l'animal ou l'humain était toujours en vie. La différence permet de déterminer l'âge de l'élément à dater en fonction du principe de désintégration radioactive des atomes de carbone 14 et de leur temps de demi-vie. Soulignons que la quantité de carbone 12, elle, reste stable (le noyau du carbone 12 n'est pas radioactif). Et on admet que le rapport carbone 12/carbone 14 reste constant tant qu'un organisme reste en vie.

Toutefois, au fil des siècles, ce taux a subi des fluctuations sensibles en fonction de la variation des quantités de carbone 14 contenues dans l'atmosphère, mais aussi en fonction des conditions climatiques (humidité, réchauffements, pollution), voire en fonction des évolutions liées aux variations du champ magnétique terrestre. De plus, l'origine géographique de l'élément testé et ses conditions de conservation entrent également en jeu dans les calculs effectués pour avancer une datation sérieuse. Même si la communauté scientifique reconnaît aujourd'hui la fiabilité du procédé, il reste que l'introduction récente (voire plus ancienne) de carbone sur l'échantillon testé peut évidemment mener à de notables incertitudes ou approximations.

Pourquoi certaines personnes
sont-elles daltoniennes ?

■ *Dans sa version la plus courante, le daltonisme touche des personnes qui ne peuvent pas différencier le rouge du vert. Ici, le sujet ne possède pas les cônes de réception du vert. Cette affection s'appelle « deutéranopie ».*

■ *Plus globalement, la « dyschromatopsie » désigne l'ensemble des troubles dus à la perception des couleurs.*

● Couche sensible du mécanisme oculaire, la rétine transforme les rayons lumineux en excitations physiologiques que des liaisons nerveuses transmettent ensuite au nerf optique. Ce dernier transporte l'influx nerveux au cerveau qui (pour simplifier) donne alors naissance à l'image. La rétine dispose de deux types de photorécepteurs : les cônes et les bâtonnets.

De forme allongée, les 130 millions de bâtonnets se logent en périphérie de l'œil et ils disposent d'une très grande sensibilité à la lumière. De leur côté, les 5 à 7 millions de cônes sont peu sensibles à la lumière, mais ils distinguent parfaitement les détails car chaque cône transmet son information à plusieurs fibres du nerf optique. Les cônes ont donc une excellente sensibilité aux différentes longueurs d'ondes que produisent les couleurs (voir aussi « Pourquoi les yeux sont-ils souvent rouges sur une photographie ? »).

Le daltonien (personne atteinte de daltonisme ou, plus scientifiquement, de « dyschromatopsie ») souffre d'une anomalie dans laquelle un ou plusieurs des trois types de cônes de la rétine oculaire responsables de la perception des couleurs sont déficients. Cette singularité d'ordre génétique survient aussi parfois à la suite d'une lésion oculaire, nerveuse ou cérébrale.

Il existe différentes formes de daltonisme. Par exemple, dans la forme la plus connue de dyschromatopsie, la personne ne possède pas les cônes de réception du vert (deutéranopie). Elle ne peut donc pas différencier le rouge du vert. Cette forme « pure » de daltonisme touche surtout les hommes : les gènes qui activent la réception aux couleurs rouge et verte se trouvent sur le chromosome X, que les hommes possèdent en un seul exemplaire (XY) et les femmes en deux (XX).

Les autres formes de non-reconnaissance des couleurs ne sont pas véritablement du daltonisme. Ainsi, la « deutéranomalie » s'explique par la mutation du pigment de la perception du vert. Le patient voit donc moins bien cette couleur. Dans d'autres cas, le sujet ne perçoit pas le rouge (protanopie) ou la perception de cette couleur est estompée (protanomalie). Enfin, certains sujets atteints de dyschromatopsie ne détectent pas le bleu (tritanopie) ou le perçoivent moins bien (tritanomalie).

● Surtout connu dans le monde scientifique pour sa théorie atomique publiée en 1805, le chimiste et physicien britannique John Dalton (1766-1844) a été le premier à décrire le daltonisme, anomalie de la vision dont il souffrait lui-même, dans un article intitulé « *Faits extraordinaires à propos de la vision des couleurs* » (1794).

De son côté, un neurologue de l'université d'Oxford, Alan Cowey, propose une hypothèse originale. Pour lui, le daltonisme s'apparente à la « vision aveugle ». Un phénomène encore mal compris qui touche des sujets considérés comme « techniquement » aveugles. Ces derniers se disent parfaitement incapables de voir, en revanche ils savent localiser et toucher une tache lumineuse projetée sur un écran devant eux. Et les multiples expériences menées prouvent qu'il ne s'agit pas d'un résultat dû au hasard. Dans ces cas de vision aveugle, ni les yeux ni les nerfs optiques ne sont endommagés. Il ne s'agirait donc pas d'une difficulté liée à la détection de la couleur, mais d'un handicap touchant à la prise de conscience du point lumineux. Un peu comme si le malade ne savait pas qu'il voit. Ainsi, selon Alan Cowey, le cerveau du daltonien perçoit le plus souvent la couleur puisque les expériences menées enregistrent clairement la présence d'un stimulus dans le cerveau. Mais là encore, comme dans le principe de la vision aveugle, le patient ne percevrait pas la couleur de façon consciente.

À quoi correspond
le réflexe de Pavlov ?

■ *Le réflexe de Pavlov a été mis en évidence par le physiologiste russe Petrovich Pavlov.*

■ *Si l'on accompagne la nourriture d'un chien d'un stimulus sonore, l'animal salive. Au bout d'un certain temps, le seul stimulus sonore suffit à déclencher la sécrétion salivaire.*

● Physiologiste russe et prix Nobel de médecine en 1904, Ivan Petrovich Pavlov (1849-1936) a acquis une renommée internationale grâce à ses recherches sur le conditionnement.

Au début du XXe siècle, tandis qu'il travaille sur les fonctions gastriques du chien, il remarque que certains animaux ont tendance à saliver avant même de voir ou de sentir les aliments qu'il leur donne à manger. Le chercheur décide donc de mener plus avant ses investigations sur ce curieux phénomène de « salivation psychique ».

Pavlov pratique alors une incision dans la joue d'un chien afin de récolter et d'analyser la salive produite par l'animal lorsqu'on lui présente de la viande qu'on lui donne à manger. Pavlov remarque

que ce même animal, au bout de quelques semaines, sécrète la même salive (quantité et composition chimique) lorsqu'il vient dans le laboratoire et sans qu'on lui présente la moindre nourriture. La pièce, le seul plat ou les seuls pas de Pavlov dans le couloir suffisent à déclencher la sécrétion salivaire. Pavlov décide alors d'aller encore plus loin. Il répète l'expérience avec un second chien. Mais cette fois, il fait sonner une cloche peu avant l'heure du repas. Quelques semaines plus tard, le chien salive au seul bruit de la cloche et sans percevoir (voir ou sentir) de nourriture. L'animal déclenche donc un réflexe conditionné que l'on appellera « réflexe de Pavlov », ou encore « conditionnement pavlovien ». Ce réflexe se produit sous la forme d'une réaction involontaire, non innée et provoquée par un stimulus extérieur.

Des expériences du même type ont été réalisées sur des humains. On sait qu'un léger coup sur un point précis du genou fait se lever légèrement la jambe. Chacun a expérimenté ce test amusant et classique chez son médecin généraliste. Bien évidemment, si l'on associe le clignotement d'une lumière à ce léger coup sur le genou, la jambe se lève aussi. Normal. Toutefois, au bout de quelques séances, il suffit du seul clignotement pour que la jambe se lève. Plus besoin du petit coup de maillet sur le genou !

Selon le magazine *Science et Vie* daté d'août 2007, des chercheurs japonais auraient décelé un réflexe de Pavlov chez la blatte.

Pourquoi la colle... colle-t-elle ?

■ *Composée de très longues molécules capables de « s'infiltrer » dans les interstices de la matière, la colle s'associe aux molécules de l'objet cassé.*

■ *Cette substance va donc boucher les microscopiques trous et fissures pour se répandre sur un maximum de surface et ainsi multiplier les possibilités de créer de nouvelles liaisons avec d'autres molécules, celles des deux morceaux assemblés.*

● La matière se compose de minuscules éléments que l'on appelle des « molécules ». Pour simplifier, disons qu'un objet est constitué d'une sorte d'enchevêtrement de molécules reliées entre elles par une liaison spécifique invisible. Lorsqu'un objet se brise, ce lien qui unit les molécules n'existe plus en un endroit précis de la matière. Sur cette ligne de fracture, les molécules, elles-mêmes composées d'atomes (chacun comprenant noyau et électrons), sont donc brusquement éloignées et la force de cohésion se rompt.

Si vous tentez de rapprocher les deux éléments cassés, vous ne pouvez en aucune manière créer de nouveau le lien invisible précédent. Reste donc à combler ce vide par une substance disposant de propriétés très spécifiques. En l'occurrence, ce produit « miracle » aura pour mission de créer de nouvelles liaisons entre les deux morceaux de matière rompus. Cette substance, la colle, se compose en fait de très longues molécules capables de « s'infiltrer » dans les interstices de la matière brisée et de s'associer aux molécules de l'objet cassé. Elle va ainsi boucher les microscopiques trous et fissures pour s'étendre sur un maximum de surface et pour multiplier les occasions de recréer des liaisons réparatrices.

● Il existe bien sûr de multiples catégories d'adhésifs qui répondent chacune à des applications industrielles ou domestiques particulières. Par exemple, les colles synthétiques forment des polymères (molécules géantes qui incorporent un grand nombre de molécules simples) pour constituer des chaînes et des réseaux solides qui assemblent donc les surfaces à coller. De leur côté, les adhésifs à résine thermodurcissable deviennent des solides durs et très résistants en présence d'un catalyseur ou sous l'action de la chaleur. Utilisées dans la construction, ces colles permettent d'assembler des composants métalliques. Quant aux résines thermoplastiques, elles peuvent être ramollies sous l'action de la chaleur. On les utilise pour coller bois, verre, caoutchouc, métal et produits en papier.

Parmi les adhésifs organiques issus des protéines animales, on trouve : les colles fabriquées avec le collagène (constituant des tissus conjonctifs et des os des mammifères) ; la colle fabriquée par la caséine (protéine du lait) ; la colle de l'albumine sanguine.

Parmi les adhésifs végétaux (pour coller bois et textiles), citons les amidons et les dextrines issus du maïs, du froment et du riz. Certaines gommes humidifiées (la gomme arabique, l'agar-agar et l'algine) permettent de coller les timbres et les enveloppes.

Pourquoi a-t-on très chaud à une température extérieure de 37 °C ?

■ *La chaleur du corps humain se dissipe dans l'air ambiant afin d'éviter la surchauffe. Car alimentation et activité musculaire produisent une quantité d'énergie qui se transforme en chaleur et qu'il faut évacuer. Le refroidissement se déroule sans difficulté dans un environnement situé autour d'une vingtaine de degrés.*

■ *Mais lorsque la température ambiante avoisine celle du corps humain, la libération de chaleur ne peut évidemment plus se produire de façon correcte. D'où la sensation de malaise. La transpiration entre alors en jeu pour réguler notre machine biologique.*

● La température moyenne du corps humain en bonne santé tourne autour de 37 °C. De prime abord, il pourrait donc sembler curieux que nous éprouvions une sensation de total inconfort, voire de malaise, lorsque la température ambiante atteint elle aussi 37 °C. Chacun devrait dès lors baigner dans une sorte de bonheur béat ! Mais il n'en est rien.

Le corps humain transforme ses aliments en énergie. Et cette énergie dégage une quantité de chaleur qu'il convient d'évacuer afin d'éviter la surchauffe de notre superbe machine biologique. Autrement dit, il faut que notre corps reste à température interne sensiblement constante pour continuer de fonctionner correctement et nous permettre de poursuivre nos occupations sans gêne ni fatigue. Vous l'avez compris, l'air ambiant joue ce rôle de régulateur. Lorsque la température de l'air qui nous entoure n'excède pas celle de notre épiderme, la chaleur se dissipe sans difficulté dans l'air ambiant qui affiche une température plus basse que celle de notre corps.

Mais à partir d'un certain seuil de température extérieure, cette dissipation ordinaire d'énergie ne peut plus se produire. Et nous éprouvons une sensation de grande chaleur dans la mesure où notre métabolisme ne peut plus se refroidir de façon naturelle au contact d'un environnement plus frais. La surchauffe commence, exactement comme celle d'un moteur de voiture qui n'aurait plus de liquide de refroidissement. Fort heureusement, un nouveau système se met en marche : la transpiration.

• Lorsque le corps humain ne peut plus évacuer son surcroît de chaleur par simple dissipation « naturelle », les glandes sudoripares situées dans le derme entrent en action : elles sécrètent de la sueur qui s'écoule par les pores et qui se répand sur une surface plus ou moins étendue de la peau. Ensuite, la sueur s'évapore en absorbant une partie de la chaleur de notre corps. Ce mécanisme de la transpiration se déclenche également lorsque le corps humain produit un effort musculaire important, même si la température extérieure reste fraîche. Dans ce cas (par exemple, activité sportive intense), les muscles longuement et fortement sollicités fabriquent de l'énergie qui se transforme en une chaleur excessive que le corps doit évacuer. Et même par une dizaine de degrés de température ambiante, l'air ne suffit pas à éliminer le surplus de chaleur corporelle. La transpiration vient là encore à la rescousse.

La sueur se compose essentiellement d'eau, de sels minéraux et de quelques déchets organiques. Aussi ne dégage-t-elle intrinsèquement aucune odeur ! En fait, seules les bactéries qui dégradent les matières organiques contenues dans la sueur produisent une odeur fort peu agréable.

• La transpiration entraîne une importante perte d'eau dans des conditions de chaleur (ou d'effort physique) extrême. Dans ces deux situations, il convient donc d'insister sur la nécessité de boire régulièrement de l'eau pour éviter la déshydratation. Car l'eau reste absolument indispensable pour assurer la vie de nos cellules.

Sports

Qui a eu l'idée d'organiser
le Tour de France cycliste ?

■ *Le Tour de France cycliste a été imaginé par Henri Desgrange (1865-1940).*

■ *Soixante coureurs participent au premier Tour de France qui s'élance le 5 juillet 1903.*

■ *Maurice Garin remporte cette première édition composée de seulement six étapes.*

● Créé en 1903 par Henri Desgrange (1865-1940), le Tour de France s'impose au fil des décennies pour devenir la plus prestigieuse course cycliste professionnelle au monde. Et aussi la plus populaire, malgré les tristes épisodes liés au dopage qui émaillent sa chronique d'année en année.

À l'origine, Henri Desgrange (fondateur du journal *L'Auto*, l'ancêtre de l'actuel quotidien sportif *L'Équipe*) voulait concurrencer deux courses célèbres parrainées par ses confrères et néanmoins rivaux : Bordeaux-Paris (*Le Vélo*) et Paris-Brest-Paris (*Le Petit Journal*). Pour l'anecdote, *Le Vélo* devient *Le Journal de l'Automobile* en 1904. Quant à *L'Auto*, il s'appelait auparavant *L'Auto-Vélo*, mais avait dû changer de nom en 1903 suite à un procès intenté par... *Le Vélo*.

Soixante coureurs participent au premier Tour de France qui s'élance le 5 juillet 1903 de Montgeron. Le départ est donné en face du café Le Réveil matin. Grand favori, Maurice Garin remporte cette première édition composée de seulement six étapes.

Le maillot jaune que revêt le leader du classement général (au temps) fut créé le 19 juillet 1919, en plein milieu de l'épreuve, au départ de la onzième étape, à Grenoble. Eugène Christophe fut ainsi le premier coureur de l'histoire du Tour à l'endosser. Le maillot vert (classement par points) est créé en 1953. Le maillot du meilleur grimpeur (blanc à pois rouges) voit le jour en 1975, mais ce classement existe depuis 1933. La première arrivée sur les Champs-Élysées eut lieu en 1975.

● L'Américain Lance Armstrong a gagné sept fois d'affilée la Grande Boucle. Viennent ensuite quatre coureurs ayant triomphé cinq fois : Jacques Anquetil (1957, 1961-1964), Eddy Merckx (1969-1972 et 1974), Bernard Hinault (1978, 1979, 1981, 1982, 1985), Miguel Indurain (1991-1995).

● Vainqueur en 1980, le coureur néerlandais Joop Zoetemelk a terminé six fois à la seconde place (1970, 1971, 1976, 1978, 1979 et 1982). C'est donc bel et bien lui l'« éternel second » et non pas le très populaire Raymond Poulidor. Zoetemelk détient également le record des participations (seize). Pour sa part, Raymond Poulidor a bouclé quinze Tours de France et en a terminé trois à la seconde place (mais sans jamais porter une seule fois le maillot jaune).

• À l'issue du Tour 1969, Eddy Merckx a cumulé toutes les victoires possibles sur une seule et même épreuve : classement général (maillot jaune), classement par points (maillot vert) et classement du meilleur grimpeur (maillot à pois). Sur l'ensemble de ses participations, Eddy Merckx a reçu 111 fois le maillot jaune.

Quand fut créée la première
Coupe du monde de football ?

■ *La première Coupe du monde de football se déroula en Uruguay du 13 au 30 juillet 1930. L'Uruguay battit l'Argentine en finale (4-2).*

■ *La Coupe du monde de football se déroule tous les quatre ans.*

● La Fédération internationale de football (la célèbre Fifa) fut créée le 21 mai 1904, à Paris. Le sigle Fifa signifie « Fédération internationale de football association ». En 1921, dès son élection à la présidence de l'organisation, le Français Jules Rimet (1873-1956) s'empresse d'activer un projet qui lui tient particulièrement à cœur, la création d'une Coupe du monde. La Fifa entérine officiellement l'idée de Jules Rimet le 28 mai 1928.

Par ailleurs fondateur du club de football parisien baptisé le Red Star, Jules Rimet restera pendant trente-trois ans à la présidence de la Fifa.

● La première Coupe du monde de football se déroule en Uruguay, en 1930. Cette année-là, le pays commémore le centenaire de son indépendance et l'équipe d'Uruguay est alors double championne olympique en titre.

Le premier joueur qui a marqué un but en Coupe du monde est un Français : Lucien Laurent. Il a mis la balle au fond des filets le 13 juillet 1930, au cours du match opposant l'équipe de France à celle du Mexique (dix-neuvième minute). La France l'avait emporté quatre buts à un.

Entre 1930 et 1970, cette compétition s'appelait « Coupe Jules-Rimet ». Le premier trophée, œuvre du sculpteur français Abel Lafleur, fut définitivement remis au Brésil en 1970, à la suite de leur troisième victoire. Depuis 1974, le trophée s'appelle la *Fifa World Cup*.

La Coupe du monde s'est dotée d'une mascotte officielle depuis 1966.

Le vainqueur de la Coupe du monde appose sur son maillot une étoile par trophée remporté. Cette tradition fit son apparition en 1974 avec l'équipe brésilienne. Depuis, les autres équipes ont adopté cette pratique.

De 1938 à 2002, le tenant du titre et le pays organisateur étaient qualifiés d'office pour la phase finale. Désormais, seul le pays organisateur bénéficie de cet avantage. Le Brésil a donc dû participer au tour préliminaire pour participer à la phase finale de la Coupe 2006 malgré sa victoire en 2002.

• Pour la seule fois de son histoire, la Coupe du monde se déroule intégralement sous la forme de poules entre le 24 juin et le 16 juillet 1950, au Brésil. Il y avait au début quatre groupes composés chacun de quatre équipes. Seul le premier des quatre groupes fut qualifié pour la poule finale (donc composée de quatre équipes). Se retrouvent dans cette phase finale qui fonctionne comme un mini-championnat : la Suède, l'Espagne, l'Uruguay et le Brésil. L'Uruguay l'a alors emporté (cinq points) devant le Brésil, la Suède et l'Espagne.

• En 1930, treize équipes participent à la première Coupe du monde. Mais le football amateur de l'époque manque de moyens financiers et de « sponsors ». Aussi, seules quatre sélections européennes (France, Belgique, Yougoslavie et Roumanie) parviennent à former des équipes susceptibles de se rendre en Uruguay. Encore faut-il que Jules Rimet procède à une véritable campagne de recrutement à travers la France pour convaincre les joueurs et leurs employeurs de ne pas rater cette date historique. Beaucoup renâclent, car il convient d'ajouter à la durée de la compétition un long voyage en bateau aller-retour. Car les liaisons aériennes commerciales avec l'Amérique du Sud n'existent évidemment pas encore. Mais l'enthousiasme de Jules Rimet l'emporte et la France sera donc bien présente en Uruguay. Toutefois, la sélection tricolore devra se passer de son entraîneur, Gaston Barreau, retenu par ses obligations professionnelles.

Le 19 juin 1930, les Yougoslaves embarquent à Marseille sur le *Florida*. Deux jours plus tard, la sélection française embarque à Villefranche-sur-Mer à bord d'un superbe paquebot de la Blue Star Line, le *Conte-Verde*. Ils retrouvent les Roumains, montés à Gênes, puis accueillent l'équipe belge à l'escale de Barcelone. Des dirigeants de chaque fédération, quelques journalistes et de nombreuses personnalités participent à cette traversée. Et, bien évidemment, Jules Rimet qui emporte dans ses bagages la statuette d'Abel Lafleur.

Après onze jours de mer, le *Conte-Verde* fait escale à Rio pour embarquer la sélection brésilienne. Le paquebot arrive à Montevideo le 5 juillet 1930, accueilli par 10 000 Uruguayens en délire.

De quand datent les premiers matchs de basket-ball ?

■ *Le basket-ball a vu le jour aux États-Unis en 1891. Ce jeu fut inventé par James Naismith, un professeur d'éducation physique de Springfield (Massachusetts).*

■ *Les treize premières règles de ce sport furent publiées en janvier 1892.*

● Professeur d'éducation physique au collège de Springfield aux États-Unis (Massachusetts), James Naismith (1861-1939) éprouve quelques difficultés pour motiver ses élèves. Notamment pendant la période hivernale consacrée à des cours de gymnastique « classique », qui paraissent un peu ternes au regard des passions et de la débauche d'énergie que déchaînent le football américain ou le base-ball. Pour négocier au mieux ce délicat moment de l'année, James Naismith imagine un nouveau jeu de balle au cours de l'hiver 1891. Il a alors l'idée de placer à chaque extrémité du gymnase, légèrement en hauteur sur les rampes d'accès de la salle, deux paniers de pêche. Des sortes de grands seaux fabriqués par la juxtaposition de planches de bois verticales cerclées de cordes. Objectif clairement annoncé : faire pénétrer le ballon dans le panier ! Le basket-ball vient de naître.

L'enthousiasme gagne immédiatement l'ensemble du collège de Springfield, élèves et professeurs compris, puis d'autres écoles de la région. Méthodique, James Naismith songe sans tarder à élaborer par écrit les principes de base de ce nouveau jeu afin de le rendre praticable par le plus grand nombre. Et, notamment, pour le promouvoir auprès de ses collègues. Ainsi publie-t-il les treize règles originales du futur basket-ball dès le 15 janvier 1892 dans le bulletin des *Young Men's Christian Association*. Le 20 janvier 1892, James organise une sorte de match exhibition à Springfield devant quelques dizaines de spectateurs (d'autres sources situent cette rencontre le 11 mars 1892). Il y a là sept joueurs dans chaque camp, et un certain William Chase marquera... le seul point de la partie. Mais l'engouement reste intact.

Le basket-ball va ensuite se développer dans l'ensemble des collèges américains. Le premier championnat lycéen voit le jour en 1896 au Colorado. Puis les règles évolueront bien évidemment au fil du temps. La Fédération internationale de basket-ball amateur (Fiba) est créée en 1932 et ce sport devient discipline olympique en 1936. Quant au premier championnat du monde, il se déroule en 1950.

Les dimensions d'un terrain de basket-ball se situent entre 22 à 29 mètres de long et 13 à 15 mètres de large (selon les pays et les normes en vigueur). Le cercle (anneau ou arceau) dans lequel le ballon doit passer se trouve à 3,05 mètres du sol. Ce cercle mesure 45 centimètres de diamètre. Le panneau (planche rectangulaire verticale) qui supporte l'arceau et son filet mesure 1,80 mètre de large et 1,05 mètre de haut.

Qui a battu pour la première fois les Américains dans la Coupe de l'*America* ?

■ *Il a fallu attendre 1983 pour que le bateau australien* Australia II, *barré par John Bertrand, mette un terme à 132 années d'invincibilité américaine dans la Coupe de l'*America.

■ *Depuis, les États-Unis ont de nouveau été battus trois fois de suite : en 1995, par la Nouvelle-Zélande (*Black Magic*) ; en 2000, de nouveau par la Nouvelle-Zélande (*New Zealand*) ; en 2003, par la Suisse (*Alinghi*).*

■ *Chacun sait que la Suisse brille davantage pour la qualité de son chocolat, de ses verts pâturages et de son horlogerie que pour sa puissance maritime. Boutade qui donne un relief supplémentaire au panache de sa victoire de 2003. Mais la Suisse ne disposant évidemment pas de structure côtière susceptible d'accueillir la compétition, la ville de Valence (*Espagne) a finalement été préférée à celle de Marseille pour organiser la 33e* America's Cup.

• L'Exposition universelle de 1851, la première du genre, se déroule au Crystal Palace de Londres.

Elle symbolise la suprématie industrielle britannique. La Grande-Bretagne et l'empire victorien sont alors au sommet de leur puissance. Notamment dans le domaine financier, mais aussi en matière de construction de navires et de transport maritime. Saisissant l'opportunité offerte par le rayonnement de cette Exposition universelle, le Royal Yacht Squadron de Cowes (une petite ville située sur la côte nord de l'île de Wight) décide d'organiser une régate dont l'issue ne laisse *a priori* aucun doute. Seul un bateau britannique peut gagner.

La course se déroule autour de l'île de Wight le 22 août 1851. Parmi les quinze voiliers qui prennent le départ figure une superbe goélette américaine pourvue de mâts inclinés et baptisée *America*. Le bateau a été construit grâce à la contribution financière de richissimes New-Yorkais que John Cox Stevens (fondateur du New York Yacht Club) a entraînés dans l'aventure. Finalement, contre toute attente, *America* remporte la régate avec huit minutes d'avance sur le deuxième, *Aurora*, un voilier britannique d'un tout petit gabarit qui aurait indiscutablement remporté l'épreuve si la règle du handicap avait été appliquée. De plus, une légère controverse vient entacher l'épreuve. En effet, *America* aurait omis de virer une bouée en exploitant au mieux un règlement plutôt évasif. Quoi qu'il en soit, les Britanniques se rallient sans regimber à leur légendaire fair-play et le trophée (une magnifique aiguière, un vase à large anse avec un bec effilé, en argent) traverse l'Atlantique pour rejoindre la vitrine du New York Yacht Club.

• Les Américains décident de remettre leur titre en jeu dès 1857, à l'initiative de George Schuyler, l'un des propriétaires du bateau vainqueur à l'île de Wight. Un règlement précis de l'épreuve (qui s'appellera tout naturellement « Coupe de l'*America* ») voit d'abord le jour. Et le premier défi se déroule en 1870, face, comme il se doit, à un challenger britannique : *Cambria*. Mais le voilier américain *Magic* remporte l'épreuve dans les eaux de Newport. Dès cette époque-là, le tenant du titre prit le nom de *defender* (traduisons par « défendeur », ou par « défenseur »).

Au fil des décennies, les victoires américaines s'enchaînent sans réelle opposition. Toutefois, l'Australie entre dans la danse en 1962. Elle échoue en finale avec *Gretel* contre le défendeur *Weatherly*. Et, après cinq nouvelles finales successives malheureuses (de 1967 à 1980), la ténacité finit par porter ses fruits. En effet, le 20 septembre 1983, à 17 h 15, *Australia II* met fin au suspense en battant *Liberty* par quatre manches à trois. Du même coup, le bateau barré par John Bertrand brise les 132 années d'invincibilité américaine dans la Coupe de l'*America*. Le trophée rejoint alors le Royal Perth Yacht Club de Freemantle, en Australie.

Les États-Unis prennent leur revanche dès 1987. Grâce à Dennis Conner, le grand battu de 1983 qui court cette fois sous les couleurs du San Diego Yacht Club, la coupe retrouve le sol américain.

273

L'*America 3* de Bill Koch remporte une nouvelle fois l'épreuve en 1992 face à l'Italie. Mais les trois épreuves suivantes sont remportées par la Nouvelle-Zélande (1995 et 2000) et par la Suisse (2003), premier pays européen à conquérir le trophée.

• Le règlement de la Coupe de l'*America* a subi de multiples remaniements au fil des années. Notamment pour tout ce qui touche à la taille des bateaux et des voiles. En outre, l'épreuve prend une nouvelle dimension à partir de 1970 avec la création de régates éliminatoires préliminaires destinées à qualifier le challenger. Pour la première fois, le New York Yacht Club avait reçu cette année-là deux défis (dont celui du baron Bich).

La compétition se déroule désormais en deux phases. Tout d'abord, une série de régates préliminaires (la Coupe Louis-Vuitton) se déroulent sous la forme de duels (*match racing*), avec un système de poules qui finit par désigner le vainqueur des challengers. Celui-ci peut ensuite affronter le défendeur dans la véritable Coupe de l'*America*. La Coupe Louis-Vuitton joue donc le rôle d'épreuve de sélection.

Comment fut inventé le rugby ?

■ *Le rugby aurait vu le jour en novembre 1823 dans le collège de Rugby, une petite ville anglaise située près de Coventry (à l'est de Birmingham). Ce jour-là, William Webb Ellis prit le ballon à pleines mains pour le porter dans le but adverse au cours d'un match de football.*

● La fondation de l'International Rugby Board (IRB) date de 1886. Depuis, cette association veille jalousement sur les règles de ce sport, ce que les spécialistes du rugby appellent joliment les « lois du jeu ». Auparavant, les clubs pratiquaient des règles « maison » qui ne rendaient pas faciles les rencontres entre les clubs. Par exemple, il fallut attendre 1877 pour que la Rugby Football Union (RFU) limite le nombre des joueurs à quinze protagonistes de chaque côté et pour que le choix définitif se porte sur un ballon ovale. Depuis le geste légendaire de William Webb Ellis (1806-1872) qui se saisit du ballon avec les mains au cours d'une partie de football, le jeu connut donc plus de cinquante années de joyeuses approximations.

Une rumeur tenace veut que le jeune William Webb Ellis s'emparât du ballon à pleines mains pour le porter dans le but adverse au cours d'un match de football « classique » qui se déroulait au collège de Rugby, une charmante petite ville située sur l'Avon, à l'est de Coventry. Cette action légendaire se serait produite en novembre 1823. Les règles du rugby auraient alors lentement évolué jusqu'à la fondation de l'IRB en 1886. Les premières lois du jeu ayant été définies par les meilleurs joueurs du collège de Rugby en 1846.

• Quant à l'inoffensive légende concernant ce brave William Webb Ellis, elle se mit à galoper sans que personne ne puisse jamais la vérifier. L'histoire semble avoir été montée de toutes pièces par Matthew Bloxam qui rapporta en 1880 le témoignage anonyme d'un camarade de l'« inventeur » du rugby. Peu importe ! Le jeu existe et la Coupe du monde est officiellement appelée « William Webb Ellis Trophy ». On sait seulement que William entrera à l'université d'Oxford en 1825 et qu'il deviendra un excellent joueur de… cricket. Il sera ordonné prêtre, deviendra recteur dans la province de l'Essex et finira ses jours à Menton, près de Nice (Alpes-Maritimes).

Le premier match interclubs français a lieu en 1892 et le premier match international de l'équipe de France en 1906. La France intègre le Tournoi des cinq nations en 1910 et l'International Rugby Board en 1978. Le Tournoi devient « des six nations » en intégrant l'Italie en 2000.

Art et culture

Quel écrivain fut le premier utilisateur
de la machine à écrire ?

■ *La production industrielle de machines à écrire date de 1873.*

■ *L'Américain Mark Twain (1835-1910) fut le premier écrivain à remettre un manuscrit entièrement tapé à la machine à écrire.*

• Apprenti typographe, imprimeur ambulant dans les rues de New York et de Philadelphie, mais aussi chercheur d'or, Samuel Clemens opte pour le pseudonyme de Mark Twain en 1863, à l'issue d'un stage de batelier sur le Mississippi (*twain* était un terme employé dans la technique maritime pour signifier « deux brasses de fond »). En fait Clemens va réussir dans le journalisme et il devient célèbre du jour au lendemain grâce à un conte intitulé *La Grenouille sauteuse de Calaveras* (1865).

Mark Twain (1835-1910) fut le premier humoriste américain à avoir été reconnu comme un auteur à part entière. Ernest Hemingway (1899-1961) disait que « toute la littérature moderne découle de l'œuvre de Twain ». Et tout spécialement de son célèbre ouvrage *Les Aventures de Huckleberry Finn* (1884).

Mais Mark Twain ne fut pas seulement un pionnier en matière de littérature. Il fut aussi le tout premier écrivain dactylographe.

● Sortie des cartons de la firme Remington (entreprise alors spécialisée dans la fabrication d'armes et de machines à coudre), l'invention de la machine à écrire passe au stade industriel en 1873. Et l'instrument séduit immédiatement Twain. Pour la première fois dans l'histoire de la littérature mondiale, celui-ci va donc remettre un manuscrit intégralement tapé à la machine à écrire. Mais les avis divergent sur le texte. Certains penchent pour ses célèbres *Aventures de Tom Sawyer* (1876), d'autres pour *La Vie sur le Mississippi* (1883).

Dans la première moitié du XIXe siècle, des inventeurs passionnés (l'Italien Giuseppe Ravizza et l'Américain Charles Thurber) avaient construit des machines *pour* écrire (plutôt que des machines *à* écrire). Mais ces systèmes souvent astucieux (l'un d'eux s'appela « piano à écrire ») frappaient plus lentement que l'écriture manuelle.

Qui a inventé le cirque moderne ?

■ *Le cirque moderne propose en un même lieu de multiples attractions qui composent un spectacle aux multiples facettes. Il fut inventé en 1768 par Philip Astley, un brillant écuyer britannique.*

● D'abord soldat dans un régiment de cavalerie légère, Philip Astley (1742-1814) s'illustre dans l'art équestre, une discipline alors très en vogue dans de nombreuses capitales européennes. Puis, en 1768, sur un grand terrain vague de Londres, Astley a l'idée de produire un spectacle en plein air en délimitant un cercle à l'aide de bottes de paille.

Bien sûr, Philip Astley produit surtout de remarquables numéros d'équitation, mais le spectacle s'enrichit progressivement de jongleurs, d'acrobates, de clowns, de contorsionnistes, de dompteurs, d'équilibristes. Le cirque moderne vient de naître. Certes, ces artistes des rues existaient déjà mais, jusqu'ici, ils se déplaçaient et se produisaient seuls. Philip Astley leur propose une structure et crée par la même occasion un véritable spectacle aux multiples facettes.

En 1780, Astley construit un amphithéâtre dans Westminster Road, en plein centre de Londres. Outre les numéros déjà cités, ce spectacle propose de spectaculaires tours de force et de souplesse, mais aussi des pantomimes et des ombres chinoises. Succès immédiat. Deux ans plus tard, Philip Astley bâtit le même édifice dans la rue du Faubourg-du-Temple, à Paris. Mais il fuit la Révolution française et laisse sa place à un talentueux écuyer italien, Antonio Franconti.

● Le cirque moderne a connu un remarquable engouement populaire tout au long du XIX\ :sup:`e` siècle, en Europe mais aussi aux États-Unis. Ce spectacle, porté comme un art véritable, atteignit son paroxysme outre-Atlantique avec Phineas Barnum, fondateur du « plus grand spectacle du monde » (1871). Le cirque Barnum proposait ses numéros sur une piste ovale. Puis sur deux et même trois pistes simultanées en 1881. Il s'agissait de véritables superproductions, des spectacles grandioses, difficiles à décrire, et qui poussaient le gigantisme aux limites du possible.

De quand date le festival de Cannes ?

■ *La première édition du Festival international du film se déroule du 20 septembre au 5 octobre 1946.*

■ *Le Festival international du film prend officiellement le nom de « festival de Cannes » en 2002.*

● Fondé sous l'impulsion de Jean Zay (1904-1944), alors ministre de l'Instruction publique et des Beaux-Arts, le premier Festival international du film aurait dû se tenir en septembre 1939 sous la présidence de Louis Lumière (1864-1948). Mais la France et la Grande-Bretagne entrent en guerre contre l'Allemagne le 3 septembre et le Festival ne se déroulera bien évidemment pas.

La première édition du Festival international du film se déroule donc du 20 septembre au 5 octobre 1946, à l'ancien Casino de Cannes. Mais la manifestation peine à démarrer. Faute d'un budget suffisant, les organisateurs devront annuler les éditions de 1948 et de 1950.

Depuis 1951, le Festival se déroule en mai (au lieu de septembre) pour une durée moyenne de deux semaines.

• La première Palme d'or est remise en 1955 à Delbert Mann pour *Marty*. Jusqu'en 1954, le jury remettait un Grand Prix du Festival international du film.

• La première femme à recevoir la Palme d'or sera Jane Campion pour *La Leçon de piano* (1993).

• Le festival de Cannes s'ouvre normalement le 10 mai 1968, tandis que la révolte étudiante et ouvrière monte chaque jour en puissance. Non seulement à Paris, mais aussi dans toutes les grandes villes de France. Le même jour, à Paris, policiers et étudiants s'affrontent (367 blessés, 80 voitures brûlées). La veille, plusieurs réalisateurs (notamment Claude Berri, Jean-Luc Godard, Claude Lelouch et François Truffaut) ont fait part de leur solidarité avec le mouvement étudiant dans une résolution adoptée à Paris par les « états généraux du cinéma français ». Louis Malle démissionne alors du jury, aussitôt suivi par Roman Polanski, Monica Vitti, Terence Young et Serge Roullet. Quant à Alain Resnais, Michel Cournot, Carlos Saura et Milos Forman, ils retirent leurs films de la compétition. Le Festival ferme officiellement ses portes le 19 mai sans qu'aucune distinction ne soit remise cette année-là.

Qui a donné son nom aux César ?

■ *Le sculpteur César a réalisé le trophée remis aux lauréats et il a finalement donné son nom à la cérémonie dite « des César ».*

● Fondée sur le modèle de l'American Academy of Motion Picture Arts and Sciences (voir *Le Pourquoi du comment 2*, p. 95), l'Académie des arts et techniques du cinéma voit le jour en 1975. Cet organisme se donne alors comme objectif de récompenser chaque année les plus remarquables réalisations du cinéma français. Avec la création des César, l'Académie institue l'équivalent des célèbres Oscars attribués depuis 1929 aux États-Unis. La remise des treize premiers César se déroule le 3 avril 1976 lors d'une cérémonie présidée par le comédien Jean Gabin (1904-1976).

● Le sculpteur César réalise le trophée qui portera finalement son nom (recevoir un César), mais il donnera aussi son nom à la cérémonie. En effet, la similitude phonétique entre Oscar et César enthousiasma immédiatement Georges Cravenne. Et le fondateur de cette manifestation a convaincu sans difficulté journalistes et professionnels du septième art d'appeler tout simplement la manifestation « les César ».

César Baldaccini (1921-1998) fut l'un des membres actifs du mouvement des Nouveaux Réalistes aux côtés de son ami Arman. Dès le début des années 1970, César devient l'un des plus célèbres plasticiens français. Il développe notamment la création de célèbres « compressions » qui lui ouvrent rapidement le chemin de la notoriété internationale.

À qui James Bond doit-il
son célèbre patronyme ?

■ *Ancien espion devenu journaliste, Ian Fleming (1908-1964) crée son héros en 1952. Il lui donne alors le nom d'un ornithologue, James Bond, auteur d'un ouvrage de référence intitulé* A Field Guide to the Birds of the West Indies.

■ *Ian Fleming et le vrai James Bond ne se rencontreront qu'en 1964.*

• Infatigable séducteur et espion des services secrets britanniques connu sous le matricule 007, James Bond est un personnage de fiction. Il fut créé en 1952 par le journaliste et écrivain Ian Fleming, lui-même ancien espion anglais. Après la mort de Fleming (1964), Kingsley Amis (sous le nom de Robert Markham), John Gardner et Raymond Benson prirent le relais.

Les romans qui mettent en scène les exploits de James Bond firent l'objet de nombreuses adaptations cinématographiques à partir de 1962 (vingt films en une quarantaine d'années). Dès lors, James Bond devint une sorte de personnage légendaire décliné à toutes les sauces possibles et imaginables :

bande dessinée, jeu vidéo, vêtements, jeux de rôle, jouets.

● Espion pendant la Seconde Guerre mondiale, Ian Fleming (1908-1964) devient journaliste au sortir du conflit. Et il donne naissance à James Bond en janvier 1952. Pour baptiser son personnage, Ian Fleming voulait un prénom et un nom très simples à retenir. À l'époque, il lisait l'ouvrage intitulé *A Field Guide to the Birds of the West Indies*. Un livre écrit par l'ornithologiste James Bond. Séduit par ce patronyme, Fleming décide de baptiser ainsi son héros. En forme de clin d'œil et d'hommage, l'agent 007 lit *A Field Guide to the Birds of the West Indies* dans une scène de *Octopussy* (1983) et dans une autre de *Meurs un autre jour* (2002). Le vrai James Bond, en chair et en os, ne rencontra Ian Fleming qu'en 1964, peu de temps avant la mort de l'écrivain.

Pour écrire les premiers James Bond, Ian Fleming s'inspire de son passage dans la Naval Intelligence Division de l'Amirauté britannique. Mais l'auteur a très largement magnifié le héros en créant l'espion idéal qu'il aurait sans doute aimé devenir.

Le manuscrit de *Casino Royale* sera publié en avril 1953 à moins de 5 000 exemplaires ! Le succès décisif viendra en mars 1961 lorsque le nouveau président des États-Unis, John Kennedy, révèle dans le magazine *Life* la liste de ses dix livres préférés : *Bons Baisers de Russie* figure sur la liste et les ventes explosent.

• Après l'adaptation de *Casino Royale* pour la télévision (1954), Ian Fleming comprend dès 1959 que l'adaptation cinématographique de ses romans devrait déboucher sur des films à grand spectacle très populaires. Et, après maintes tergiversations de quelques producteurs émaillées d'obscurs démêlés judiciaires, l'adaptation de *Dr No* (*James Bond contre le Dr. No*, réalisée par Terence Young) sort en 1962. Le succès permet aussitôt d'entrevoir la production d'une série. *Bons Baisers de Russie* sort en 1963 et *Goldfinger* en 1964. James Bond et son interprète, Sean Connery, deviennent des stars internationales. Ensuite, tous les livres écrits par Ian Fleming seront adaptés au cinéma, jusqu'à *Tuer n'est pas jouer* (1987).

Quand Ian Fleming meurt d'un infarctus en 1964, il a déjà vendu 30 millions de livres. Ce chiffre va doubler dès l'année suivante ! Mais le douzième et dernier roman de Ian Fleming, *L'Homme au pistolet d'or*, reste inachevé. L'éditeur (Glidrose Publications) autorise alors Kingsley Amis à poursuivre les aventures de l'agent 007. *Colonel Sun*, le premier *James Bond* sans la patte de Fleming, sort en 1968. Les ventes ne suivent pas. En 1981, une nouvelle tentative voit le jour. James Bond reprend vie sous la plume de John Gardner qui retrouve les ingrédients du succès. Il publie alors un roman chaque année. Puis Raymond Benson prend le relais de 1995 à 2003.

• Depuis 2005, Charlie Higson a écrit une série de livres consacrés à la jeunesse de James Bond. Et

Samantha Weinberg a également commencé en 2005 une trilogie intitulée *Les Carnets secrets de Moneypenny*. Cette autre série devait se terminer en 2008 pour le centenaire de la naissance de Ian Fleming.

De 1962 à 2008, six acteurs ont interprété James Bond. Sean Connery (1962-1967, 1971, 1982) et Roger Moore (1973-1985) ont incontestablement marqué de leur empreinte le héros de Fleming, Roger Moore lui ayant apporté une plaisante touche d'humour. Les quatre autres acteurs sont : George Lazenby (*Au service secret de Sa Majesté*, 1969), Timothy Dalton (1987-1989), Pierce Brosnan (1995-2002) et Daniel Craig (2006), le premier James Bond blond.

Quand fut remis le premier
prix Goncourt ?

■ *Créée par le testament d'Edmond de Goncourt en 1896, la Société littéraire des Goncourt voit le jour en 1902.*

■ *Le premier prix Goncourt sera décerné le 21 décembre 1903 à Eugène Torquet, dit John-Antoine Nau, pour son roman intitulé* Force ennemie *(éditions La Plume).*

● Les frères Huot de Goncourt, Edmond (1822-1896) et Jules (1830-1870), appartenaient à la petite noblesse lorraine. Ils connaissent une enfance aisée et l'héritage conséquent que leur laisse leur mère permet aux Goncourt de mener une vie de rentiers. Ils s'installent à Paris et commencent à écrire des ouvrages « à quatre mains ». Jules s'attache tout particulièrement à soigner le style. Edmond souligne d'ailleurs que son frère met « un soin amoureux à l'élaboration de la forme, à la ciselure des phrases, au choix des mots, reprenant des morceaux écrits en commun et qui nous avaient satisfaits tout d'abord, les retravaillant des heures ».

Admirateurs des salons littéraires du XVIIIe siècle, Edmond et Jules tentent de reconstituer l'esprit d'une société littéraire. Par exemple, après la mort de Jules, son frère réunit chaque dimanche un petit cercle d'écrivains dans le grenier de sa maison d'Auteuil. À la mort d'Edmond, son testament crée donc implicitement le célèbre prix Goncourt : « Je nomme pour exécuteur testamentaire mon ami Alphonse Daudet, à la charge pour lui de constituer dans l'année de mon décès, à perpétuité, une société littéraire dont la fondation a été, tout le temps de notre vie d'hommes de lettres, la pensée de mon frère et la mienne, et qui a pour objet la création d'un prix de 5 000 francs destiné à un ouvrage d'imagination en prose paru dans l'année... »

La Société littéraire des Goncourt voit le jour en 1902 et elle décerne son premier prix à Eugène Torquet, dit John-Antoine Nau, le 21 décembre 1903.

Quant au *Journal*, il reste aujourd'hui l'œuvre la plus lue des frères Goncourt. Commencé au lendemain du coup d'État du 2 décembre 1851, Edmond en poursuit la rédaction après la mort prématurée de son frère, dont il va continuer d'associer la mémoire à toutes ses activités. Il sera publié en neuf volumes de 1887 à 1896. Cette œuvre est une critique acerbe et jubilatoire des mœurs littéraires, mondaines et artistiques de l'époque. Une première édition « complète », mais toutefois allégée de passages licencieux ou diffamatoires, est publiée en 1935. La vraie version intégrale paraît en 1956.

● De nombreuses anecdotes sont venues émailler l'attribution du prix Goncourt. Par exemple, l'un des plus grands écrivains du XXe siècle, Julien Gracq (1910-2008), a refusé le prix décerné en 1951 à son roman *Le Rivage des Syrtes*.

Autre péripétie, en 1960. Cette année-là, le Goncourt est attribué à Vintila Horia pour *Dieu est né en exil*. Mais l'Académie décide finalement de ne pas décerner le prix en raison du sulfureux passé politique de l'auteur. En effet, *L'Humanité* et *Les Lettres françaises* révèlent que Vintila Horia (1915-1992) a appartenu à la Garde de fer, un mouvement fasciste roumain fondé en 1927.

● Un écrivain ne peut recevoir le prix qu'une seule fois, mais le talentueux et facétieux Romain Gary (1914-1980) l'obtint deux fois : d'abord en 1956 pour *Les Racines du ciel*, puis en 1975 pour *La Vie devant soi* sous le pseudonyme mystérieux (et longtemps tenu secret) d'Émile Ajar. Romain Gary étant déjà un pseudonyme, l'écrivain et diplomate français d'origine russe s'appelait en fait Romain Kacew. Romain Gary expliqua sa supercherie dans la publication posthume *Vie et mort d'Émile Ajar* (1981).

Comment s'appelaient
les Marx Brothers ?

■ *Les Marx Brothers naquirent à New York à la fin du XIXe siècle, d'un père originaire d'Alsace et d'une mère allemande. Leur père s'appelait Simon Marrix, nom qu'il transforma tout d'abord en Marks puis en Marx après son immigration vers les États-Unis.*

■ *Au cinéma, les Marx Brothers portèrent les noms de scène suivants : Chico, Harpo, Groucho, Gummo et Zeppo.*

• L'histoire des frères Marx et de leur famille ressemble à ces histoires à succès qui feraient aujourd'hui le bonheur des magazines. Simon Marrix (le père des Brothers) voit le jour en 1861 dans la communauté juive de Strasbourg. Il passe une grande partie de son enfance à Mulhouse avant de partir en 1878 aux États-Unis pour tenter sa chance. Il s'installe à New York où il travaille tout d'abord comme professeur de danse, puis il embrasse sans passion ni succès la carrière de tailleur. Dans un premier temps, Simon se fait appeler Marks, puis il opte pour le patronyme de Marx.

En 1882, il rencontre Miene Schönberg. Minnie (son surnom) a dix-huit ans et sa famille juive allemande vit à New York depuis deux ans. Simon et Minnie se marient en 1884 et s'installent avec la famille Schönberg. Le père de Minnie fabrique des parapluies, mais il avait des talents de ventriloque et de prestidigitateur qu'il exprimait ici ou là. La mère, quant à elle, jouait de la harpe.

Simon et Minnie ont huit enfants, dont cinq survivent : Leonard (1887-1961), Adolph (1888-1964), Julius (1890-1977), Milton (1892-1977) et Herbert (1901-1979). Pour la scène, ils s'appelleront respectivement : Chico, Harpo (en souvenir de la grand-mère), Groucho, Gummo et Zeppo.

● Le groupe des Marx Brothers naît en 1926, lorsqu'ils montent leur première comédie musicale, *The Cocoanuts*. Après deux ans de succès à Broadway, le spectacle devient un film en 1929. Triomphe immédiat. Mais Gummo a déjà quitté le groupe, avant même que ne commence la carrière cinématographique des Marx Brothers. Quant à Zeppo, il s'éclipse en 1933 après avoir cependant joué dans le fameux *Duck Soup* (*La Soupe au Canard*), leur cinquième film.

La carrière des Marx Brothers prend fin en 1949 avec leur treizième film, *Love Happy* (*La Pêche au trésor*). Soulignons que l'actrice Marguerite Dumont apparaît dans tous les films des Marx Brothers. Groucho la surnommait d'ailleurs le « cinquième Brother ». Groucho recevra un Oscar en 1974 pour l'ensemble de l'œuvre des Marx Brothers. Deux ans auparavant, la France lui avait remis les insignes de commandeur des Arts et des Lettres.

Quel homme politique a écrit
des romans sous le pseudonyme
d'Edgar Sanday ?

■ *Le mot « Sanday » signifie « sans d ». Et le personnage politique en question s'appelait Edgar, prénom orthographié sans la fatidique lettre « d », alors que la forme la plus courante en est « Edgard ».*

■ *Et cet Edgar « sans d » n'est autre que le truculent Edgar Faure (1908-1988), l'un des plus brillants hommes politiques français de l'après-guerre. Edgar Sanday a notamment publié aux éditions Julliard :* L'Installation du président Fitz-Mole *et* Monsieur Langlois n'est pas toujours égal à lui-même.

• Bachelier à l'âge de quinze ans et plus jeune avocat de France en 1929, Edgar Faure sera l'un des grands acteurs de la vie politique française, à la fois sous la IVe et la Ve République. Élu député radical-socialiste dès octobre 1946, Edgar Faure fut procureur général adjoint de la délégation française au procès de Nuremberg.

Cultivé, drôle, séducteur, fin diplomate, facétieux, brillant, conservateur et gentiment contestataire, Edgar Faure s'amusait volontiers d'un subtil

zozotement qu'il conjuguait avec le savant manie-
ment du tuyau de son éternelle pipe. Tantôt il le
suçotait, tantôt il s'en servait pour dessiner
d'improbables arabesques dans l'espace restreint de
son champ de vision. Car Edgar ne faisait pas dans
le volubile, il maîtrisait parfaitement le geste et la
parole. Deux fois président du Conseil (janvier-
mars 1952, puis février 1955-février 1956), quinze
fois ministre (notamment aux Affaires étrangères,
aux Finances, à la Justice, à l'Agriculture ou à
l'Éducation nationale), Edgar Faure sera également
président de l'Assemblée nationale de 1973 à 1978.
Poursuivant les efforts de Pierre Mendès France
pour résoudre les premières crises coloniales
d'Afrique du Nord, Edgar Faure va rétablir
Mohammed V sur le trône du Maroc (février 1955).
Dans le même esprit, il fait libérer Habib Bour-
guiba et accorde l'autonomie interne à la Tunisie
(mai 1955).

Edgar Faure profite d'un petit passage à vide
dans sa carrière politique pour passer son doctorat
en 1960 (sa thèse porte sur Turgot), puis il réussit
l'agrégation de droit en 1962 ! Artisan de l'établissement de relations diplomatiques durables avec
l'URSS et la Chine, il sera d'ailleurs officieusement
envoyé en mission en République populaire de
Chine en 1963. Puis il revient aux affaires sous la
présidence du général de Gaulle. Ministre de l'Éducation nationale au lendemain des événements de
mai 1968, Edgar Faure propose une loi d'orienta-
tion qui surprend l'ensemble de la classe politique
en intégrant de multiples revendications (autono-

mie des UER, participation des étudiants aux conseils, pluridisciplinarité des universités, etc.).

Un moment tenté de se présenter à l'élection présidentielle de 1974 (à la mort de Georges Pompidou), il renonce face aux candidatures déclarées de Jacques Chaban-Delmas et de Valéry Giscard d'Estaing. Élu à l'Académie française en 1978, il sera réélu cette année-là député sous l'étiquette du RPR, le parti de Jacques Chirac. Puis il sera élu sénateur de la Gauche démocratique (1980). Edgar Faure soutient ensuite Valéry Giscard d'Estaing à la présidentielle de 1981. La ligne droite ne fut pas son sport favori ! Mais comme il le disait lui-même avec une faconde et un humour irrésistibles, tandis que certains lui reprochaient l'instabilité de ses choix : « Ce n'est pas la girouette qui tourne, c'est le vent ! » En dehors de tout parti pris politique qui n'est pas de mise ici, des hommes comme Edgar Faure ou Jacques Duclos (leader communiste, 1896-1975 « qui sévit » pendant la même période) manquent indiscutablement à notre paysage politique aseptisé.

Edgar Faure a écrit une bonne quinzaine d'ouvrages historiques et politiques et des romans policiers sous le pseudonyme d'Edgar Sanday. Notamment : *Monsieur Langlois n'est pas toujours égal à lui-même* (Julliard, 1950 ; réédition en collection « 10/18 » en 1987), ou encore *L'Installation du président Fitz-Mole* (Julliard, collection « La chauve-souris », 1940).

De quand date le premier film parlant ?

■ *Chacun s'accorde à reconnaître communément* Le Chanteur de jazz *(The Jazz Singer) comme le premier film parlant (1927). Ce long métrage réalisé par Alan Crosland utilise le procédé Vitaphone, une technique de synchronisation qui sera rapidement dépassée (pour simplifier, des sortes d'encoches situées sur la pellicule déclenchaient le bras d'un pick-up qui mettait alors en action un disque 78 tours).*

■ *La piste sonore incorporée à la pellicule apparaît en 1930. Elle marque l'essor véritable du cinéma parlant et la mort du cinéma muet.*

■ *Dans* Le Chanteur de jazz, *l'histoire est encore racontée avec des sous-titres et des cartons. La Warner produira deux autres films parlants dès 1928 :* Le Fou chantant *(The Singing Fool) et* The Lights of New York, *considéré comme le véritable premier film entièrement parlant.*

● Le cinématographe voit le jour en 1895, lorsque les frères Louis et Auguste Lumière déposent (13 février) le brevet d'un appareil « servant à l'obtention et à la vision des épreuves chronophotographiques ». En mars, lors d'une présentation privée à Paris, ils proposent leur célèbre film intitulé *La Sortie des ouvriers de l'usine Lumière à Lyon*. Puis les choses se précipitent. Le 30 mars 1895, les frères Lumière déposent un nouveau brevet dans lequel apparaît le mot « cinématographe ». Mais le terme a été utilisé pour la première fois par Léon Bouly dans le dépôt d'un brevet (12 février 1892) concernant un appareil de prise de vue et de projection.

Le 28 décembre, le Grand Café (14, boulevard des Capucines, à Paris) accueille la première projection publique payante avec dix films des frères Lumière au programme. Succès foudroyant.

● Nombre d'autres inventeurs se penchèrent sur de multiples procédés et techniques qui permirent l'avancée, plus ou moins directement, des frères Lumière. Sans remonter à la lanterne magique qu'aurait connue l'antiquité romaine (voire égyptienne), notons que des « systèmes de projection » de lumières ou de textes furent élaborés aux XVIIe et XVIIIe siècles, notamment par Athanase Kircher (vers 1650) ou Paul Philidor (vers 1792). Vinrent ensuite de nombreux jouets optiques comme le kaléidoscope de David Brewster (1816).

Le véritable tournant se produit en 1829, grâce aux travaux du Belge Joseph Plateau (Lumière et Plateau : deux noms prédestinés pour le cinéma !). Il élabore la première théorie argumentée de la persistance rétinienne. Schématiquement, tout « impact » lumineux sur la rétine persiste un court instant (fraction de seconde) après la disparition de l'image.

Joseph Plateau en conclut que regarder des dessins (reproductions, photos) qui se succèdent au rythme de plus de dix images par seconde donne l'illusion du mouvement, grâce à la propriété de la persistance rétinienne de l'œil. En fait, un film est donc une succession d'images fixes projetées à une certaine cadence pour donner l'illusion du mouvement. La plupart des films sont projetés à la vitesse de vingt-quatre images par seconde.

S'ensuit une kyrielle d'inventions aux noms étranges : phénakistiscope, stroboscope, phantascope, zootrope, kinétoscope, phasmatrope. Sans oublier le praxinoscope d'Émile Reynaud ou les remarquables séries animalières de Eadweard Muybridge (notamment son célèbre cheval au galop). Muybridge met au point un procédé qui décompose le mouvement en déclenchant successivement douze appareils photo. Il présentera d'ailleurs un zoopraxiscope à Paris en 1881. L'année suivante, Étienne-Jules Marey met au point un fusil photographique qui enregistre douze images par seconde sur une même plaque. Et, en 1890, avec son chronophotographe à pellicule mobile, il fixera le trot d'un cheval.

Il y eut également les recherches fructueuses du Français Louis Aimée Augustin Le Prince qui dépose notamment un brevet pour des caméras utilisant une pellicule de celluloïd (1888). Le Prince sépare ici la prise de vue de la projection. Et il tourne à Leeds (nord de l'Angleterre) un film en dix à douze images par seconde sur des bandes de papier sensibilisé. Manifestement, Le Prince approche du but. Aussi veut-il renforcer la paternité de ses découvertes. Il prend alors la nationalité américaine et dépose ses brevets aux États-Unis en décembre 1888. Selon certaines sources, Le Prince utilise dès 1889 de la pellicule perforée. Mais il disparaît mystérieusement en septembre 1890, sans que les conditions de sa mort soient clairement établies. Les plus folles rumeurs ont alors circulé sur de possibles commanditaires qui auraient eu tout intérêt à freiner les prodigieuses avancées de Le Prince. Quoi qu'il en soit, Edison propose lui aussi un système de perforation des pellicules en celluloïd vers la même date : d'un côté un appareil de prises de vues (le *kinetograph*), de l'autre un appareil de lecture individuel avec un film de 35 millimètres perforé (le *kinetoscope*).

Pour sa part, Léon Bouly (véritable inventeur du mot « cinématographe », voir plus haut) ouvre son « théâtre optique » au musée Grévin (novembre 1892). Le spectacle (*Clown et ses chiens*, *Pauvre Pierrot*, *Un bon bock*) s'appuie sur le praxinoscope d'Émile Reynaud, revu et amélioré. Puis Georges Demeny fait breveter son chronophotographe, qui sera exploité par Léon Gaumont (1893). La même année, Edison tourne *Les Forgerons*, un film de vingt secondes. Et, dans les mois qui suivent (1894), Louis Lumière met au point un nouveau système d'entraînement de la pellicule. Puis le cinématographe passe à l'âge adulte en 1895. Dès 1896, Gaumont, Pathé, Méliès, Edison, Dickson,

Smith & Williamson produisent les premiers films de l'histoire du cinéma.

• Léon Gaumont et Georges Laudet présentent dès 1902 un système baptisé « photoscènes » qui associe le cinéma et le phonographe. Mais le cinéma muet continue de vivre sa vie. Un pianiste (voire un petit orchestre) a pour mission de masquer le bruit du projecteur qui trône au milieu des spectateurs. Cette animation musicale rythme au mieux les scènes du film, soit en s'appuyant sur une improvisation plus ou moins réussie, soit en utilisant des morceaux du répertoire classique.

N'empêche que la notion de musique de film germe probablement dans ces années 1905-1910. Au point que des compositeurs commencent à s'intéresser de près au support cinématographique. Par exemple, Erik Satie composera une musique spécialement dédiée au film *Entracte* réalisé par René Clair (1924). Mais le plus remarquable tient au fait que le cinéma muet de cette époque ne supportait finalement pas la moindre seconde de silence ! La musique (illustration musicale) se devait d'accompagner le film de la première à la dernière image. Et, bien avant l'arrivée du cinéma parlant, divers systèmes sont expérimentés ici ou là. Par exemple, Henri Rabaud s'applique à écrire des pièces musicales dont les partitions coïncident parfaitement avec les scènes du film. Dans d'autres cas, certains élaborent des systèmes de synchronisation qui permettent au chef d'orchestre (ou au simple pianiste) de voir dérouler sur son pupitre la partition qu'il doit exécuter. Un tel procédé respecte la volonté du réalisateur et du compositeur tout en maintenant une évidente unité dans les représentations.

La plupart des spécialistes de l'histoire du cinéma s'accordent à reconnaître *Le Chanteur de jazz* (*The Jazz Singer*) comme le premier film parlant (1927). En réalité, ce long métrage (sorte de comédie musicale) réalisé par Alan Crosland utilise le procédé Vitaphone, une technique de synchronisation qui sera rapidement dépassée (pour simplifier, des sortes d'encoches situées sur la pellicule déclenchaient le bras d'un pick-up qui mettait alors en action un disque 78 tours). Finalement, la piste sonore incorporée à la pellicule apparaît en 1930. Elle marque l'essor véritable du cinéma parlant et la mort du cinéma muet. La parole (donc les dialogues qui vont entraîner une nouvelle forme d'écriture des intrigues), mais aussi les bruits (environnement de l'action) et la musique vont donc venir compléter la seule projection des images.

Dans *Le Chanteur de jazz*, l'histoire est encore racontée avec des sous-titres et des cartons. Mais outre que des chansons sont bel et bien synchronisées avec les images projetées, ce film doit aussi son indéniable succès à deux autres paramètres : d'abord à la performance de l'acteur principal, Al Jolson ; ensuite au fait que le film s'inspire de *The Day of Atonement*, de Samson Raphaelson, une pièce qui triomphait à Broadway à la même époque.

La Warner produira deux autres films parlants dès 1928 : *Le Fou chantant* (*The Singing Fool*), réalisé par Lloyd Bacon (toujours avec Al Jolson) et *The Lights of New York*, de Bryan Foy, considéré comme le premier film entièrement parlant.

Quelles sont les sept merveilles
du monde ?

■ *Les sept merveilles du monde sont des monu-*
ments exceptionnels qui ont été édifiés entre
2800 avant J.-C. et 280 avant J.-C. En voici la liste :
la grande pyramide de Kheops ; les jardins suspendus
de Babylone ; la statue de Zeus ; le temple d'Arté-
mis ; le mausolée d'Halicarnasse ; le colosse de
Rhodes ; le phare d'Alexandrie.

■ *Ne subsiste aujourd'hui que la pyramide de*
Kheops, désormais connue sous le nom de « pyramide
de Gizeh ».

● Les sept merveilles du monde sont les plus
remarquables monuments du monde antique. Ces
œuvres se situent en Grèce, au nord de l'Afrique et
en Asie Mineure. Les historiens attribuent cette
liste à l'auteur Philon de Byzance (IIIe siècle avant
J.-C.). Elle figure dans son ouvrage intitulé *À*
propos des sept merveilles du monde. La date de
construction de ces monuments varie entre 2800
avant J.-C. et 280 avant J.-C. Cependant, le recensement définitif, appelé « liste canonique », fut
adopté après le règne d'Alexandre le Grand sur la

base d'une douzaine de listes provenant de différents auteurs.

– **La grande pyramide de Kheops** fut édifiée par
les Égyptiens aux alentours de 2800 avant J.-C. Elle
servit de tombeau au pharaon Kheops. Située près
du Caire (Égypte) sur le plateau de Gizeh, elle
mesure 137 mètres de haut et 232 mètres de large.
Elle dispose de trois chambres, dont deux cons-
truites dans la masse de la pierre. Une galerie de
47 mètres de long et de 8,50 mètres de haut mène à
la chambre royale. C'est le seul des sept monuments
encore visible aujourd'hui. On le connaît désormais
sous le nom de « pyramide de Gizeh ».

– **Les jardins suspendus de Babylone** ont été
construits en 600 avant J.-C. par le souverain
Nabuchodonosor II pour sa femme Sémiramis. Ils
se situaient à une centaine de kilomètres au sud-est
de l'actuelle ville de Bagdad (Irak). Ces jardins
botaniques se composaient de plusieurs étages en
terrasses de 120 mètres carrés, soutenues par des
voûtes et des piliers de brique. Un immense escalier
de marbre reliait ces terrasses. Un système de vis
hydrauliques permettait de transporter l'eau de
l'Euphrate dans les jardins qui dominaient la ville
d'une bonne vingtaine de mètres. Nabuchodonosor II les aurait fait aménager pour qu'ils rappellent
à son épouse la végétation de son pays d'origine, la
Médie (région de l'actuel Iran).

Aucune source d'auteurs babyloniens ne men-
tionne ces jardins, et certains historiens pensent
qu'ils ont été construits à Ninive, près de l'actuelle
ville de Mossoul (Irak). D'autres avancent même

qu'il s'agit là d'une légende ou, tout du moins, de récits très enjolivés par des nomades ou des soldats de l'époque.

– **La statue de Zeus** fut sculptée à Olympie (côte ouest de la Grèce) en 435 avant J.-C. Elle mesurait 12 mètres de haut. Le corps de Zeus (représenté assis) était en ivoire, ses cheveux, sa barbe et ses vêtements en or. Incrusté de pierres précieuses, le trône était en ébène et en ivoire. Un temple dédié à Zeus abritait cette sculpture qui fut détruite lors de l'incendie qui ravagea les lieux en 462.

– **Le temple d'Artémis** fut bâti en 550 avant J.-C. à Éphèse (aujourd'hui Selcuk), à 50 kilomètres au sud de l'actuelle Izmir (Turquie). Il était dédié à la déesse grecque de la chasteté et de la chasse, Artémis. Il a été détruit et reconstruit plusieurs fois et disparut définitivement dans un incendie en 356 avant J.-C. Ce sanctuaire gigantesque et somptueux (colonnes ioniques de 18 mètres de hauteur parées d'or) abritait les statues d'Artémis et de Zeus.

– **Le mausolée d'Halicarnasse** (ville située au sud-ouest de l'actuelle Turquie) fut édifié pour servir de tombeau au roi Mausole, mort en 350 avant J.-C. Sa femme aurait donc fait construire ce monument (terminé trois ans plus tard) pour abriter la dépouille du souverain. Les ornements du monument furent réalisés par les plus grands artistes de l'époque. D'une hauteur totale de près de 43 mètres, cet édifice de trente-six colonnes était surmonté d'une pyramide ornée d'un quadrige de marbre. La chambre funéraire contenait la tombe de Mausole, mais probablement aussi celle de son épouse décédée un an avant la fin des travaux. Ce « mausolée » fut détruit par un séisme au XIVe siècle.

– **Le colosse de Rhodes** était une statue en bronze de plus de 30 mètres de haut représentant Hélios, dieu grec du Soleil. Elle fut sculptée par Charès de Lindos entre 303 et 292 avant J.-C. à Rhodes (île grecque de la Méditerranée) en hommage à la victoire des Rhodiens (305 avant J.-C.) contre le chef macédonien Démétrios Poliorcète. Le colosse s'élevait à l'entrée du port et les navires passaient entre ses jambes. Aujourd'hui, certains historiens affirment que la statue se trouvait plutôt sur les hauteurs de l'île.

Ce monument fut partiellement détruit en 225 avant J.-C. à la suite d'un tremblement de terre. Au VIIe siècle, ses 13 tonnes de bronze seront saisies par une expédition arabe et vendues à un marchand d'Éphèse.

– **Le phare d'Alexandrie** fut terminé vers 280 avant J.-C. à la pointe de l'île de Pharos (face à la ville d'Alexandrie, en Égypte). Entre 1994 et 1996, il a été localisé dans le port même d'Alexandrie par un archéologue français, Jean-Yves Empereur. Véritable prouesse technique, ce phare reste l'une des sept merveilles le plus souvent représentées. On en a retrouvé de très nombreux objets souvenirs et images.

Cette exceptionnelle construction disposait de trois étages, un premier niveau carré, un second octogonal et un troisième cylindrique. Édifié en marbre blanc, il mesurait plus de 130 mètres de haut. Les angles portaient des miroirs. La nuit, ceux-ci réfléchissaient la lumière d'un feu. Le jour, la fumée signalait aux bateaux l'entrée du port. Il fut détruit par un tremblement de terre au XIVe siècle.

Espace

Comment naissent les étoiles ?

■ *Une étoile est un objet céleste comparable à notre Soleil.*

■ *La naissance d'une étoile dure environ… 1 million d'années. Au sein de l'Univers, des milliards d'étoiles naissent à chaque instant, tandis que d'autres s'éteignent.*

■ *L'étoile prend corps lorsqu'un nuage de gaz et de poussières commence à s'effondrer sous son propre poids. Le nuage se contracte et génère des « grains » de matière qui vont s'agglomérer, grossir et attirer de nouveaux éléments de gaz et de poussières. La machine s'emballe et une zone très dense va alors apparaître. Quand la température atteint 1 million de degrés Celsius, des réactions thermonucléaires se produisent. Le bébé étoile est en pleine gestation. Mais rien ne filtre encore à l'extérieur de ce cocon opaque.*

■ *Il y a environ 100 milliards de galaxies dans la partie observable de l'Univers. Certaines de ces galaxies contiennent plusieurs centaines de milliards d'étoiles.*

● La naissance d'une étoile dure environ… 1 million d'années. Tout commence dans le milieu interstellaire, c'est-à-dire dans cet espace situé entre les étoiles d'une même galaxie. Et, au sein de l'Univers, des milliards d'étoiles naissent à chaque instant, tandis que d'autres s'éteignent.

L'étoile prend corps lorsqu'un nuage de gaz et de poussières commence à s'effondrer sous son propre poids. Une onde de choc ou un effet gravitationnel quelconque va alors entraîner une sorte de réaction en chaîne. Le nuage interstellaire se contracte et génère des « grains » de matière qui vont s'agglomérer, grossir et attirer de nouveaux éléments de gaz et de poussières. La machine s'emballe et une zone très dense va alors apparaître. Elle tourne à une vitesse excessivement importante au centre du nuage. Température et pression grimpent progressivement.

Quand la température atteint 1 million de degrés Celsius, des réactions thermonucléaires commencent à se produire (voir plus bas). Le bébé étoile est en pleine gestation. Mais rien ne filtre encore à l'extérieur de ce cocon opaque.

• La réaction thermonucléaire se met en action lorsque le cœur de la future étoile atteint le million de kelvins (voir *Le Pourquoi du comment 2*, p. 233). Nous sommes là en présence d'atomes d'hydrogène présents à l'état de plasma. Chacun sait qu'un atome se compose d'un noyau et d'électrons qui gravitent autour. Très compact, le noyau (qui possède protons et neutrons) est environ 100 000 fois plus petit que l'atome lui-même. Mais dans ces conditions extrêmes de chaleur et de pression, électrons et noyaux refusent de s'associer. On dit alors

que la matière est « ionisée ». En fait, elle est constituée de noyaux et d'électrons libres. En conséquence, cette situation génère une multitude de
collisions entre ces particules élémentaires. Il arrive
alors que deux noyaux puissent fusionner pour
donner naissance à un nouveau noyau. Nous assis-
tons ici à une réaction nucléaire.

Dans la plupart des cas, la température atteint
plusieurs millions de kelvins (près de 16 millions de
degrés Celsius dans le cas du Soleil). La matière
existe ici à l'état de plasma et les noyaux d'hydrogène fusionnent par groupes de quatre. Ainsi,
quatre protons d'hydrogène se transforment en un
noyau d'hélium constitué de deux protons et de
deux neutrons.

Nous sommes là devant une réaction tout à fait
remarquable dans la mesure où la masse du noyau
d'hélium ainsi formé est très légèrement inférieure à
la masse totale des quatre protons d'origine. La
réaction nucléaire de fusion génère donc une perte
de masse qui s'accompagne d'une libération d'énergie en vertu de la célèbre relation énoncée par
Albert Einstein (1879-1955) : $E=mc^2$ (l'énergie est
égale au produit de la masse par le carré de la
vitesse de la lumière).

C'est alors qu'une partie de cette énergie se
dégage vers l'extérieur sous la forme de photons.
Mais le voyage des photons à l'intérieur du plasma
opaque est semé de multiples embûches qui se tra-
duisent par d'incessants allers-retours. La lumière
atteint la surface par transfert et par convection au
bout de quelques millions d'années. Et, lorsque les

vestiges du nuage interstellaire (qui servit à la gestation de ce nouveau corps céleste) se dispersent dans l'espace, l'étoile peut enfin briller de mille feux ! Dans certaines conditions toujours très mal définies, la matière résiduelle peut à son tour donner naissance à des planètes (voir *Le Pourquoi du comment 2*, p. 184).

• Une étoile est un objet céleste comparable à notre Soleil, situé pour sa part à 150 millions de kilomètres de la Terre. Outre le Soleil, l'étoile la plus proche de nous se trouve dans la constellation australe du Centaure. Baptisée Proxima, elle navigue à 4,3 années-lumière du système solaire. Il y a environ 100 milliards de galaxies dans la partie observable de l'Univers. Certaines de ces galaxies contiennent probablement plusieurs centaines de milliards d'étoiles. Notre Galaxie (qui par convention s'écrit avec un « g » majuscule et que l'on appelle aussi Voie lactée) abrite une centaine de milliards d'étoiles.

Les étoiles ont des masses très différentes. La masse du Soleil (masse solaire) sert de référence. Ainsi, la masse des étoiles se situe entre 0,08 et 120 masses solaires. Cette notion revêt une importance capitale dans la mesure où la masse solaire détermine la durée de vie de chaque étoile. Ainsi, une étoile massive aura une durée de vie plus réduite. En effet, le cœur d'une étoile massive possède une température plus élevée et, lors de la réaction thermonucléaire, elle consommera plus rapidement son hydrogène (voir aussi « Comment classe-t-on les étoiles ? »).

• Une étoile est structurée de la façon suivante : noyau, zone radiative, zone convective, photosphère et couronne. Le noyau, que les astrophysiciens appellent parfois « cœur », concentre la quasi-totalité de la masse de l'astre. C'est l'endroit le plus dense et plus chaud où se produisent les réactions thermonucléaires (voir plus haut). La zone radiative recueille l'énergie libérée par les réactions thermonucléaires du noyau. Cette transmission s'opère par rayonnement. Dans le cas du Soleil, l'énergie met près de 1 million d'années pour traverser la zone radiative. Dans la zone convective, l'énergie se transmet cette fois par des mouvements de matière. Dans le cas des géantes (voir aussi « Comment classe-t-on les étoiles ? »), la zone convective occupe un pourcentage important du volume de l'étoile. Pour sa part, la photosphère produit la lumière visible de l'étoile. Enfin, la couronne désigne la partie externe de l'astre.

Comment classe-t-on les étoiles ?

■ *Une étoile possède un noyau qui produit des réactions thermonucléaires. Cette phase de fusion de l'hydrogène en hélium correspond à la séquence principale qui succède à la période de formation.*

■ *Chaque étoile possède une durée de vie directement liée à sa masse. Et à chaque instant d'observation d'une étoile correspond une phase temporaire de son existence. Aussi la nomenclature entre naines, géantes et supergéantes ne correspond-elle qu'à un moment donné de la vie de l'astre. Une étoile passe donc d'une catégorie à l'autre tout au long de sa longue vie.*

■ *Parmi les principales catégories, on distingue donc : les naines rouges, les naines jaunes (comme le Soleil) qui deviennent des géantes rouges puis des naines blanches, les supergéantes bleues et les supergéantes rouges.*

● La durée de vie d'une étoile dépend directement de sa masse (et aussi de la composition chimique de son noyau). Mais la masse conditionne toujours la fin de vie de l'étoile.

En fait, une étoile connaît trois phases fondamentales tout au long de son existence. Il y a tout d'abord la période de formation (voir aussi « Comment naissent les étoiles ? »), puis la séquence principale et, enfin, la phase qui correspond à la mort de l'étoile. Pour les scientifiques, la « vie » de l'étoile coïncide avec la séquence principale. Là, l'étoile tire son énergie de la fusion de l'hydrogène en hélium. Pendant cette période, l'astre émet des rayonnements électromagnétiques (dont une partie sous la forme de rayons lumineux) et des particules. Cette énergie provient des réactions thermonucléaires qui se produisent dans le cœur de l'étoile. Quand la concentration en hydrogène s'épuise, la combustion se termine et l'astre sort alors de sa séquence principale.

Pendant la séquence principale, l'étoile reste en équilibre hydrostatique. D'un côté, les réactions thermonucléaires. De l'autre, les forces de gravité. Se produit alors un petit « manège » que l'on peut schématiquement décrire de la façon suivante. Les réactions nucléaires exercent une pression qui a tendance à dilater la zone radiative (voir aussi « Comment naissent les étoiles ? »). Cette croissance du volume de l'étoile entraîne une diminution de sa température. Mais les forces de gravité s'intensifient et une pression s'exerce sur le noyau qui a tendance à se contracter. Conséquence : les réactions thermonucléaires s'intensifient et la température augmente de nouveau, ce qui entraîne une pression sur la zone radiative… qui va se dilater. Et ainsi de suite jusqu'à épuisement du combustible.

• Les astrophysiciens classent les étoiles en naines ou en géantes, sachant que cette nomenclature ne correspond qu'à un moment donné de la vie de l'astre. Car l'instant d'observation d'une étoile correspond en fait à une phase temporaire de son existence. Une étoile passe donc d'une catégorie à l'autre au long de sa vie.

– **Naine brune**. Il s'agit d'une étoile « avortée ». Sa masse oscille entre celle d'une grosse planète et celle d'une toute petite étoile. La naine brune possède une masse inférieure à 0,08 masse solaire. Au-dessous de cette limite, aucune réaction thermonucléaire ne peut se produire. Certaines naines brunes produisent (par contraction gravitationnelle) un très léger effet lumineux.

– **Naine rouge**. Sa masse oscille entre 0,8 et 0,08 masse solaire. Elle a une longue durée de vie car elle consomme lentement son « carburant ». La température en surface d'une naine rouge n'excède pas 5 000 °C. Environ 80 % des étoiles de notre Galaxie appartiennent à la catégorie des naines rouges.

– **Naine jaune**. Il s'agit d'une étoile de taille moyenne qui brille d'un jaune très vif. En fin de cycle, la naine jaune devient une géante rouge, puis une naine blanche. Le Soleil correspond à l'exemple type de la naine jaune.

– **Géante rouge**. Quand la concentration en protons diminue dans le noyau, la combustion ralentit puis s'arrête faute de particules susceptibles d'entretenir les réactions thermonucléaires. La séquence principale s'achève. L'équilibre hydrostatique se brise : sans énergie interne, les pressions s'affaissent, la gravité l'emporte et l'astre se contracte.

L'enveloppe gazeuse qui entoure le noyau se dilate et l'étoile gagne en volume au point de devenir une géante rouge. En perdant à la fois en densité et en température, le rayonnement se modifie et passe au rouge, d'où le nom qui lui est attribué. La taille d'une géante rouge varie entre dix et cent fois celle du Soleil (qui possède pour sa part un diamètre de 1,4 million de kilomètres).

– **Naine blanche**. Lorsque le noyau de la géante rouge se contracte, tandis que l'enveloppe se dilate, il arrive un moment où la pression sur la zone radiative augmente de nouveau. Température et densité redeviennent alors suffisantes pour que les noyaux d'hélium participent à leur tour à une réaction de fusion. Connu sous le nom de « triple alpha », ce processus de fusion de l'hélium produit un noyau stable de carbone et fournit une nouvelle source d'énergie à l'étoile en phase de fin de vie. Mais la quantité d'hélium n'étant pas illimitée, la combustion finit par s'arrêter et nous sommes alors en présence d'une naine blanche, c'est-à-dire d'une étoile morte dans laquelle ne se produit plus aucune réaction thermonucléaire. Dans ces conditions, la pression interne décroît fortement et l'étoile s'effondre sous son propre poids. La taille diminue tandis que la densité augmente. Le diamètre moyen d'une naine blanche est comparable à celui de la Terre (soit 10 000 kilomètres de diamètre)... mais avec une masse comparable à celle du Soleil ! Les calculs montrent alors que la force exercée atteint environ 1 tonne par centimètre cube de matière.

– **Naine noire**. Dans la mesure où elle ne génère plus aucune source d'énergie (les réactions thermonucléaires ont disparu), la naine blanche se refroidit inexorablement et sa luminosité faiblit considérablement. Après quelques milliards d'années, l'étoile ne produit plus alors que de très maigres rayonnements dans le domaine du visible. La naine blanche devient une naine noire.

– **Supergéante rouge**. Tout d'abord, faisons un petit tour du côté de la luminosité et de la température d'une étoile. Sachons que le plus important réside dans la luminosité absolue de l'astre. En effet, une étoile proche de la Terre et peu lumineuse paraît plus éclatante qu'un astre lointain qui émet pourtant un rayonnement largement plus intense. Ce qui compte, c'est donc la luminosité absolue. Aussi existe-t-il une gamme impressionnante de luminosités qui va des petits objets célestes qui produisent un rayonnement dix mille fois inférieur à celui du Soleil jusqu'aux véritables mastodontes stellaires qui émettent un million de fois plus d'énergie que le Soleil. Du côté des températures en surface de l'étoile, l'éventail ne possède pas une telle amplitude. En effet, les plus chaudes affichent 50 000 kelvins et les plus froides 3 000 °C. Ainsi existe-t-il une corrélation entre la luminosité absolue et la température en surface découverte par le Danois Ejmar Hertzsprung (1873-1967) et l'Américain Henry Russel (1877-1957). Et le célèbre diagramme de Hertzsprung-Russel met en évidence le fait que les étoiles se classent des plus froides et moins lumineuses (naines blanches) aux plus chaudes et très lumineuses (géantes rouges et super-géantes rouges).

Les supergéantes rouges sont excessivement massives : jusqu'à 20 masses solaires. Elles consomment rapidement leur hydrogène puis le noyau fabrique ensuite des éléments de plus en plus lourds : fer, nickel, titane. Dans ces conditions extrêmes, les réactions de fusion thermonucléaire cessent, l'équilibre hydrostatique se brise et l'étoile « explose ». Nous sommes alors ici en présence d'une supernova qui donnera éventuellement naissance à une étoile à neutrons (voir *Le Pourquoi du comment 2*, p. 178).

– **Supergéante bleue.** Encore bien plus massive, plus lumineuse et plus chaude que la supergéante rouge, la supergéante bleue devient (selon les conditions et la masse) un trou noir. Ou une supernova, puis un trou noir. Ou une supergéante rouge, puis une supernova et, éventuellement, une étoile à neutrons.

Comment s'est formé le Soleil ?

■ *Masse de plasma stellaire de forme sphérique, le Soleil s'est constitué voici environ 5 milliards d'années (plus jeune, la Terre n'accuse que 4,6 milliards d'années).*

■ *Cette monstrueuse boule de gaz incandescents tournant à très haute vitesse occupe 99 % de la masse du système solaire.*

■ *Le Soleil s'est formé comme toutes les autres étoiles présentes dans l'Univers (voir aussi « Comment naissent les étoiles ? »).*

■ *Le Soleil appartient à la catégorie des naines jaunes (voir aussi « Comment classe-t-on les étoiles ? »).*

● Composante dominante du système solaire, le Soleil ressemble à toutes les autres étoiles qui peuplent notre Galaxie. Mais, vu de la planète bleue, le Soleil a gagné ses galons de véritable star ! D'abord parce qu'il a permis à la vie de se développer ; ensuite, parce qu'il s'agit de l'étoile la plus proche de la Terre. Il ne faut parcourir « que » 150 millions de kilomètres pour l'atteindre, une broutille au regard des distances stellaires exprimées en milliers d'années-lumière (une année-lumière équivaut à 10 000 milliards de kilomètres).

Comme tous les corps célestes qui gravitent autour de lui, le Soleil provient d'un même nuage de gaz et de poussières. En tournant, ce nuage a enfanté une masse de plasma primitive cernée par un disque de matières résiduelles. De cette ceinture ont germé les quatre planètes terrestres (ou internes) : Mercure, Vénus, Terre, Mars. Plus loin, aux basses températures, gaz, glaces et poussières ont donné naissance aux planètes externes : Jupiter, Saturne, Uranus, Neptune, Pluton. Ces géantes gazeuses possèdent une épaisse atmosphère et Pluton ne contient que des gaz gelés.

Masse de plasma stellaire de forme sphérique (légèrement aplatie), le Soleil a vu le jour (et l'a surtout créé !) voici environ 5 milliards d'années. Cette monstrueuse boule de gaz incandescents tournant à très haute vitesse occupe 99 % de la masse du système solaire. Ainsi s'impose-t-il comme l'astre le plus lourd, mais c'est aussi le plus grand : son diamètre mesure 1,4 million de kilomètres (109 fois celui de la Terre, 11 fois celui de Jupiter, la plus grosse planète du système solaire). Par ailleurs, sachant que la Terre affiche une masse de 6×10^{24} kilos, soit 6 000 milliards de milliards de tonnes, il faut multiplier par près de 333 000 pour obtenir la masse du Soleil !

Toutefois, grâce aux observations de plus en plus précises qu'offrent les spectroscopes et autres télescopes hautement perfectionnés, les astrophysiciens affirment que le Soleil n'a rien d'exceptionnel.

Malgré sa taille, sa masse et sa quinzaine de millions de degrés au cœur du noyau, l'étoile fait parfois pâle figure. Dans l'Univers, certaines de ses grandes sœurs possèdent un diamètre mille fois supérieur et une masse cent fois plus imposante !

Les plus récentes analyses du rayonnement électromagnétique du Soleil indiquent qu'il contient 75 % d'hydrogène et presque 25 % d'hélium (le reste, 0,1 %, est constitué d'éléments plus lourds, notamment dispersés dans son atmosphère). Et, en plongeant dans la structure de ce bouillonnant magma, on découvre une organisation fascinante (voir aussi « Comment naissent les étoiles ? »).

● Au cœur de l'étoile vit le noyau de plasma (densité égale à 160 fois celle de l'eau), lieu d'intenses réactions thermonucléaires. Source même de l'énergie solaire, elles libèrent un rayonnement primaire de photons et une température d'environ 15 millions de degrés Celsius.

Vient ensuite la zone radiative qui correspond à 55 % du rayon du Soleil. Dans cette région, l'énergie produite par le noyau est expulsée vers les couches externes par les photons. Mais ces photons sont en permanence absorbés puis réémis par les différentes particules présentes. Conséquence : des calculs estiment qu'un photon met plusieurs centaines de milliers d'années (d'aucuns avancent près de 1 million) pour sortir du Soleil. Vient ensuite la zone convective (30 % du diamètre solaire) dans laquelle l'énergie se transmet cette fois par des mouvements de matière (convection).

Nous entrons ensuite dans l'atmosphère solaire, à savoir sa partie visible, composée là encore de trois couches distinctes : photosphère, chromosphère et couronne.

• Il y a donc tout d'abord la photosphère, une couche d'environ 300 kilomètres d'épaisseur. Dans cette région (la plus « froide » du Soleil), de gigantesques oscillations régulières (comme des vagues) de masses gazeuses produisent d'incontestables conséquences sur la rotation, sur le magnétisme et sur la structure des couches externes. Ces turbulences expliqueraient que la masse solaire ne tourne pas sur elle-même comme un bloc rigide. Chaque portion d'une latitude donnée tourne à sa propre vitesse. Ce phénomène de rotation différentielle explique qu'un tour complet s'effectue en vingt-cinq jours à l'équateur et en plus d'un mois vers la latitude 60 degrés.

Dans la photosphère, la température s'élève à environ 6 000 °C et la densité y décroît rapidement : c'est la dernière zone opaque du Soleil, celle que nous observons en regardant l'astre de feu à l'œil nu. En outre, la photosphère présente des régions plus sombres dont le diamètre varie de quelques milliers à quelques centaines de milliers de kilomètres. Il s'agit là des taches solaires dont l'existence dure quelques jours ou se prolonge parfois pendant plusieurs mois. Le nombre de ces taches (en fait des régions où la température est momentanément plus basse que dans le reste de la photosphère) répond à un cycle de onze ans. Autrement dit, il y a plus ou moins de taches solaires dans la photosphère en allant de zéro jusqu'à un maximum de taches observables à l'issue d'un cycle de onze ans. Le dernier maximum date de l'an 2000. Quant aux facules, il s'agit de régions de la photosphère excessivement brillantes qui apparaissent juste avant l'« éclosion » d'une tache solaire et qui se prolongent plusieurs semaines après sa disparition.

• Vient ensuite la seconde couche externe : la chromosphère et son rayonnement caractéristique en forme de raies. Dans cette zone d'une épaisseur de quelques milliers de kilomètres, la température remonte curieusement de 4 200 à 10 000 kelvins. Du fait de l'extrême faiblesse de sa densité, cette couche est quasiment invisible, mais néanmoins observable au cours d'une éclipse du Soleil. La chromosphère apparaît alors sous la forme d'un mince anneau rougeâtre entourant le disque lunaire. On observe d'ailleurs à la périphérie de la chromosphère de minces projections de gaz qui durent une dizaine de minutes. Ces millions de jets appelés « spicules » (1 kilomètre de diamètre et 12 000 °C) expulsent de la matière au-delà de 8 000 kilomètres.

• La troisième zone, la couronne, possède un contour flou, variable et de très faible densité. Cette région s'étend sur des millions de kilomètres et, par endroits, sa température atteint quelques millions de degrés. Là encore, l'endroit ne manque pas d'animation ! On y observe par exemple des protubérances (sortes de monstrueuses colonnes de gaz) qui s'activent pendant quelques minutes. Pour certaines, elles s'épuisent au bout de plusieurs mois.

La couronne génère également les célèbres éruptions solaires qui libèrent en quelques minutes une gigantesque quantité d'énergie et de matière coronale. Concentrées sur de petites régions, ces éruptions solaires affichent une température de l'ordre de 5 millions de kelvins. Au début du mois de novembre 2003, des éruptions solaires sans précédent connu ont surpris tous les astrophysiciens. En effet, le cycle de onze ans qui rythme l'activité de l'étoile ne laissait pas entrevoir un tel chambardement. Le violent échauffement produit par cette tempête magnétique propulse d'intenses flux de rayons X. Ici, ils ont perturbé (voire légèrement endommagé) quelques satellites. Et ils ont même provoqué un black-out radio total sur les ondes courtes. En 1989, des éruptions solaires avaient fait disjoncter des réseaux électriques au Canada.

Reste enfin le fameux « vent solaire », un phénomène dû à l'extrême agitation des particules qui échappent à l'attraction du Soleil et se perdent dans le milieu interplanétaire. Ce flux corpusculaire (composé d'électrons, neutrons et noyaux d'hélium, auxquels se mêlent des particules provenant d'éruptions) s'étend sur de très vastes distances. Au voisinage de l'orbite terrestre, le vent solaire atteint des vitesses d'environ 450 km/s.

Comment mesure-t-on
les distances astronomiques ?

■ *Pour mesurer les grandes distances, les astronomes utilisent tout d'abord l'unité astronomique qui équivaut à 150 millions de kilomètres.*

■ *Pour exprimer les distances qui nous séparent des corps célestes naviguant au-delà du système solaire, les astrophysiciens ont donc adopté l'année-lumière. Elle correspond à la distance que parcourt la lumière en un an. En adoptant les arrondis d'usage, 1 année-lumière correspond à une distance de 10 000 milliards de kilomètres.*

■ *Les astrophysiciens utilisent également une autre unité de mesure appelée le « parsec » qui équivaut à 3,26 années-lumière.*

● Pour exprimer les très grandes distances sans avoir à manier des nombres formulés en centaines de millions (et le plus souvent en milliards) de kilomètres, les astronomes utilisent l'unité astronomique (UA). Par convention, c'est la distance moyenne Terre-Soleil qui définit l'unité astronomique. À savoir 150 millions de kilomètres.

Cet étalon s'emploie essentiellement dans les descriptions propres au système solaire. Par exemple, l'orbite de Pluton se situe à 39,3 unités astronomiques du Soleil (5,9 milliards de kilomètres). Quant aux astéroïdes, ils naviguent dans le vaste espace interplanétaire qui va de Mars (dernière des quatre planètes telluriques) à Jupiter (première des planètes gazeuses). Cette zone se situe entre 2 à 4 unités astronomiques du Soleil.

Pour leur part, les comètes prennent naissance au-delà du système solaire connu. Elles émanent du nuage d'Oort (nom de l'astronome néerlandais qui élabora sa théorie en 1950). Cet exceptionnel réservoir navigue sur une orbite fortement excentrique qui atteint les 100 000 unités astronomiques. Le nuage d'Oort niche donc à 15 000 milliards de kilomètres ! C'est-à-dire à plus de 1 année-lumière. On passe alors dans un autre système d'étalonnage des grandes distances (voir plus bas).

● Pour définir l'unité astronomique, vous avez noté que nous parlons de « distance moyenne ». En effet, l'Allemand Johannes Kepler (1571-1630) a élaboré trois lois fondamentales qui ont bouleversé la description du système solaire. En 1609, la première loi de Kepler montre que chaque planète décrit une ellipse dont le Soleil occupe l'un des foyers. Autrement dit, la Terre passe plus ou moins près du Soleil lorsqu'elle effectue un tour complet en une année. Très précisément en 365 jours 5 heures 48 minutes et 45 secondes.

Reste que cette orbite elliptique est cependant très proche du cercle. La « nuance » se définit par la notion d'excentricité. Ainsi, un cercle « pur » possède une excentricité nulle, tandis que celle d'une parabole est égale à 1. L'excentricité de la Terre approche 0,02 (elle s'établit précisément à 0,016718). En revanche, Pluton et Mercure décrivent des ellipses plus prononcées (respectivement 0,25 et 0,21 d'excentricité).

À son aphélie (point de l'orbite le plus éloigné du Soleil), la Terre passe à environ 152,5 millions de kilomètres de l'étoile de notre système planétaire. À son périhélie (point de l'orbite le plus proche), elle passe à environ 147,5 millions de kilomètres. Et l'unité astronomique a donc été fixée par convention à la distance moyenne de 150 millions de kilomètres.

Soulignons que cette différence de distance liée à l'orbite elliptique n'a aucune incidence sur le climat dans la mesure où l'écart reste négligeable (par exemple, la Terre passe au plus près du Soleil dans les premiers jours de janvier, période d'hiver dans l'hémisphère nord). En effet, le rythme des saisons n'a rien à voir avec la proximité du Soleil. Ce phénomène cyclique s'appuie sur le fait que l'axe de rotation de notre planète est incliné de 23° 26′ par rapport à l'écliptique (plan de l'orbite de la Terre). Au cours de ce mouvement de translation, l'axe des pôles conserve une direction fixe dans l'espace (voir *Le Pourquoi du comment 1*, p. 69).

• Pour exprimer d'immenses distances, celles qui nous séparent des corps célestes naviguant au-delà du système solaire, l'unité astronomique ne suffit plus tant les distances stellaires prennent des proportions colossales.

Les astrophysiciens ont donc adopté un autre étalon : l'année-lumière. Elle correspond à la distance que parcourt la lumière en un an. Quand on se souvient que la lumière voyage à la vitesse de 300 000 km/s, il ne reste plus qu'à effectuer une succession de multiplications pour traduire l'année-lumière en kilomètres. À vos crayons !

En une seconde, la lumière se déplace de 300 000 kilomètres. Pour obtenir la distance parcourue en une heure (soixante fois soixante secondes), il suffit de multiplier par 3 600. Puis par 24 pour la journée. Et enfin par 365 pour l'année. Bref, en adoptant les arrondis d'usage, on avoisine une distance de 10 000 milliards de kilomètres. Soulignons enfin que les astrophysiciens utilisent également une autre unité de mesure appelée le « parsec » (pc). 1 parsec équivaut à 3,26 années-lumière.

• L'étoile la plus proche de notre planète, le Soleil, se trouve à 150 millions de kilomètres, donc à 1 unité astronomique. Mais l'étoile suivante, Proxima, se situe dans la constellation australe du Centaure, à 4,3 années-lumière. Pour l'atteindre, il faudrait donc se balader dans l'espace pendant 4,3 années en voyageant à la vitesse de la lumière. Nous aurions ainsi parcouru 43 000 milliards de kilomètres.

Pour tenter de formuler autrement les choses, on peut également dire que la lumière de Proxima met 4,3 années à nous parvenir. Une broutille au regard des 2,9 millions d'années-lumière qui nous séparent d'Andromède, la plus proche galaxie de notre Voie lactée. Autrement dit, l'image d'Andromède que nous observons aujourd'hui correspond à une réalité vieille de presque 3 millions d'années, l'époque où s'éteignaient sur notre planète les derniers Australopithèques.

Toutes ces évaluations doivent beaucoup à Olaüs Römer (1644-1710). L'astronome danois effectue la première évaluation de la vitesse de la lumière en 1675. Tandis qu'il étudie les quatre satellites galiléens de Jupiter, Römer constate que deux éclipses successives d'un satellite ne s'effectuent pas à intervalles de temps réguliers. Sur une longue période, il observe que ce phénomène se produit de façon cyclique, en fonction de la position de la Terre par rapport à Jupiter (les intervalles sont de plus en plus courts à mesure que la Terre se rapproche de Jupiter, et de plus en plus longs dès qu'elle s'en éloigne).

Pour expliquer ce décalage, Römer en conclut donc que la lumière met « un certain temps » pour se propager dans l'espace. Cette exceptionnelle découverte va créer une véritable révolution puisque les scientifiques de l'époque se fondaient jusqu'alors sur la notion de propagation instantanée de la lumière. Et, comme Römer connaît les orbites des corps célestes concernés (Terre, Jupiter et ses satellites), il tente un premier calcul. Résultat : 150 000 km/s. Très étonné par ce chiffre exorbitant, il se remet au travail et trouve cette fois 350 000 km/s ! Pas loin de la réalité en utilisant pourtant les modestes moyens de l'époque. On connaît aujourd'hui très précisément la vitesse de la lumière : 299 792,458 km/s.

• Petite synthèse de quelques distances pour mieux se situer dans l'Univers (voir *Le Pourquoi du comment 2*, p. 155).

– Diamètre de la Terre : 13 000 kilomètres.

– Terre-Lune : 384 000 kilomètres.

– Terre-Soleil : 150 millions de kilomètres (ce qui correspond par convention à 1 unité astronomique).

– Soleil-Pluton : 39,3 unités astronomiques (près de 6 milliards de kilomètres).

– Soleil-ceinture de Kuiper : environ 7 milliards de kilomètres. La ceinture de Kuiper est une sorte de réservoir de corps célestes étudiés depuis 1992. Ces « gros cailloux » de tailles diverses ont également été baptisés « objets transneptuniens ».

– Terre-nuage d'Oort : 100 000 unités astronomiques, environ 15 000 milliards de kilomètres, soit un peu plus de 1 année-lumière.

– Terre-Proxima : 4,3 années-lumière. L'année-lumière équivaut à 10 000 milliards de kilomètres (l'étoile Proxima, la plus proche de notre planète, se trouve donc à 43 000 milliards de kilomètres). Le parsec vaut 3,26 années-lumière (soit plus de 30 000 milliards de kilomètres).

– Soleil-centre de notre Galaxie : 30 000 années-lumière.

– Diamètre du disque de notre Galaxie : 100 000 années-lumière.

– Diamètre du bulbe central de notre Galaxie : 15 000 années-lumière.

– Épaisseur de la périphérie du disque de notre Galaxie : environ 1 000 années-lumière.

– Notre Galaxie-nuages de Magellan : entre 160 000 et 200 000 années-lumière.

– Notre Galaxie-Andromède : 2,9 millions d'années-lumière.

– Étendue du Groupe local : 10 millions d'années-lumière, soit environ 3 millions de parsecs.

– Notre Galaxie-amas de la Vierge : 33 millions d'années-lumière (environ 10 millions de parsecs).

– Confins de l'Univers observable : 10 à 15 milliards d'années-lumière.

Qu'est-ce qu'une planète extrasolaire ?

■ *Une planète extrasolaire porte aussi le nom d'« exoplanète ». Il s'agit d'une planète qui gravite autour d'une étoile comme le font les planètes du système solaire autour du Soleil.*

■ *Les premières exoplanètes de notre Galaxie ont été découvertes en 1995 à une quarantaine d'années-lumière.*

■ *Au cours de l'été 2004, des astronomes ont identifié trois planètes extrasolaires « légères ». Leurs masses oscillent entre quatorze et vingt fois celle de la Terre. Il s'agit donc cette fois d'exoplanètes telluriques.*

■ *En avril 2007, une autre planète de type terrestre a été découverte à environ 20,5 années-lumière. Cette exoplanète orbite autour de la naine rouge Gliese 581. Cette planète extrasolaire de type terrestre « habitable » rassemble des conditions essentielles pour permettre une hypothétique présence d'eau liquide en surface. Deux autres planètes orbitent autour de Gliese 581.*

■ *Avec l'étoile Gliese 581 et ses trois planètes, nous sommes en présence d'un exosystème, autrement dit d'un autre système planétaire comparable au système solaire.*

● La première planète extérieure au système solaire a été découverte en 1995 par deux astrophysiciens suisses de l'observatoire de Genève, Michel Mayor et Didier Queloz. Comme toute planète qui se respecte, cet astre orbite autour d'une étoile (51 Pégase b) qui se situe à une quarantaine d'années-lumière de la Terre. Mayor et Queloz avaient sélectionné 150 étoiles relativement brillantes pour travailler à partir du télescope de Haute-Provence (193 centimètres de diamètre). Et ils ont découvert une masse gazeuse qui faisait le tour de son étoile en quatre jours (par comparaison, Jupiter accomplit sa révolution autour du Soleil en onze ans). Depuis cette date, les astronomes du monde entier ont déjà identifié plus de 200 planètes gravitant dans notre Galaxie autour d'une étoile. Ces objets portent le nom d'« exoplanètes » ou encore de « planètes extrasolaires ».

● Jusqu'à l'été 2004, toutes les exoplanètes repérées autour d'étoiles de notre Galaxie ressemblaient aux planètes géantes gazeuses de notre système solaire, à savoir Jupiter, Saturne, Uranus et Neptune. La plupart de ces astres, qui accusent une masse considérable (plusieurs centaines de fois celle de la Terre), ressemble donc davantage à Jupiter (318 fois la masse de la Terre). Certaines de ces planètes affichent même une masse dix fois supérieure à celle de Jupiter. Dans ces cas extrêmes, il s'agit très certainement de naines brunes, autrement dit d'étoiles ratées. Mais au cours de l'été 2004, des astronomes ont identifié trois planètes extrasolaires « légères ». Leurs masses oscillent entre quatorze et vingt fois celle de la Terre et elles possèdent une croûte solide. Nous sommes donc cette fois en présence d'exoplanètes telluriques.

La première planète extrasolaire tellurique a été repérée par une équipe européenne depuis le télescope de l'European Southern Observatory (ESO), à La Silla (Chili). Elle se situe à 50 années-lumière et gravite autour de l'étoile Mu (constellation de l'Autel). Cette étoile de type solaire abrite aussi une planète géante gazeuse comparable à Jupiter. Quatorze fois plus massive que la Terre, cette exoplanète semble constituée d'un corps rocheux et elle possède une fine atmosphère.

Identifiée par une équipe de l'université du Texas, la seconde planète extrasolaire tellurique orbite autour de l'étoile 55 du Cancer. Dix-huit fois plus massive que la Terre (pour un diamètre double) et composée de roche et de glace (ou de roche et de fer), elle tourne autour de son étoile en 2,8 jours terrestres. Et elle n'est distante de son étoile que de 6 millions de kilomètres. Le plus remarquable tient au fait que 55 du Cancer possède déjà trois autres planètes de type géantes gazeuses. En conséquence, nous sommes bel et bien là en présence d'un système structuré comparable à notre système solaire. Ce premier exosystème jamais découvert possède donc au moins quatre planètes (une tellurique et trois gazeuses).

Enfin, la paternité de la troisième exoplanète repérée pendant l'été 2004 revient à l'université de Californie. Elle a identifié l'objet autour de l'étoile Gliese 436 (constellation du Lion). Cette planète avoisine une vingtaine de masses terrestres et elle effectue une révolution autour de son étoile en même temps qu'une rotation sur elle-même. En d'autres termes, à l'instar de la Lune par rapport à la Terre, elle présente toujours la même face à son étoile.

• En avril 2007, une planète de type terrestre a été découverte à environ 20,5 années-lumière. Cette exoplanète orbite autour de la naine rouge Gliese 581 (constellation de la Balance). Il s'agit là d'une planète tellurique « légère » (cinq fois la masse de la Terre pour un rayon légèrement supérieur). Baptisée Gliese 581c, cette exoplanète se situe à seulement 11 millions de kilomètres de son étoile. Elle tourne autour de Gliese 581 en treize jours et la température en surface oscille entre 0 °C et 40 °C. Autant dire que les astrophysiciens ont mis à jour une sorte de « super-Terre ». Ainsi, cette planète extrasolaire de type terrestre « habitable » rassemble des conditions essentielles pour permettre une hypothétique présence d'eau liquide en surface. Aussi Gliese 581c sera-t-elle la cible privilégiée des prochaines missions d'exploration orientées vers la recherche d'une éventuelle vie extraterrestre.

La même équipe (trois laboratoires associés au CNRS, Observatoire de Genève et Centre d'astronomie de Lisbonne) avait déjà repéré en 2005 une autre planète orbitant elle aussi autour de Gliese 581 en 5,4 jours. Mais elle possède une masse de quinze Terre, ce qui la rend comparable à Neptune. Parallèlement à la découverte de cette fameuse exoplanète terrestre, les astrophysiciens ont également découvert une troisième planète orbitant autour de l'étoile Gliese 581 en quatre-vingt-quatre jours. Cette autre planète extrasolaire possède une masse huit fois supérieure à celle de la Terre.

Avec l'étoile Gliese 581 et ses trois planètes, nous sommes en présence d'un exosystème, autrement dit d'un autre système planétaire comparable au système solaire.

Gliese 581 appartient à la catégorie des naines rouges (voir aussi « Comment classe-t-on les étoiles ? »). Elle figure parmi la centaine d'étoiles qui se situent (en distance) le plus près du système solaire. La masse de Gliese 581 ne dépasse pas un tiers de masse solaire. Parmi cette centaine d'étoiles, quatre-vingts appartiennent à la classe des naines rouges, qui reste une cible de choix pour la détection de planètes extrasolaires.

● Ces planètes extrasolaires (telluriques ou gazeuses) ont été identifiées de manière indirecte. C'est-à-dire en observant la perturbation engendrée chez l'étoile qu'elles contournent. La méthode la plus utilisée consiste à étudier le mouvement de l'étoile supposée abriter une exoplanète. Une oscillation périodique du mouvement peut indiquer qu'un corps orbite autour de l'étoile. Plus ce corps est massif et proche, plus il perturbe le mouvement de l'étoile. Une première technique consiste à examiner les variations dans le spectre de la lumière émise par l'étoile. La mesure de ces variations permet de calculer le mouvement de l'étoile et d'en déduire une hypothétique présence de planète. Mais une autre technique s'appuie, par exemple, sur le fait que le passage d'une planète entre une étoile et la Terre modifie la lumière qui nous parvient. S'ensuivent là encore observations, mesures et calculs complexes pour traquer l'éventuelle planète. Soulignons toutefois que la première image infrarouge directe de deux exoplanètes déjà connues a été captée par le télescope spatial Spitzer en mars 2005. Il s'agit de planètes situées à 500 et à 150 années-lumière.

L'exploration de ces nouveaux mondes va se multiplier dans la décennie qui vient, grâce aux multiples données que fourniront des satellites munis notamment de télescopes comme Corot (CNES) et Kepler (NASA). Dans le lot, il y aura très probablement une multitude d'exoplanètes telluriques « légères ». D'ailleurs, des chercheurs britanniques précisaient dès 2002, lors du Congrès national des astronomes, à Bristol, que notre seule Galaxie « devait contenir au moins 1 milliard d'autres Terres ». Cette simulation s'appuie sur le fait que notre Galaxie contient au bas mot une centaine de milliards d'étoiles. Mais quand on sait que l'Univers abrite une centaine de milliards de galaxies (dont certaines contiennent probablement plusieurs centaines de milliards d'étoiles), cela laisse un exceptionnel champ d'investigation aux futures générations d'explorateurs d'exosystèmes.

Qu'appelle-t-on « temps de Planck » ?

■ *Le big-bang s'est produit il y a 15 à 12 milliards d'années.*

■ *Le temps de Planck correspond à 10^{-43} seconde après le big-bang.*

■ *Avant le seuil fatidique du temps de Planck, les lois connues de la physique ne s'appliquent pas.*

■ *Nos connaissances du cosmos butent toujours sur cette borne que constitue l'ère de Planck.*

● L'Univers naquit d'une exceptionnelle déflagration primordiale qui déclencha immédiatement une libération d'énergie et de matière gigantesques. À 10^{-43} seconde après le big-bang (temps de Planck), l'Univers possède un diamètre de 10^{-33} centimètre. Une nanoseconde équivaut à 1 milliardième de seconde, soit 10^{-9}, c'est-à-dire 1 seconde divisée par 1 milliard. De la même façon, 1 milliardième de centimètre s'écrit 10^{-9} centimètre.

Physicien allemand, Max Planck (1858-1947) fit notamment de remarquables recherches sur l'équilibre thermique du corps noir, ce corps idéal qui absorbe toutes les radiations qu'il reçoit.

– Avant le seuil fatidique du temps de Planck, dans un environnement de densité et de température extrêmes, les lois connues de la physique ne s'appliquent pas. Et nos connaissances actuelles butent toujours sur cette borne que constitue l'ère de Planck. L'histoire que savent décrire les cosmologistes débute après le temps de Planck.

Une période dite « d'inflation » s'achève à 10^{-32} seconde. L'Univers, sorte de soupe composée de quarks et anti-quarks (particules élémentaires), a déjà la taille d'une orange.

– Autour de la nanoseconde (10^{-9}), notre potage bouillonne dans les limites d'une sphère de près de 400 millions de kilomètres de diamètre. Et 1 millionième de seconde (10^{-6}) après le big-bang, l'Univers possède cette fois l'envergure de notre actuel système solaire (10 milliards de kilomètres de diamètre).

– Au passage symbolique de la seconde, protons et neutrons s'assemblent pour créer des noyaux atomiques stables. On trouve alors une large majorité de noyaux d'hydrogène, environ 20 % de noyaux d'hélium et des traces de lithium. La quasi-totalité de la matière de l'Univers se forme entre une seconde et trois minutes. À cette époque, les photons émis sont absorbés par les particules du milieu ambiant.

• Il faut attendre la barrière décisive des 300 000 années après le big-bang pour que les conditions de densité et de température permettent aux noyaux atomiques de capturer les électrons afin de donner naissance aux premiers atomes d'hydrogène et d'hélium. Progressivement, dans cette phase dite « de recombinaison » qui va s'échelonner jusqu'à 1 million d'années après le big-bang, le découplage entre les photons et la matière génère un milieu transparent. Autrement dit, dès lors, les photons peuvent traverser l'Univers sans obstacle.

S'ensuit un processus d'une extrême complexité que les scientifiques ont encore beaucoup de difficultés à pleinement comprendre. Pour simplifier, il semble que des fluctuations de température et de densité aient conduit à de multiples réactions débouchant sur la formation de la matière et sur la création des structures de l'Univers. De ce magma en effervescence vont surgir les étoiles, les supernovas et les trous noirs, mais aussi les galaxies, la Galaxie, le système solaire et ses planètes.

Récapitulatif chronologique de l'après-big-bang

– **15 à 12 milliards d'années** : big-bang.

– **10^{-43} seconde après le big-bang** : ère de Planck (voir plus haut).

– **10^{-32} seconde après le big-bang** : l'Univers a la taille d'une orange.

– **1 seconde à 3 minutes** : protons et neutrons s'assemblent. Apparition des premiers noyaux d'atomes d'hydrogène et d'hélium. La température chute à 1 million de degrés Celsius.

– **300 000 années après le big-bang** : premiers atomes. Découplage photons/matière (voir plus haut).

– **4,6 milliards d'années :** formation de la Terre.

– **Entre 4 et 2,5 milliards d'années :** premiers noyaux de croûte continentale.

– **Vers 3,8 milliards d'années :** premières traces de vie. Apparition des cellules procaryotes. Il s'agit d'organismes unicellulaires (formés d'une cellule unique) dépourvus d'un noyau figuré. Leur matériel génétique (chromosome unique) « flotte » librement dans le cytoplasme. Les procaryotes se reproduisent par le principe de la division asexuée (fission, bourgeonnement, fragmentation). Les organismes à structure procaryote se divisent en deux groupes : d'un côté, les archéobactéries ; de l'autre, les eubactéries.

Parmi les eubactéries figurent les cyanobactéries, des bactéries qui pratiquent la photosynthèse, c'est-à-dire qu'elles utilisent la lumière comme source première d'énergie (pour fabriquer des sucres) et dégagent de l'oxygène.

– **Vers 3 milliards d'années :** expansion considérable des stromatolithes (cyanobactéries) qui se développent dans des eaux peu profondes sur des centaines de kilomètres et sur des épaisseurs considérables. Elles jouent un rôle essentiel dans le développement de la vie en étant à l'origine de la production de l'oxygène qui caractérise l'atmosphère de notre planète.

– **Vers 1,5 milliard d'années :** apparition des eucaryotes, organismes qui possèdent un noyau cellulaire entouré par une membrane délimitant un matériel génétique organisé en chromosomes.

– **Vers 700 millions d'années** : algues et champignons commencent à se développer.

– **Vers 650 millions d'années** : les masses continentales de la planète sont agglutinées en une sorte de gigantesque île appelée Rodinia.

– **Vers 600 millions d'années** : Rodinia se fragmente en cinq à six masses qui se dispersent et partent à la dérive.

– **À partir de 560 millions d'années** : explosion de la vie dans les océans. Apparition des éponges, méduses, mollusques et crustacés. Les premiers arthropodes et annélides (invertébrés) existent déjà.

– **Vers 500 millions d'années** : les masses continentales amorcent un mouvement de convergence qui se terminera vers 250 millions d'années pour former, de nouveau, un seul mégacontinent appelé Pangée.

Apparition des premiers vertébrés, des poissons primitifs au squelette cartilagineux.

– **Vers 475 millions d'années** : poissons au squelette minéralisé.

– **Vers 410 millions d'années** : conquête du milieu terrestre. Premiers vertébrés. Premières mousses. Premiers végétaux (plantes dépourvues de racines et possédant des feuilles sans nervures conductrices de sève). Premiers insectes sans ailes.

– **Vers 360 millions d'années** : la vie envahit la Terre. Premiers tétrapodes (sorte d'intermédiaires entre la salamandre moderne et le poisson). Ils vivaient dans l'eau et n'en sortaient qu'occasionnellement. Forêts de fougères.

– **350 millions d'années** : libellules géantes.

– **338 millions d'années** : fossile du plus ancien tétrapode terrestre.

– **Entre 300 et 200 millions d'années** : reptiles (notamment reptiles mammaliens).

– **Vers 250 millions d'années** : la Pangée (ensemble des masses continentales actuelles) forme un seul et unique continent (voir *Le Pourquoi du comment 2*, p. 216).

– **Vers 200 millions d'années** : reptiles non mammaliens. Premiers mammifères et diptères (mouche, moustique). Premiers dinosaures géants.

La Pangée se disloque en deux sous-ensembles : au nord, la Laurasie (Amérique du Nord, Europe et Asie) ; au sud, le Gondwana (Amérique du Sud, Afrique, Australie et Antarctique).

– **Vers 130 millions d'années** : début de rupture entre l'Amérique du Sud et l'Afrique. Ouverture qui se confirme définitivement vers 100 millions d'années. Pendant cette même période qui correspond sensiblement au Crétacé (140-65 millions d'années), les plaques nord-américaine et eurasiatique vont s'écarter l'une de l'autre pour donner naissance à l'Atlantique nord. Cette dérive se poursuit de nos jours au rythme de quelques centimètres par an.

– **Vers 100 millions d'années** : plantes à fleurs et plantes à fruits se diversifient.

Une branche des dinosauriens va donner naissance aux oiseaux.

– **65 millions d'années (début de l'ère tertiaire)** : disparition des dinosaures (cause inconnue).

Diversification rapide des mammifères avec l'apparition des marsupiaux et des placentaires (mammifères se développant entièrement dans le corps de la mère en se nourrissant du placenta).

Australie, Amérique du Sud et Antarctique sont encore reliés entre eux.

– **Vers 58 millions d'années** : premiers primates.

– **Entre 50 et 40 millions d'années** : Amérique du Sud, Australie et Antarctique se séparent. Ces grands blocs continentaux vont continuer de « migrer » pendant une vingtaine de millions d'années pour parvenir à une configuration géographique proche de celle que nous connaissons. En Australie, les marsupiaux dominent les placentaires, tandis que l'évolution inverse se produit sur les autres continents.

– **35 millions d'années** : singes de l'Afrique septentrionale.

Égyptopithèque : premier fossile découvert (1966) en Égypte (région de Fayoum) daté de 29 millions d'années. Il possède les caractéristiques des singes « modernes », mais ne mesurait vraisemblablement que 25 centimètres. Denture de trente-deux dents.

– **25 millions d'années** : séparation de la lignée des gibbons. Ce qui en fait, génétiquement parlant, l'espèce la plus reculée.

– **17 millions d'années** : singes hominoïdes.

Proconsul (premier singe sans queue) : premier fossile découvert (1933) au Kenya daté autour de 16 millions d'années. Entre 1,15 et 1,40 mètre.

– **15 millions d'années** : la branche des orangs-outangs se sépare de celle des autres primates.

– **13 millions d'années** : *Pierolapithecus catalaunicus* (singe hominoïde) : premier fossile découvert en novembre 2004 en Espagne.

– **10 millions d'années** : la plaque indienne entre en collision avec la Chine, créant ainsi la chaîne de l'Himalaya.

– **Entre 9 et 8 millions d'années** : probable séparation des grands singes et de la lignée humaine.

– **7 millions d'années** : Toumaï, hominidé appartenant au rameau humain et non à celui des chimpanzés ou gorilles : fossile découvert au nord du Tchad en juillet 2001. Probable bipédie.

– **6 millions d'années** : Orrorin, surnommé *Millenium ancestor* : découvert en l'an 2000 au Kenya. Plus vieil ancêtre connu de l'humain... jusqu'à l'arrivée de Toumaï. Bipédie confirmée en 2004.

– **4,2 à 3,9 millions d'années** : *Australopithecus anamensis*, Kenya, Tanzanie. Bipède et arboricole.

– **4,1 à 2,9 millions d'années** : *Australopithecus afarensis*, Lucy, Afrique orientale. Bipédie quasi permanente.

– **3,5 à 3 millions d'années** : *Australopithecus bahrelghazali*, Abel : découvert en 1995 au Tchad.

– **Entre 2,6 et 2,3 millions d'années** : premiers outils de pierre taillée. Il s'agit de choppers : des galets anguleux à bord tranchant. Premières traces dans les actuelles Éthiopie et Tanzanie.

– **2,4 à 1,6 million d'années** : *Homo habilis*, Afrique orientale.

– **2 à 1 million d'années** : *Homo ergaster*, premier hominidé à consommer régulièrement de la viande.

– **1,7 million à 500 000 ans** : *Homo erectus*, premier hominidé à maîtriser le feu.

– **1,6 million à 300 000 ans** : avènement du biface en Afrique. La taille fine de la pierre sur deux faces opposées s'installe en Europe, en Inde et au Proche-Orient (500 000 ans).

– **400 000 ans** : maîtrise du feu, un moment fondamental dans l'histoire de l'humanité. Les premiers foyers vont entraîner le développement d'une vie sociale mieux structurée. Ainsi, l'*Homo erectus* s'éclaire pour entrer dans les cavernes, il se chauffe et résiste aux rigueurs de l'hiver, il s'aventure dans des zones plus fraîches des continents. Avec le feu, l'*Homo erectus* modifie radicalement la façon de s'alimenter puisqu'il peut désormais cuire sa nourriture.

– **200 000 à 40 000 ans** : outils élaborés dont la forme est réellement conçue : pointes, racloirs, grattoirs, burins.

– **120 000 à 30 000 ans** : homme de Neandertal. Plus petit en taille (environ 1,55 mètre) que son contemporain *Homo sapiens* qui n'est ni son ancêtre ni son descendant, puisqu'il s'agit de deux espèces bien distinctes. L'homme de Neandertal mange essentiellement de la viande et inhume ses morts (début des rituels superstitieux et religieux).

Entre 40 000 et 20 000 ans, très fortes disparités de températures (plusieurs degrés sur une seule décennie) qui entraînent de profondes modifications dans la faune et flore et influencent forcément les populations d'hominidés de l'époque. Les Néandertaliens se déplacent vers le sud de l'Europe. Mais il semble, d'une part, que l'*Homo sapiens* résiste mieux aux variations des conditions climatiques ; d'autre part, que sa supériorité « culturelle » (adaptation à l'environnement) lui permette alors de survivre. Ce que ne parvient pas à réaliser la branche des Néandertaliens qui va donc disparaître.

En l'état actuel de nos connaissances, certains affirment que Néandertalien et *Homo sapiens* sont bel et bien des espèces distinctes. D'autres penchent pour la nuance de deux sous-espèces.

– **120 000 à aujourd'hui** : *Homo sapiens*. L'homme de Cro-Magnon est un représentant de la branche des *Homo sapiens*. Daté de 35 000 ans, le premier fossile fut découvert en 1868 aux Eyzies (Dordogne). Il mesurait entre 1,70 mètre et 2 mètres, fabriquait des outils (notamment des armes de jet) et développa une importante production artistique.

– **Vers 100 000 à 12 000 ans** : *Homo floresiensis* ou « homme de Flores » (taille : environ 1 mètre, donc beaucoup plus petit que les autres hominidés de l'époque). Premier fossile découvert en septembre 2003 dans une caverne de l'île de Flores (est de Java, Indonésie). Nombreux outils retrouvés sur le site. Descendant de l'*Homo erectus*. Destruction définitive de cette population insulaire à la suite d'une probable éruption volcanique. Sa capacité crânienne (plus proche de celle du chimpanzé que de celle de l'*Homo sapiens*) alimente la controverse. Pour certains spécialistes, l'homme de Flores serait un *Homo sapiens* souffrant de microcéphalie (cerveau trop petit pour être normal). Il ne s'agirait donc pas d'une nouvelle espèce.

– **100 000 ans :** premières sépultures : Qafzeh et Skhül (aujourd'hui en Israël) et Qena (Égypte). Les personnes inhumées sont des *Homo sapiens*. En France, la plus ancienne sépulture se situe sur le site de La Ferrassie, en Dordogne (40 000 ans). Mais il s'agit ici de Néandertaliens. Une autre tombe de Néandertaliens a été découverte à Shanidar, Kurdistan irakien (50 000 ans).

– **40 000 ans :** premiers témoignages de communication artistique (figurines et objets gravés en pierre, corne, os ou ivoire).

– **35 000 à 5 000 ans :** larges avancées dans la fabrication des outils. Utilisation de l'os pour fabriquer des pièces de plus en plus précises : couteaux, perçoirs, aiguilles, harpons, hameçons.

– **Vers 30 000 ans :** art pariétal (gravures et peintures réalisées sur des surfaces rocheuses, dans des grottes à l'abri de la lumière) : Tanzanie et grotte Chauvet. Mais il existe aussi un art pariétal mobilier réalisé sur des surfaces organiques ou minérales : plaquettes peintes retrouvées en Namibie (30 000 ans). Seules les œuvres réalisées sur des supports durables ont pu être conservées. Les experts estiment que les premières créations artistiques remontent probablement à 50 000 ans.

• Grotte Chauvet, découverte en 1994 (sud de l'Ardèche), peintures et gravures paléolithiques d'il y a 32 000 ans.

• Grotte marine de Cosquer (cap Morgiou, dans les calanques de Marseille) découverte en 1991 : entre 27 000 et 19 000 ans.

• Fresques de Lascaux (Dordogne) : 17 000 ans.

– **Vers 7500 avant J.-C.** : Jéricho, dans la vallée du Jourdain à proximité de la mer Morte, un village primitif succède à des campements semi-nomades. Déjà au Proche-Orient, dès 10000 avant J.-C., les vestiges d'un « habitat fixe » (ancêtre des maisons) témoignent d'un début de sédentarisation de groupes de chasseurs-cueilleurs. L'esquisse de « villages », entourés de camps temporaires, apparaît vers 8000 avant J.-C.

– **Vers 7000 avant J.-C.** : céramique.

– **6500 à 3900 avant J.-C.** : néolithique : les premières traces du néolithique se trouvent au Moyen-Orient, dans une zone appelée le « croissant fertile » (actuels Israël, Cisjordanie et Liban). Le passage du paléolithique au néolithique se déroule sous la forme d'une lente évolution. L'humain accède à une économie productive. Il abandonne la tradition nomade de prédateur (chasse, pêche et cueillette) et adopte un mode de vie sédentaire fondé sur le développement de l'agriculture, de l'élevage et de la domestication d'animaux (chèvre, mouton, porc et bœuf). Développement de la pierre polie et de la céramique (cuisson et conservation des aliments dans des récipients).

• Métaux : vers 5000 (cuivre), vers 3500 (bronze), vers 1500 (fer).

• Invention de la roue (Mésopotamie) et de la voile (Égypte) : vers 3500.

• Découverte de l'écriture cunéiforme à Sumer : vers 3300 avant J.-C. La préhistoire s'achève avec l'avènement de l'écriture. La protohistoire succède alors à la préhistoire.

– **Vers 3500 avant J.-C.** : début de l'âge du bronze, période de la protohistoire qui correspond à l'invention de la métallurgie, notamment du bronze (alliage de cuivre et d'étain). Fabrication d'armes, d'outils, de bijoux et d'objets divers. L'âge du bronze succède au néolithique et précède l'âge du fer.

– **3500 avant J.-C.** : l'agriculture s'est développée sur tout le continent européen.

Premiers monuments mégalithiques.

– **Vers 3000 avant J.-C.** : dessèchement du Sahara. Ce phénomène a débuté trois millénaires plus tôt.

Les villages s'installent sur les hauteurs et se fortifient.

– **2920-2770 avant J.-C.** : première dynastie de l'Égypte des pharaons.

– **Vers 2500 avant J.-C.** : développement d'une civilisation prospère le long de la vallée de l'Indus, fleuve des actuels Inde et Pakistan. Construction de grandes villes (jusqu'à 40 000 habitants) sur ses terres fertiles. L'écriture des peuples de la vallée de l'Indus n'a pas été déchiffrée. Cette civilisation s'éteint vers 1500 avant J.-C.

– **Vers 1000 avant J.-C.** : début de l'âge du fer, période de la protohistoire marquée par l'utilisation du fer pour la fabrication d'armes, d'outils et d'objets divers. L'expression s'applique aux cultures européennes qui ont succédé à celles de l'âge du bronze. Le fer fut d'abord utilisé en Asie Mineure. Il se répand ensuite en Europe avec la période de Hallstatt (1000 à 500 avant J.-C.), puis avec celle de La Tène (entre 500 et 50 avant J.-C.).

– **814 avant J.-C.** : les Phéniciens fondent Carthage (Afrique). Entre 1200 et 700 avant J.-C., les Phéniciens deviennent les maîtres incontestés de la Méditerranée. Ces descendants du territoire de Canaan (zone aujourd'hui couverte par Israël, le Liban, une partie de la Syrie et de la Jordanie) s'installent au sud de l'Espagne, au nord de l'Afrique, en Sicile, Sardaigne, Corse.

– **Vers 800 avant J.-C.** : cette date marque généralement les débuts de l'histoire (et de l'Antiquité) qui succède donc à la protohistoire.

Naissance d'une brillante culture en Grèce.

– **Vers 750 avant J.-C.** : la culture celte se développe autour de Hallstatt (actuelle Autriche). La seconde période, dite « de La Tène » (nom du site archéologique découvert au XIXe siècle sur la rive orientale du lac de Neuchâtel, en Suisse), débute en 500 avant J.-C. La culture celte s'éteint avec la conquête de la Gaule par Jules César, en 51 avant J.-C.

Naissance légendaire de Rome en 753 avant J.-C.

– **Vers 600 avant J.-C.** : l'empire assyrien s'étend du golfe Persique (embouchures du Tigre et de l'Euphrate) à l'Égypte. Mais Nabuchodonosor II (605-562 avant J.-C.) redonne vigueur et éclat à la civilisation babylonienne. Des armées de Babyloniens et de Mèdes vont anéantir l'empire assyrien.

– **539 avant J.-C.** : les Perses s'emparent du puissant empire babylonien et contrôlent pendant deux siècles un territoire qui s'étend de l'Égypte aux portes de l'Inde (vallée du fleuve Indus).

– **510 avant J.-C.** : naissance de la République romaine. Le monde hellénistique recule vers l'est à mesure que les armées romaines s'imposent au sud de l'Italie et en Sicile (275 avant J.-C.), puis au sud de la Grèce elle-même (146 avant J.-C.).

Le 2 septembre 31 avant J.-C., l'Égypte est le dernier royaume hellénistique à tomber entre les mains des Romains au cours de la célèbre bataille d'Actium (pointe sud du golfe d'Ambrace, au nord-ouest de la Grèce). La bataille oppose la flotte romaine d'Octave (futur empereur de Rome sous le nom d'Auguste Ier) et la flotte commandée par Marc Antoine et Cléopâtre.

– **Vers 500 avant J.-C.** : civilisation et culture grecques se développent en Méditerranée. Athènes devient la plus puissante « cité-État » du pays. Naissance de la démocratie à Athènes (508 avant J.-C.). À cette époque, la Grèce possède la flotte la plus puissante du monde antique. À sa mort, Alexandre le Grand (356-323 avant J.-C.) laisse un empire qui englobe la Grèce, l'Égypte, l'Asie Mineure et s'étend jusqu'aux portes de l'Inde (vallée du fleuve Indus).

– **221 avant J.-C.** : tentative d'unification de la Chine par Zheng qui prend le titre de « premier empereur souverain de Qin » (ou Ch'in, d'où le mot « Chine »). En 214 avant J.-C., une immense armée de milliers de paysans entreprend la construction de la Grande Muraille de Chine (3 460 kilomètres de long). L'empire s'effondre en 210 avant J.-C.

– **27 avant J.-C.** : fondation de l'Empire romain par Auguste Ier. À son apogée, sous Trajan (98-117), l'Empire romain occupe tout le pourtour de la Méditerranée et de la mer Noire, et s'étend au nord jusqu'au mur d'Hadrien (actuelle Angleterre). Mur en pierre d'une épaisseur de 3 mètres et d'une hauteur de 3 à 5 mètres, le mur d'Hadrien fut construit entre 122 et 126 après J.-C. Il s'étendait sur 118 kilomètres de long entre le golfe de Solway et l'embouchure de la Tyne. Il était destiné à protéger la frontière nord de l'Empire romain.

– **395** : partage définitif de l'Empire romain en deux : d'un côté l'empire d'Occident, de l'autre l'empire d'Orient. Une première tentative de partage avait eu lieu en 284 avec Dioclétien (284-305).

– **410** : les Wisigoths entrent dans Rome.

– **476** : chute de l'empire romain d'Occident.

Cette date marque la fin de l'Antiquité et les débuts du Moyen Âge. Cette période se termine traditionnellement en 1492 avec la découverte de l'Amérique.

Qui fut le premier humain
à voyager dans l'espace ?

■ *Le 12 avril 1961, le Russe Yuri Gagarine fut le premier humain à voyager dans l'espace à bord de* Vostok 1.

■ *Le 3 novembre 1957, l'Union soviétique avait envoyé pour la première fois un être vivant dans l'espace, la célèbre chienne Laïka, à bord de* Spoutnik 2.

● Le 12 avril 1961, Yuri Alekseïevitch Gagarine (1934-1968) marque l'histoire de la conquête spatiale en réalisant une révolution complète autour de la Terre à bord de la capsule *Vostok 1*. Il fut ainsi le premier humain à voyager dans l'espace. Après de modestes études techniques, Yuri Gagarine entre à l'école de pilotage d'Orenbourg en 1955. Il obtient ses palmes de pilote de chasse à bord d'un MiG-15 puis rejoint la base aérienne de Luostari, non loin de la frontière norvégienne.

En 1960, Yuri Gagarine est choisi avec dix-neuf autres cosmonautes. Tous suivent un long processus de sélection composé de multiples expériences visant notamment à tester leur endurance physique et psychologique. Le choix se porte finalement sur Yuri Gagarine et Guerman Titov. Leur petite taille (Gagarine mesurait 1,68 mètre) joua aussi un rôle non négligeable dans la mesure où *Vostok 1* disposait d'un habitacle réduit.

Le 12 avril 1961, Gagarine décolle de Baïkonour (Kazakhstan) à 9 h 07 (6 h 07 GMT). À une moyenne de 250 kilomètres d'altitude, il effectue une révolution autour de la Terre qui dure 1 heure 48 minutes. Gagarine se pose vers 8 h 50 près de Saratov (ville sur la Volga à 700 kilomètres au sud-est de Moscou). Yuri Gagarine s'éjecta de sa capsule et effectua le reste de sa descente en parachute.

Après son vol, Gagarine devient directeur de l'entraînement à la Cité des étoiles. Il meurt accidentellement le 27 mars 1968 au cours d'une mission de routine à bord d'un MiG-15.

• Pour sa part, le 3 novembre 1957, la chienne Laïka fut le premier être vivant à voyager dans l'espace à bord de l'engin spatial *Spoutnik 2*, un mois après le lancement du premier satellite artificiel, *Spoutnik 1*. Premier secrétaire du Parti communiste de l'Union soviétique de mars 1953 à octobre 1964, puis président du Conseil des ministres à partir de 1958, Nikita Khrouchtchev voulait rapidement confirmer aux yeux du monde et des Américains la suprématie soviétique dans la course à la conquête de l'espace. Aussi *Spoutnik 2* fut-il construit dans la précipitation, en quatre semaines.

Laïka fut installée dans le satellite le 31 octobre 1957, trois jours avant le début de la mission. Souffrant de stress et d'une surchauffe de son minuscule habitacle, Laïka mourut environ sept heures après le lancement. Jusqu'en 2002, les autorités soviétiques d'alors prétendaient que la chienne avait été sciemment empoisonnée par de la nourriture embarquée à cet effet, et ce afin d'éviter toute souffrance inutile à l'animal. En 1999, plusieurs responsables russes affirmaient encore que Laïka était morte au bout de quatre jours. Il fallut attendre 2002 pour que Dimitri Malachenkov, l'un des scientifiques de la mission, révèle officiellement au World Space Congress, à Houston (Texas), que Laïka mourut cinq à sept heures après le lancement.

Spoutnik 2 se consuma (avec la dépouille de Laïka) le 14 avril 1958 en rentrant dans l'atmosphère terrestre. En cinq mois, la capsule spatiale effectua 2 570 rotations autour de la Terre. En prouvant qu'un être vivant pouvait survivre à un vol en orbite autour de la Terre et subir les effets de l'apesanteur, la chienne Laïka et la mission de *Spoutnik 2* contribuèrent à préparer les projets d'un envol spatial humain.

● À l'époque, la guerre froide fait rage et bien peu de journalistes s'intéressent au sort de la pauvre Laïka. La concurrence entre Soviétiques et Américains pour la conquête spatiale éclipse à l'évidence la maltraitance dont la chienne fut manifestement victime. D'ailleurs, une éventuelle récupération de l'animal n'avait même jamais été envisagée par les responsables de la mission. Dès le départ, Laïka était condamnée à mourir dans l'espace.

À l'époque, plusieurs associations internationales luttant pour la protection des animaux protestèrent vigoureusement contre le sort réservé à Laïka. Quelques manifestations furent même organisées devant les ambassades soviétiques. En 1998, Oleg Gazenko, l'un des scientifiques de la mission, regretta la mort de Laïka : « Nous n'aurions pas dû le faire. Nous n'avons pas appris suffisamment de cette mission pour justifier la mort de cette chienne. »

Comment classe-t-on les planètes du système solaire ?

■ *Le système solaire intègre l'ensemble des corps célestes qui gravitent autour du Soleil (celui-ci appartient à la catégorie des étoiles). Notre Galaxie possède au bas mot une centaine de milliards d'étoiles. L'Univers abrite une centaine de milliards de galaxies, dont certaines contiennent plusieurs centaines de milliards d'étoiles.*

■ *Le système solaire a vu le jour il y a 10 milliards d'années. Il s'agit à l'époque d'une minuscule partie d'un monstrueux nuage d'hydrogène et d'hélium issu du big-bang (15 milliards d'années).*

■ *Vers 4,6 milliards d'années, le nuage en question s'effondre sur lui-même sous l'effet de sa propre gravité. Il se fractionne en une kyrielle de plus petits nuages dont l'un deviendra le système solaire.*

■ *Ce nouveau « petit » nuage va se contracter tout en augmentant de façon considérable sa vitesse de rotation. Une concentration de matière se retrouve alors au centre du système. Nous sommes là en présence d'une proto-étoile (étoile en formation) entourée d'un disque protoplanétaire.*

■ *À l'issue d'un phénomène relativement complexe, la proto-étoile et le disque (précédemment liés) vont se dissocier. La proto-étoile vit alors sa propre destinée. Elle se concentre, sa température augmente et la matière en fusion (réactions nucléaires) donne naissance au Soleil.*

■ *De son côté, le disque primitif poursuit sa propre mutation : les atomes s'agrègent et forment des poussières qui elles-mêmes s'agglomèrent pour constituer de petits corps. Et dans les gigantesques turbulences du disque, le phénomène d'accrétion (processus d'agglomération) va mener à la formation de planètes. Ce lent cheminement se termine vers 4,4 milliards d'années.*

● Une nouvelle classification des corps célestes qui composent le système solaire a été proposée le 24 août 2006, à Prague, lors de la XXVIᵉ assemblée générale de l'Union astronomique internationale (UAI). Après moult discussions passionnantes, l'UAI a finalement décidé d'établir de nouvelles règles destinées à mieux répertorier les composants du système solaire.

Il existe désormais trois catégories distinctes qui répondent aux définitions suivantes.

1) Une planète est un corps céleste qui :

– orbite autour du Soleil ;

– possède une masse suffisante pour que sa gravité l'emporte sur les forces de cohésion du corps solide et le maintienne en équilibre

367

hydrostatique sous une forme sphérique (ou presque sphérique) ;

– a éliminé tout corps susceptible de se déplacer au voisinage de son orbite.

En appliquant cette définition, le système solaire se compose désormais de huit planètes : Mercure, Vénus, Terre, Mars, Jupiter, Saturne, Uranus et Neptune.

2) Une planète naine est un corps céleste qui :

– orbite autour du Soleil ;

– possède une masse suffisante pour que sa gravité l'emporte sur les forces de cohésion du corps solide et le maintienne en équilibre hydrostatique sous une forme sphérique (ou presque sphérique) ;

– n'a pas éliminé tout corps susceptible de se déplacer au voisinage de son orbite ;

– n'est pas un satellite.

3) Tous les autres objets qui orbitent autour du Soleil, à l'exception des satellites (qui conservent évidemment leur classification), sont appelés « petits corps du système solaire ».

En 2007, l'Union astronomique internationale reconnaissait les planètes naines suivantes : Pluton, Cérès et Éris. À l'évidence, d'autres objets célestes viendront rapidement allonger cette première liste. Pluton est notre ancienne neuvième planète rétrogradée au rang de naine. Cérès est un gros astéroïde (diamètre d'environ 1 000 kilomètres) découvert en 1801. Il orbite dans la ceinture d'astéroïdes située entre Mars et Jupiter (entre 300 et 525 millions de kilomètres du Soleil). Pour sa part, Éris évolue dans la ceinture de Kuiper, un vaste réservoir de corps célestes qui se situe au-delà de Pluton, c'est-à-dire à partir d'une distance de plus de 7 milliards de kilomètres du Soleil. Repérée en juillet 2005 à partir des observations effectuées en octobre 2003 par l'observatoire du mont Palomar (Californie), Éris (d'abord référencée UB313, puis surnommée Xena) dispose d'un diamètre de 2 800 kilomètres (comparable à celui de Pluton) et elle possède une orbite inclinée de 45 degrés par rapport aux autres planètes. Xena fait le tour du Soleil en 560 années terrestres (elle se situe à une vingtaine de milliards de kilomètres).

Nous sommes donc bel et bien là dans le secteur des objets transneptuniens qui appartiennent à la ceinture de Kuiper. D'ailleurs, bon nombre d'astronomes pensaient depuis longtemps que Pluton ne méritait pas son rang de planète « à part entière », sauf à inclure aussi dans la liste des « vraies » planètes tous les corps célestes que les astrophysiciens découvrent régulièrement grâce aux prodigieuses avancées de la technologie (informatique, télécommunications, optique) et à la qualité des engins d'observation (télescopes, satellites).

Par exemple, en 2002, la ceinture de Kuiper avait révélé trois autres corps célestes : Quaoar (1 300 kilomètres de diamètre), Ixion et Varuna (autour de 900 kilomètres de diamètre). Reste aussi le cas de Sedna. Localisée en novembre 2003 par les chercheurs du California Institute of Technology, Sedna se situe aux alentours des 18 milliards de kilomètres et elle mesure entre 1 300 et 2 300 kilomètres de diamètre. Mais il y a aussi des objets comme 2005 FY9 (surnommée Easter Bunny), ou encore 2003 EL61 (surnommée Santa). Certes, tous ces corps affichent des diamètres inférieurs à Éris, mais ils peuvent eux aussi prétendre entrer dans la catégorie des planètes naines. Par ailleurs, dans la mesure où l'astéroïde Cérès a d'emblée été promu planète naine, il conviendrait de se poser la question pour d'autres astéroïdes appartenant à la ceinture principale et sensiblement sphériques. Par exemple Vesta, Pallas et Hygie. Ne doutons pas que de belles empoignades vont encore secouer l'Union astronomique internationale puisque certains astronomes pensent qu'une quarantaine d'objets pourraient légitimement rejoindre la liste des planètes naines.

Reste aussi la passionnante ambiguïté de Charon, un énorme satellite de Pluton. Dans la mesure où l'UAI exclut les satellites de la définition des planètes naines, aucun problème ne devrait *a priori* se poser. Seulement voilà : Pluton et Charon font figure de « planète double ». En effet, Charon (découvert en 1978) se situe très près de Pluton, à seulement 19 600 kilomètres. De plus, la planète naine est à peine plus grosse (2 300 kilomètres de diamètre) que son satellite (1 200 kilomètres). Et, surtout, ce couple présente une exceptionnelle propriété physique : les deux corps possèdent une période de rotation identique et égale à la période d'orbite mutuelle (environ 6 jours terrestres). Les deux objets célestes se présentent donc toujours la même face et chacun apparaît fixe dans le ciel de l'autre. Nous sommes là en présence d'un système binaire au destin lié et non pas face à un système satellitaire classique. En d'autres termes, Charon ne serait plus un satellite ordinaire de Pluton, mais une espèce de « planète adjointe » de Pluton. En conséquence, si Charon perdait son rang de satellite, il gagnerait probablement ses galons de planète naine. À moins que l'UAI définisse alors le couple Pluton-Charon comme un système de planètes naines doubles.

Quoi qu'il en soit de toutes ces exceptions, cette nouvelle classification a le grand mérite d'enfin exister, même si elle ne permet pas de toujours distinguer les planètes naines de certains petits corps du système solaire. Car, si la plupart des astéroïdes, comètes et objets transneptuniens appartiennent sans ambiguïté à la catégorie de ces petits corps du système solaire, les exemples de Quaoar ou de Sedna (voire de Varuna ou Ixion) expriment clairement toutes les difficultés qui apparaissent dans la mise en œuvre de règles visant à répertorier avec précision tous les astres du système solaire. Mais la sonde *New Horizons*, qui arrivera dans la banlieue de Pluton en 2015, apportera vraisemblablement de précieuses informations aux astrophysiciens. Ils pourront alors affiner les connaissances de cet encore mystérieux espace transneptunien. Car, au-delà de la terminologie et des classifications, l'intérêt scientifique demeure intact. En effet, on ne sait quasiment rien de l'atmosphère changeante de Pluton ni de son histoire géologique ou climatologique.

• Le système solaire se compose donc désormais de huit planètes et de leurs satellites, de planètes

naines, d'astéroïdes, de comètes et de corps vaga-
bonds qui gravitent au-delà de la ceinture de Kuiper.

Les recherches de l'astronome polonais Nicolas
Copernic (1473-1543) sont à l'origine de la révolution
scientifique du XVIIᵉ siècle. L'Allemand Johannes
Kepler (1571-1630) et l'Italien Galilée (1564-1642)
apportent les preuves qui manquent alors à la théorie de Copernic qui remettait en cause le principe de
Claude Ptolémée (90-168). Ce dernier plaçait la
Terre au centre de l'Univers (les astres décrivant un
mouvement orbital autour d'elle). Avec Copernic,
puis Galilée (le premier à utiliser une lunette astronomique), on passe de ce géocentrisme à l'héliocen-
trisme. À savoir : les planètes tournent sur elles-
mêmes et autour du Soleil.

Longtemps combattue par l'Église et ses théolo-
giens, cette théorie sera à l'origine de l'exceptionnel
essor des recherches dans le domaine de l'astronomie planétaire. Notamment grâce aux fabuleux
développements de l'observation facilitée par l'ins-
trumentation électronique terrestre et spatiale (télé-
scopes, satellites et sondes).

En partant du Soleil, les huit planètes du système
solaire s'appellent : Mercure, Vénus, Terre, Mars,
Jupiter, Saturne, Uranus et Neptune. Elles se répar-
tissent en deux groupes bien distincts : d'une part,
les quatre planètes rocheuses internes, dites aussi
« terrestres » ou « telluriques » (Mercure, Vénus,
Terre et Mars) ; d'autre part, les quatre planètes
externes, dites « géantes » ou « gazeuses ».

L'ensemble de ces planètes (vues de leur pôle
Nord) gravitent autour de l'étoile solaire dans le

sens de la rotation du Soleil sur lui-même, c'est-à-dire dans le sens inverse des aiguilles d'une montre. Chaque planète progressant sur son orbite elliptique à des vitesses différentes. Toutes les orbites sont d'ailleurs à peu près dans le même plan (le plan de l'écliptique), sauf celle de la planète naine Pluton qui est inclinée de 17 degrés (par rapport au plan de l'écliptique). Enfin, les planètes tournent sur elles-mêmes dans le sens direct, c'est-à-dire, là encore, dans le sens inverse des aiguilles d'une montre (donc dans le sens de la gravitation autour du Soleil). Il y a toutefois deux exceptions : Vénus et Uranus, qui tournent sur elles-mêmes dans le sens rétrograde (ou inverse), c'est-à-dire dans le sens des aiguilles d'une montre (vues de leur pôle Nord, bien sûr). La planète naine Pluton tourne également dans le sens rétrograde.

– **Mercure**. Planète la plus proche du Soleil (58 millions de kilomètres), elle a une masse vingt fois inférieure à celle de la Terre. Sa température en surface enregistre des écarts de près de 600 °C (de – 180 °C à + 450 °C). Mercure tourne sur elle-même en 58 jours ! Et autour du Soleil en 88 jours. Autrement dit, la planète n'effectue que trois rotations sur son axe pendant qu'elle en fait deux autour du Soleil. Ce qui signifie (en références strictement « mercuriennes ») qu'une année (temps du voyage autour de l'orbite solaire) dure un jour et demi (rotation autour de l'axe). Mercure possède un diamètre de 4 800 kilomètres. Dotée d'une masse et d'une gravité faibles, la planète ne peut pas retenir d'atmosphère. La sonde *Mariner X* a cependant détecté en 1975 quelques rares traces d'argon, d'hélium et de néon.

– **Vénus.** Située à 108 millions de kilomètres du Soleil, la température sur Vénus atteint 480 °C. Une épaisse couche de nuages d'une trentaine de kilomètres d'épaisseur enveloppe cette planète qui dispose de quelques caractéristiques comparables à celles de la Terre : diamètre (12 000 kilomètres), masse et composition chimique. Vénus possède une atmosphère opaque composée de gaz carbonique (95 %) et d'azote qui produit une pression de surface plus de cent fois supérieure à celle enregistrée sur la Terre. La surface de Vénus est dominée par des paysages volcaniques qui semblent prouver que la planète a connu une intense activité éruptive il y a encore une dizaine de millions d'années. Vénus a la particularité de tourner très lentement sur son axe dans le sens rétrograde (sens des aiguilles d'une montre). La planète effectue un tour complet sur elle-même en 243 jours terrestres. Sa révolution autour du Soleil est plus rapide : 224 jours terrestres. Pour simplifier et arrondir, l'année vénusienne dure une journée !

– **Terre.** Par convention, l'unité astronomique (UA) correspond à la distance moyenne Soleil-Terre, à savoir 150 millions de kilomètres. Autre convention, le plan de l'orbite de la Terre autour du Soleil s'appelle « plan de l'écliptique ».

La Terre est la plus grande des quatre planètes internes (12 800 kilomètres de diamètre). La Terre tourne sur son axe (incliné de 23° 26′ par rapport à la perpendiculaire du plan de l'écliptique) en environ vingt-quatre heures. Ce qui correspond à une journée. L'année dure 365 jours 5 heures 48 minutes et 45 secondes, disons 365 jours un quart (voir *Le Pourquoi du comment 2*, p. 66). Ce qui équivaut au temps nécessaire à notre planète pour effectuer une révolution complète sur son orbite autour du Soleil.

L'atmosphère de la Terre se compose de 77 % d'azote, 21 % d'oxygène, 1 % d'eau et moins de 1 % d'argon. La densité de cette atmosphère décroît avec l'altitude. Jusqu'à 10 kilomètres de hauteur, nous sommes dans la troposphère. À son point culminant, la température descend jusqu'à − 55 °C. Aux environs de 50 kilomètres d'altitude, nous atteignons la stratosphère, lieu dans lequel les molécules d'ozone absorbent les rayons ultraviolets du Soleil. Phénomène qui entraîne le réchauffement de la stratosphère (environ 0 °C). Dans la mésosphère (jusqu'à 85 kilomètres d'altitude), la température s'effondre de nouveau. Puis elle remonte dans la thermosphère, endroit propice à la combustion des petits objets célestes (astéroïdes, comètes) qui approchent notre planète. Au-delà des 500 kilomètres d'altitude, on parle de l'exosphère. Là ne restent plus que des traces d'hélium et d'hydrogène qui échappent à la gravité terrestre.

La Terre est aussi pourvue d'un champ magnétique qui nous protège (en les déviant) des particules du vent solaire (flux de particules chargées, principalement constitué de protons et d'électrons). Le champ magnétique prend son origine dans les flux électriques qui traversent la partie liquide du noyau de fer de notre planète. Mais dans la mesure où l'axe de rotation de la Terre n'est pas aligné sur l'axe du champ magnétique, le pôle Nord géographique (celui de l'axe de rotation) ne correspond pas au nord magnétique. L'aiguille d'une boussole pointe vers le nord magnétique qui s'écarte du pôle Nord d'un angle d'environ 11,5 degrés. Ainsi, le nord magnétique se trouve dans le voisinage de l'île Bathurst, dans le nord du Canada, à 1 600 kilomètres du pôle Nord géographique.

– **Mars**. À l'inverse de Vénus, Mars affiche une pression atmosphérique 100 fois inférieure à celle que nous connaissons sur le plancher des vaches. Son atmosphère est essentiellement composée de gaz carbonique (95 %), d'azote, d'argon et d'un peu d'oxygène. Planète interne la plus éloignée du Soleil (1,5 unité astronomique, soit 230 millions de kilomètres), Mars parcourt son orbite en 687 jours et tourne sur son axe en 24 heures et 37 minutes. Les températures au sol de cette planète deux fois plus petite que la Terre (diamètre de 6 800 kilomètres) s'échelonnent entre – 140 °C (pour les nuits d'hiver) et + 25 °C (pour les belles journées d'été). L'inclinaison de l'axe de rotation de Mars par rapport au plan de l'écliptique est comparable à celui de la Terre, ce qui implique que la planète soit soumise aux mêmes rythmes de saisons que la nôtre.

Des formations d'origine volcanique dominent l'hémisphère nord de la planète avec notamment trois cratères qui culminent à plus de 20 000 mètres ! Sur l'hémisphère sud apparaissent des cratères d'impact vieux de 2 à 3 milliards d'années. Enfin, un magnifique canyon de 8 kilomètres de profondeur s'étend au niveau de l'équateur sur près de 3 000 kilomètres. Dans l'environnement de ce canyon, les astrophysiciens ont mis en évidence de multiples méandres qui semblent s'apparenter aux lits de cours d'eau asséchés. De l'eau liquide a donc dû couler à la surface de Mars.

Mars possède deux très petits satellites (Phobos et Deimos) d'un diamètre d'une dizaine de kilomètres. Il s'agit très vraisemblablement d'astéroïdes capturés par Mars.

– **Jupiter**. La théorie de la création du système solaire se fonde sur le principe d'une contraction gravitationnelle de la nébuleuse primitive (composée d'un prodigieux nuage de gaz et de poussières). Dans le mécanisme engendré, les planètes internes, proches du Soleil, ont perdu la plupart de leurs éléments légers. Plus lointaines et donc plus froides, les planètes externes ont en revanche pu conserver des atmosphères épaisses et denses (notamment hydrogène et hélium).

Toutes les planètes géantes possèdent des anneaux, mais on ne peut pas véritablement délimiter une surface solide de référence. Sous la couche gazeuse se trouvent des liquides, puis un noyau rocheux. Par exemple, celui de Jupiter est vingt fois plus lourd que l'ensemble de la Terre !

Avec un diamètre de 143 000 kilomètres (onze fois celui de la Terre), Jupiter tourne sur elle-même en 10 heures terrestres et elle met douze années à effectuer sa révolution autour du Soleil. Près de

320 fois plus massive que la Terre, Jupiter est composée de 87 % d'hydrogène (82 % de la masse totale) et de 14 % d'hélium. La couche extérieure de la planète (un millier de kilomètres d'épaisseur) se compose d'hydrogène moléculaire gazeux. Vient ensuite une épaisse couche (20 000 kilomètres) d'hydrogène moléculaire liquide, puis une couche d'hydrogène liquide (40 000 kilomètres !) qui se comporte comme un métal. À cet endroit, la pression est 3 millions de fois supérieure à la pression atmosphérique terrestre. Enfin apparaît un noyau rocheux de 20 000 kilomètres de diamètre.

Jupiter possède à ce jour soixante et un satellites répertoriés. Les quatre principaux furent découverts par Galilée en 1610 : Io (diamètre de 3 630 kilomètres), Europe (3 140 kilomètres), Ganymède (5 270 kilomètres) et Calisto (4 800 kilomètres). Il s'agit d'objets célestes qui possèdent donc d'imposants diamètres, largement supérieurs à ceux de la planète naine Pluton et, pour certains, proches de celui de Mercure. Ganymède reste à ce jour le plus gros satellite du système solaire.

– **Saturne**. Avec un volume sensiblement équivalent à celui de Jupiter, mais avec une masse trois fois inférieure, Saturne affiche une densité modeste (la plus faible de toutes les planètes du système solaire). Elle possède un spectaculaire système d'anneaux (que Galilée décrivait comme des « oreilles » dès 1610) et un faible champ magnétique. Saturne voyage sur son orbite solaire en 29 années terrestres. Elle tourne sur son axe en un peu plus de dix heures. Elle est essentiellement constituée d'hydrogène et d'hélium. Sa structure interne semble comparable à celle de Jupiter. Toutefois, le noyau rocheux de Saturne serait nettement plus imposant que celui de sa voisine et, en revanche, la couche d'hydrogène liquide métallique serait plus faible.

Galilée observe les anneaux de Saturne dès 1610. À l'époque, le génial savant pense avoir plutôt découvert des satellites de la planète. Quelques années plus tard, Christian Huygens parle d'un unique anneau (1655). Puis Jean-Dominique Cassini identifie la discontinuité de plusieurs anneaux en 1675.

Épais d'environ 2 kilomètres, les anneaux de Saturne affichent un diamètre extérieur de 600 000 kilomètres. Ils sont en réalité constitués d'une kyrielle d'anneaux concentriques très fins et excessivement proches les uns des autres. Chaque anneau est composé de glace, de roches ou de poussières dont la taille varie du millimètre à la dizaine de mètres.

Saturne possède une bonne trentaine de satellites, dont Titan (5 200 kilomètres de diamètre) découvert par Christian Huygens en 1655. Titan (deuxième plus imposant satellite du système solaire juste derrière Ganymède) dispose d'une taille supérieure à celles de Mercure et de Pluton. Son atmosphère est essentiellement composée d'azote. Parmi les plus importants satellites de Saturne (500 à 1 500 kilomètres de diamètre), il convient de citer : Japet, Rhéa, Dioné, Téthys, Encelade et Mimas. Et dans la trentaine de satellites aujourd'hui répertoriés figurent à l'évidence des astéroïdes (par exemple Phoebé) capturés par Saturne.

– **Uranus**. Première planète découverte grâce au télescope en 1781 (par William Herschel), Uranus se trouve à 2,8 milliards de kilomètres (19 unités astronomiques) du Soleil, soit deux fois plus loin que Saturne. Il s'agit de la troisième plus grosse planète du système solaire (diamètre de 52 000 kilomètres). Les nuages de méthane condensé (environ – 200 °C) qui enveloppent Uranus donnent à la planète sa couleur bleu-vert très caractéristique. Uranus tourne sur elle-même dans le sens rétrograde (ou inverse), c'est-à-dire dans le sens des aiguilles d'une montre, en 17 heures et autour du Soleil en 84 années terrestres.

Uranus possède à ce jour vingt-sept satellites répertoriés. Les cinq principaux ont été baptisés Miranda (découvert par Gerard Kuiper en 1948), Ariel et Umbriel (découverts par William Lassel en 1851), Titania et Obéron (découverts par William Herschel en 1787). Plusieurs anneaux très fins (observés en 1977) entourent également Uranus. Leur existence a ensuite été confirmée par la sonde *Voyager*, puis le télescope spatial *Hubble*.

– **Neptune**. Découverte en 1846, Neptune navigue à 4,4 milliards de kilomètres du Soleil (30 unités astronomiques). Cette orbite gigantesque lui impose un voyage de 164 années terrestres pour effectuer une seule révolution autour du Soleil. Sa rotation sur elle-même dure six jours. Par sa taille et sa couleur, Neptune ressemble un peu à Uranus. Mais son atmosphère est essentiellement composée d'hydrogène et d'hélium. Des vents de plus de 2 000 km/h soufflent à la surface de la planète, dans le sens opposé à sa rotation.

Treize satellites gravitent autour de Neptune, dont Triton (2 700 kilomètres de diamètre) qui possède une surface recouverte de glace d'azote et qui affiche la plus basse température à ce jour enregistrée dans le système solaire (– 236 °C). Neptune a également une série d'anneaux probablement constitués de poussières.

● **La ceinture d'astéroïdes navigue entre Mars et Jupiter**. Elle se situe donc à une distance comprise entre 300 et 525 millions de kilomètres du Soleil (de 2 à 3,5 unités astronomiques). Cette ceinture d'astéroïdes se compose de petits objets célestes. Il s'agit là d'une multitude de corps formés de roches dont le plus connu s'appelle Cérès (découvert en 1801). En août 2004, dans la nouvelle classification de l'Union astronomique internationale, Cérès (2,9 unités astronomiques) a intégré la liste des planètes naines, aux côtés de Pluton et de Éris (voir explication plus haut). Nombre d'astrophysiciens s'accordent sur l'existence d'une centaine de milliers d'objets naviguant dans la ceinture d'astéroïdes. Leur taille va du mètre à plusieurs centaines de kilomètres pour quelques spécimens comme Cérès, Vesta, Pallas ou Hygie.

Mais il y a aussi des groupes d'astéroïdes très spécifiques. Par exemple, certains voyagent à l'intérieur de l'orbite de Mars (groupe Amor) tandis que d'autres gravitent au-delà de Saturne. Mais les plus spectaculaires restent les astéroïdes appelés « planètes » troyennes. Il s'agit de deux groupes d'astéroïdes qui suivent rigoureusement la même orbite que celle de Jupiter, mais l'un avec 60 degrés d'avance et l'autre avec 60 degrés de retard sur la planète. On parle ici des « points de Lagrange ».

• **Les météoroïdes** (à ne pas confondre avec les météorites) sont des objets de moins de 1 mètre de diamètre composés de roches ou de fer. Mais leur structure chimique se modifie au rythme des collisions, fusions et combustions qu'ils subissent tout au long de leur voyage. Invisibles depuis la Terre (compte tenu de leur modeste taille), ces météoroïdes se mettent en évidence lorsqu'ils pénètrent dans l'atmosphère terrestre à une vitesse moyenne de 50 km/s. Ils se frictionnent et s'échauffent vers une altitude d'une centaine de kilomètres, puis se consument jusqu'à complète volatilisation. Ce phénomène donne lieu à une superbe traînée lumineuse dans le ciel nocturne. Un magnifique spectacle connu sous le nom de « météore » mais communément appelé « étoile filante » (expression totalement impropre puisque le terme « étoile » n'a ici aucun sens astronomique).

Quand le météoroïde ne se consume pas totalement lors de son passage dans l'atmosphère de notre planète, il subsiste un résidu qui peut donc tomber sur terre et que les astrophysiciens appellent une « météorite ». Reste aussi le cas exceptionnel des chondrites carbonées. Il s'agit là de météorites qui n'ont subi aucune modification de composition avant d'atteindre le sol. En 1969, le météoroïde d'Allende explosa au-dessus du Mexique en pulvérisant sur un rayon de quelques centaines de kilomètres carrés plus de 3 tonnes de chondrites carbonées.

● **La ceinture de Kuiper** se situe dans la banlieue de Pluton, entre 30 à 50 unités astronomiques. Elle doit son nom à l'astronome américain Gerard Kuiper (1905-1973), un éminent spécialiste du système solaire. Située dans le plan de l'écliptique, cette ceinture abrite des dizaines de milliers de corps célestes de plus de 100 kilomètres de diamètre. Certains affirment d'ailleurs que le couple Pluton-Charon ou que Triton (satellite de Neptune) sont en fait des objets de la ceinture de Kuiper. Mais il y a aussi dans la ceinture de Kuiper des millions de petits corps (quelques kilomètres de diamètre), plus ou moins glacés, susceptibles de devenir des comètes. Nous sommes précisément là dans un premier réservoir de comètes dites « à courte période ». Ce qui signifie qu'elles orbitent autour du Soleil en moins de 200 ans.

● **Le nuage d'Oort** se niche entre 50 000 et 100 000 unités astronomiques du Soleil (soit 15 000 milliards de kilomètres, c'est-à-dire à un peu plus de 1 année-lumière). Il s'agit d'un faramineux réservoir de comètes à longue période de révolution (plus de 200 ans) dont l'astronome néerlandais Jan Oort (1900-1992) fut le premier à envisager l'existence. Ces comètes naviguent sur des orbites considérables distribuées de façon parfaitement aléatoire.

D'aucuns estiment que certaines comètes peuvent avoir des périodes de révolution (autour du Soleil) de plusieurs millions d'années.

Tableau récapitulatif

	Mercure	Vénus	Terre	Mars	Jupiter	Saturne	Uranus	Neptune
Distance/ Soleil (en UA)	0,4	0,7	1	1,5	5,2	9,5	19	30
Diamètre (km)	4 800	12 000	12 800	6 700	143 000	120 000	51 000	50 000
Révolution	88 J	224 J	365 J	687 J	12 A	29 A	84 A	164 A
Rotation/ Axe	58 J	243 J	24 H	24 H	10 H	10 H	17 H	16 H
Masse/ Terre *	0,05	0,8	1	0,1	318	95	15	17
Densité (eau = 1)	5,4	5,2	5,5	3,9	1,3	0,7	1,3	1,7
Satellites répertoriés	0	0	1	2	61	34	27	13

H = heure. J = jour. A = année. UA = unité astronomique.
Par convention, 1 UA correspond à la distance moyenne (l'orbite est une ellipse) qui sépare la Terre du Soleil, soit 150 millions de kilomètres.
1 année-lumière = 10^{13}, soit 10 000 milliards de kilomètres.
Ceinture de Kuiper = entre 30 et 50 UA (banlieue de Pluton, environ 7 milliards de kilomètres).
Nuage d'Oort = entre 50 000 et 100 000 UA (100 000 UA = 15 000 milliards de kilomètres, soit plus de 1 année-lumière).
Pluton (planète naine dans la terminologie d'août 2006) navigue à environ 50 UA.
* Masse de la Terre = 1 = 6.10^{24} kilos. La masse de Jupiter est 318 fois celle de la Terre. La masse du Soleil est 333 000 fois celle de la Terre.

Comment se forme un trou noir ?

■ *L'effondrement d'une étoile très massive sur elle-même produit un trou noir.*

■ *Les lois de la physique classique ne s'appliquent plus dans un trou noir, objet céleste qui possède en son centre un point de densité indicible.*

■ *Le trou noir se crée donc sur les vestiges d'une étoile à neutrons, elle-même enfantée par une supernova. Cette dernière provenant de l'« explosion » d'une supergéante rouge ou d'une supergéante bleue (voir aussi « Comment classe-t-on les étoiles ? »).*

■ *La « surface » d'un trou noir ingurgite tout ce qui passe à sa portée, y compris la lumière ! Rien ne peut s'échapper d'un trou noir.*

● Résultat de l'effondrement d'une étoile très massive sur elle-même, le trou noir possède en son centre un point de singularité de densité indicible où les lois de la physique classique ne s'appliquent plus. Quant à la « surface » du trou noir qui ingurgite goulûment tout ce qui passe à sa portée – y compris la lumière ! – elle porte le nom d'« horizon des événements ». Le rayon de cette « surface » où toute matière disparaît sans espoir de retour dépend de la masse de l'étoile. Ce rayon a été défini par la formule de l'astronome allemand Karl Schwarzschild (1873-1916).

Rien ne peut donc s'échapper d'un trou noir. Pas même la lumière. Pourtant, on sait que la vitesse de libération permet à tout objet de s'échapper de l'attraction gravitationnelle d'un astre. À condition qu'il dispose d'une vitesse initiale suffisante. Par exemple, la vitesse de libération à la surface de la Terre s'élève à 11 km/s. Une sonde destinée à explorer le système solaire doit donc posséder une vitesse de propulsion de 11 km/s pour s'affranchir de l'attraction terrestre. Et cette vitesse de libération est directement proportionnelle à la masse de l'astre considéré (elle est de 620 km/s pour le Soleil). Dans le cas d'un trou noir, la vitesse de libération doit être forcément supérieure à la vitesse de la lumière. Car, même si les corpuscules qui composent un faisceau lumineux se déplacent à 300 000 km/s, cette vitesse reste insuffisante pour arracher les photons de l'attraction gravitationnelle d'un trou noir.

● Le champ gravitationnel d'un trou noir possède une telle intensité qu'aucun rayonnement ne peut s'extraire de ce mystérieux objet céleste. Par nature, il ne peut donc émettre la moindre information (qu'elle soit lumineuse ou d'autre nature), ce qui le rend évidemment impossible à examiner. Toutefois, on sait que le trou noir se crée sur les vestiges d'une étoile à neutrons (voir aussi « Comment classe-t-on les étoiles ? »).

Dès le XVIIIᵉ siècle, Pierre Simon de Laplace (1749-1827) imagine par le calcul l'existence de corps invisibles capables d'emprisonner la lumière. Une théorie remise au goût du jour grâce à la relativité générale d'Albert Einstein (1879-1955). Elle prévoit que la lumière est sensible à la gravitation, alors même que les photons qui la composent ne possèdent pas de masse. Ainsi, depuis les années 1970, les trous noirs fascinent la communauté des astrophysiciens au point que l'étude de ces objets célestes figure parmi les enjeux majeurs de la recherche astronomique.

• À défaut de pouvoir observer un trou noir, les astronomes examinent les abords de ce curieux objet céleste. Car, dès que la matière approche de l'horizon des événements, elle va subir une exceptionnelle attraction qui l'entraîne inexorablement vers le trou noir dans un mouvement de rotation de plus en plus rapide, jusqu'au moment où elle franchit le fatidique rayon de Schwarzschild. Dans cette chevauchée tourbillonnante, la matière happée s'échauffe. D'exceptionnelles chaînes d'explosions se produisent et l'énergie gravitationnelle se transforme en rayonnements électromagnétiques. Cette intense activité énergétique, notamment sous forme de rayons X, signe l'existence d'un trou noir qui « se goinfre » de matière.

Finalement, l'observation d'un trou noir ne peut se faire que de façon indirecte. Comme nous venons de l'expliquer, le concept même de ce curieux objet céleste repose sur une originalité saisissante : il ne peut émettre aucune information intrinsèque. Les astrophysiciens en sont donc réduits à déceler la présence d'un trou noir en étudiant les effets qu'il produit sur la matière environnante. Ainsi, ce qui ressemble dans notre Galaxie à un halo de puissants rayons X indique la présence possible d'un trou noir.

Par approximation, des astrophysiciens ont avancé que notre seule Galaxie pourrait abriter 1 million de trous noirs stellaires. Par ailleurs, il semble que le noyau central de chaque galaxie possède un trou noir de masse gigantesque (voir *Le Pourquoi du comment 2*, p. 176). Par exemple, selon certains calculs, le noyau de la galaxie M87 serait un trou noir qui affiche 4 milliards de masses solaires !

Comment se produit une éclipse
de Soleil ?

■ *Une éclipse de Soleil se produit lorsque la Lune passe entre le Soleil et la Terre et que son ombre est projetée à la surface de notre planète.*

■ *Une éclipse totale de Lune se produit lorsque le satellite naturel de la Terre est entièrement plongé dans le cône d'ombre de notre planète.*

● Une éclipse se produit lorsqu'un astre occulte temporairement un autre astre. La Terre est impliquée dans deux sortes d'éclipses : de Soleil et de Lune. Une éclipse de Soleil se produit lorsque la Lune passe entre le Soleil et la Terre, et que son ombre est projetée à la surface de notre planète. Une éclipse de Lune survient lorsque la Terre passe entre le Soleil et la Lune, et que son ombre assombrit la Lune.

Le diamètre de la Lune (3 476 kilomètres) est 400 fois inférieur à celui du Soleil. Par ailleurs, la Lune gravite autour de la Terre sur une orbite elliptique moyenne de 381 547 kilomètres. De son côté, le système Terre-Lune (notre planète et son satellite naturel) orbite autour du Soleil en décrivant une ellipse. Ce voyage autour du Soleil se déroule sur un plan de translation appelé « écliptique ». La Terre parcourt une ellipse de 18 millions de kilomètres autour de l'étoile du système solaire en 365 jours (voir *Le Pourquoi du comment 2*, p. 197).

Pendant qu'elle effectue une révolution entière autour de la Terre, la Lune accomplit exactement une rotation sur elle-même (sa période de révolution est rigoureusement égale à sa période de rotation). Ce particularisme entraîne que la Lune présente toujours la même face à la Terre, la partie invisible de la Lune depuis notre planète a été baptisée « face cachée ».

● Le phénomène de l'éclipse de Soleil résulte d'une situation curieuse. On l'a vu, le diamètre du Soleil est 400 fois supérieur à celui de la Lune. Mais l'étoile se situe 400 fois plus loin de la Terre (cette distance Terre/Soleil définit l'unité astronomique qui correspond à 150 millions de kilomètres). Ainsi, vu depuis la Terre, le diamètre apparent de la Lune coïncide sensiblement au diamètre apparent du Soleil. La Lune peut donc cacher complètement le disque solaire.

Si l'orbite terrestre autour du Soleil (écliptique) était dans le même plan que l'orbite lunaire, on observerait une éclipse totale de Soleil au cours de chaque mois lunaire, au moment de la nouvelle lune. Mais les deux ellipses orbitales sont inclinées l'une par rapport à l'autre. Conséquence, l'ombre de la Lune est projetée, la plupart du temps, soit au-dessous, soit au-dessus de notre planète. Vu en un endroit précis de la surface terrestre, le phénomène de l'éclipse revêt donc un caractère exceptionnel.

Quand le Soleil éclaire la Lune, il projette sur la Terre un cône d'ombre. L'ombre de la Lune sur la Terre atteint au maximum un diamètre de 268,7 kilomètres. À l'intérieur de cette zone, l'éclipse de Soleil est totale. Ainsi, la zone d'observation terrestre d'une éclipse totale de Soleil s'étale toujours sur moins de 268,7 kilomètres, et elle est en général beaucoup plus étroite. Tout autour, dans une zone dite « de pénombre » d'environ 4 800 kilomètres de large, un observateur terrestre assiste à une éclipse partielle.

Une éclipse totale de Soleil peut durer jusqu'à 7,30 minutes. Mais les éclipses d'une telle durée sont très rares (une fois en plusieurs milliers d'années). En réalité, la plupart des éclipses totales ne se prolongent que pendant quelques minutes (depuis un point situé au centre de la trajectoire de l'éclipse). Avant et après l'occultation totale, un observateur situé sur un point élevé ou, mieux, dans un avion peut voir l'ombre de la Lune se déplacer vers l'est à la surface de la Terre, comme l'ombre d'un nuage avançant rapidement.

• Une éclipse totale de Lune se produit lorsque le satellite naturel de la Terre est entièrement plongé dans le cône d'ombre de notre planète. La Terre, éclairée par le Soleil, projette dans l'espace un cône d'ombre, entouré par le cône de pénombre (zone partiellement sombre). Quand la Lune passe très précisément au centre du cône d'ombre, elle est obscurcie pendant environ deux heures. Dans les autres cas, la période d'éclipse totale dure beaucoup moins longtemps.

L'éclipse partielle de Lune se produit quand une partie seulement de la Lune est plongée dans le cône d'ombre de la Terre (la Lune est alors partiellement obscurcie).

● Si l'orbite terrestre (plan de l'écliptique) était dans le même plan que l'orbite lunaire, deux éclipses totales apparaîtraient au cours de chaque mois lunaire : une éclipse de Soleil se produirait au moment de chaque nouvelle lune ; une éclipse de Lune surviendrait au moment de chaque pleine lune. Mais les deux orbites sont inclinées l'une par rapport à l'autre. Conséquence : les éclipses se produisent lorsque la Lune ou le Soleil sont à proximité (quelques degrés) de deux points qui sont les lieux d'intersection de leur orbite avec le plan de l'ecliptique (ces points s'appellent des « nœuds »).

Périodiquement, le Soleil et la Lune retrouvent une même position par rapport à l'un des nœuds. Ainsi, les éclipses se renouvellent à des intervalles réguliers que les astronomes appellent des « saros ». 1 saros correspond à environ 6 585,3 jours, soit dix-neuf retours du Soleil au même nœud. Environ soixante-dix éclipses surviennent pendant un saros (quarante et une éclipses de Soleil et vingt-neuf de Lune). Au cours d'une année, il se produit entre deux et sept éclipses. Cependant, un long intervalle de temps sépare deux observations successives d'éclipses totales de Soleil à partir d'un lieu précis.

Ainsi n'a-t-on pu observer que trois éclipses totales de Soleil en France, l'une en 1912, l'autre en 1961 et la dernière le 11 août 1999 (l'ombre de la Lune a balayé la France d'ouest en est en moins de 20 minutes).

Index thématique

399

Table générale

Vie quotidienne

Histoire

Animaux

Sciences

Sports

Art et culture

Espace

Daniel Lacotte
dans Le Livre de Poche

*Petite anthologie des mots rares
et charmants*   n° 31669

Répertoire de 390 mots et 150 expressions d'hier et d'aujourd'hui illustrés par
des exemples concrets permettant de
constater que ces mots peuvent encore
être employés dans des textes du quotidien.

Le Pourquoi du comment 1   n° 30670

La Terre s'arrêtera-t-elle de tourner ?
Pourquoi le bâillement est-il conta-
gieux ? Comment font les poissons pour
dormir ? Quelle est l'origine de l'expression « O.K. » ? Combien pèse un nuage ?
Voici les vraies réponses, souvent décon-
certantes, insolites, drôles, mais toujours
scientifiquement ou historiquement indis-
cutables, aux questions que tout le monde
se pose sans avoir jamais osé le dire. Un livre tout à la
fois sérieux et ludique qui vous permettra de satisfaire
vos curiosités jusqu'aux plus saugrenues.

Qu'est-ce qu'un trou noir ? Pourquoi a-t-on dans notre calendrier des années bisextiles ? Qu'appelle-t-on étoile du berger ? Q'appelle-t-on l'effet de serre ? Existe-t-il un mystère du triangle des Bermudes ? Pourquoi le chat noir est-il censé propager le malheur ? Que mesure-t-on en années-lumière ? Les questions les plus simples ne manquent pas. Mais les bonnes réponses sont plus rares ! Après le succès du premier tome, Daniel Lacotte répond de nouveau à toutes sortes de questions, tordant le cou aux idées reçues et aux rumeurs tenaces. Un éclairage original des divers aspects de la connaissance, pour le plaisir d'apprendre et de comprendre.

RAIMU, Ramsay, 1988.

DANTON, LE TRIBUN DE LA RÉVOLUTION, Favre (Lausanne), 1987.

LES CONQUÉRANTS DE LA TERRE VERTE, Hermé, 1985.

Nombreux textes publiés dans *L'Humour des poètes* (1981), *Les Plus Beaux Poèmes pour les enfants* (1982), *Les Poètes et le Rire* (1998), *La Poésie française contemporaine* (2004). Ouvrages parus au Cherche Midi. Et dans *Français 6ᵉ*, collection « À suivre… », Belin, 2005.

Composition réalisée par NORD COMPO

Achevé d'imprimer en octobre 2010 en Espagne par
LITOGRAFIA ROSÉS S.A.
08850 Gavá
Dépôt légal 1ʳᵉ publication : novembre 2010
LIBRAIRIE GÉNÉRALE FRANÇAISE – 31, rue de Fleurus – 75278 Paris Cedex 06